KB126371

여자체험

여자체험

2015 7월 20 초판 1쇄
작 가   김광호
펴낸곳   도서출판 아담
디자인   조민희
교 정   최금연
편 집   유선주
출판등록 제 311-2009-2 호
주 소   서울 은평구 갈현동 515-11 예일빌라 104호
전 화   010-8334-2724
팩 스   02-382-2725
이메일   3822724@hanmail.net

ISBN 979-11-86609-44-6
값 13,500원

김광호 장편소설

여자체험

도서출판 아담

목차

나는
여자다

여자가 되고 싶었다. 미치도록. 왜 그런 생각이 들었는지는 잘 모르겠다. 어느 날 부터 갑자기 여자로 살아가고 싶었다. 그러나 오해는 하지 마시라. 나는 성 정체성에 무슨 문제가 있는 건 전혀 아니다. 또 남자로 태어난 걸 후회하는 것도 전혀 아니다. 나는 그냥 남자로서 '여자'를 체험해 보고 싶었을 뿐이다. 간절하게.

확실히 여자는 남자와 다르다. 내가 여자가 되고 싶다는 건, 그러한 부분, 즉 남자와 전혀 다른 여자로서의 삶이 매력적으로 느껴졌기 때문일 것이다. 어느 자리에서나 새침하고 도도하게 자리를 지키는 여자들을 보면, 내속에서 왕성한 호기심이 끓어올라, 나 자신이 여자가 되어 그녀들을 속속들이 알고 싶어졌다.

그래서 나는 여자가 되기로 했다. 내 직업은 현재 백수다. 그러나 빈털터리는 아니다. 나의 예전 직업은 컴퓨터 프로그래머였는데, 내가 만든 게임이 대박을 치는 바람에 나는 적지 않은 돈을 저축해

두었다. 하지만 지금은 그 일을 그만두었다. 우선 두 번째, 세 번째 제작한 게임이 연속으로 실패했고, 무엇보다 프로그래밍이라는 작업이 싫어졌기 때문이다.

나의 나이는 28살이다. 외모는 곱상한 편이다. 여자로 변신을 해도 그다지 꿀리지 않을 외모라고 자신한다. 실제로 나는 가끔 엄마가 사용하는 팩을 얼굴에 발라보기도 했고, 때로는 오이 마사지 같은 것도 해 보았다. 그런 것을 하고 거울을 보면, 자신이 정말 여자가 된 것 같은 느낌이 들고는 했다.

여자가 되고 싶은 욕구라는 게 처음에는 그냥 '여자가 되면 어떨까?'라는 호기심 정도였는데, 시간이 지나면서 '정말로 여자가 되어 볼까?' 라는 진지한 고민으로 바뀌었고, 마침내 '여자를 체험해 보자.'라는 결론으로 이어졌다.

나는 우선 옷을 사 두었다. 계절이 가을이었기 때문에 블라우스와 재킷, 착 달라붙는 청바지, 그리고 치마……또 혹시 모른다는 생각에 속옷과 브래지어까지 모두 구비했다. 그리고 화장품도 샀다. 의외로 화장품 구입에는 그다지 큰 돈이 들지 않았다. 시내의 할인 매장에서 구매를 했는데, 요새는 가게들 사이에 경쟁이 치열해서 어지간한 화장품은 저렴한 가격으로 구입이 가능했다.

물론 식구들에게는 이런 이야기를 털어놓을 수가 없다. 내게는 부모님과 남동생, 그리고 시집간 누나가 있는데, 내 직업이라는 것이 워낙 기복이 많은 쪽이라 오랜 백수 생활을 함에도 큰 간섭을 받지 않았다.

어느날 나는 여자로 변신했다. 여성용 청바지를 입고, 브래지어를 하고, 여성용 팬티를 입고, 그리고 여성용 블라우스에, 여성용 재킷을 걸쳤다. 화장도 했다. '새내기를 위한 화장법'이라는 책을 구입해, 꽤 오랜 시간 공들여 얼굴을 꾸몄다. 파운데이션을 바르고 마스카라를 하고, 그리고 아이라인까지 그렸다.

그리고 거울을 봤다. 내 입에서는 탄성이 저절로 흘러나왔다. 거울 속에 서 있는 사람은 거의 완벽에 가까운 여자였다. 물론 이것이 가능한 건, 나 자신의 체형이 여자와 상당히 가깝기 때문에 가능한 것이다. 키는 170센티미터로, 남자로서는 작은 편이지만 여자로서는 적당히 훤칠하게 보이는 편이고, 체형 자체도 상당히 날렵한 편이라 어지간하게 몸매 좋은 여자와 비교해도 손색이 없다. 물론 머리도 여자처럼 기르고, 드라이기로 멋지게 웨이브까지 했다.

이렇게 혼자 힘으로 여자로의 변신이 가능한 건, 내가 게임을 제작할 때 여자 캐릭터를 직접 그래픽 한 경험 때문일 수도 있었다. 남자를 그릴 때는 이상하게 별 흥미가 없었는데, 여자를 그릴 때는 집중이 되었다. 그런 경험이 나 스스로를 여자로 분장하는 데 적지 않은 도움이 된 것 같다.

이제 나는 여자다. 하지만 여자로 변신했다고 딱히 할 일이 있는 건 아니다. 쉽게 생각할 수 있는 게 사우나나 찜질방의 여탕에 들어가 여자들의 나신을 마음껏 훔쳐보는 일일텐데, 옷을 벗으면 남자일 수 밖에 없는 내가 그런 걸 시도할 수는 없는 일이었다.

그렇다고, 나 혼자 거울앞에서 여자로 변신한 걸 즐기다가 그만두기는 아쉬웠다. 그래서 나는 외출을 해 보기로 했다. 집 밖을 나가는 게 쉬운 일이 아니었다. 만에 하나 누가 알아보기라도 한다면 미친놈 취급을 받는 건 양호한 것이고, 십중팔구 변태성욕자로 손가락질을 받거나, 극단적인 경우는 경찰서에 끌려갈 수도 있었다.

나는 거울을 보며 그러한 가능성을 염두에 두고 고민을 해 보았다. 그러나 나 자신을 30분 이상 살펴보았지만, 외모만으로 남자라는 걸 알아차릴 가능성은 거의 없어보였다. 그래서 나는 마침내 용기를 내어 집을 나섰다.

내가 사는 곳은 아파트였는데, 엘리베이터 앞에서 실수를 할 뻔했다. 몇 번 인사를 한 적이 있는 같은 층의 남자에게 인사를 할 뻔했던 것이다. 거의 자동적으로 인사를 하려다가 여자로 변신했다는 자각이 들어 얼른 표정을 바꾸었다. 다행히 그는 눈치를 채지 못했다. 다만 웬 미모의 여자인가 싶은 얼굴로 힐끔거리는 건 느낄 수있었다.

그런데 막상 여자로 변신하고 외출을 하고 나서야 내가 엄청나게 큰 실수를 했다는 걸 깨달았다. 나 자신의 외모는 여자로서 손색이 없지만 목소리는 그대로라는 것이었다. 아파트 단지를 나왔을 때야 그걸 깨닫고 다시 돌아갈까 생각했지만, 한 번 더 생각해보니 대인관계가 거의 단절되다시피 한 나 자신이 근래에 가족 외의 사람들과 대화를 나눈 기억이 없었다.

그래서 나는 여자 체험을 계속했다. 거리를 걷는 나 자신은 물론 그대로다. 하지만 나는 여자다. 여자라는 것….그것이 기묘하게 나를 설레게 했고 흥분 시켰다. 앞에서도 언급했지만 여자로 변신한 나 자신의 외모가 수준급이었기 때문에 지나가는 남자들이 힐끔거리는 걸 느낄 수 있었다.

나 자신이 여자로 변신은 했지만 본질은 남자였기 때문에 그들의 시선을 느끼하게 느낄 수밖에 없었다. 그러나 반대로 내가 여자였다면, 남자들에게 주목받는다는 것 자체가 인생의 큰 즐거움일 수도 있겠다는 생각이 들었다. 아마 그래서 여자들이 외모를 가꾸는 것에 목숨을 거는 것인지도 모르겠다. 단지 좋은 남자를 만나는 것뿐 아니라, 어디서나 주목받고 대우받으려면 우선은 외모가 뛰어나야 하는 것이다.

어디를 가야 좋을지 알 수 없었지만 머뭇거리는 모습을 보이고 싶지는 않았다. 여자들은 결코 한눈을 파는 법이 없다. 그녀들은 항상 반듯하게 어딘가를 가고 있고, 용건을 분명히 밝히며, 이유없이 한눈을 팔지 않는다. 나도 그렇게 거리를 걸었다. 나는 여자다.

첫
외출

전철을 타 보기로 했다. 딱히 목적지가 있는 건 아니고, 그냥 여자로 변신한 채 사람들이 많은 곳을 걸어보고 싶었다. 핸드백에서 여성용 지갑을 꺼냈다. 물론 이것들도 다 미리 준비한 것들이다. 나는 자연스럽게 패스를 찍고 개찰구를 통과했다. 아직까지 나는 여자로서 거의 완벽에 가까운 연기를 하고 있었다.

전철을 기다리며 서 있는데, 여러 군데서 이상 신호가 울렸다. 우선 여성용 청바지를 입은 탓에 가랑이 사이가 아팠다. 그리고 굽이 낮은 걸 신었음에도 여성용 구두를 신은 발도 무척 아팠다. 무엇보다 여성답게 걸으려고 무진장 노력한 탓에 몸 전체가 답답하고 불편했다. 여성으로서의 품위를 유지한다는 게 얼마나 어려운 것인지 실감났다.

전철이 와서 올라탔다. 지금까지는 사람들이 없는 곳에 있었지만 이제는 사람들과 가까운 곳에 위치해 있었다. 앞에서도 밝혔지만 만에 하나 여장을 한 것이 밝혀지만 무슨 봉변을 당할지 알 수 없었기 때문에 극도로 긴장이 되었다.

다행히 자리가 나서 그곳에 앉았다. 그때 맞은편 자리에 앉은 안경 쓴 남자가 나를 유심히 쳐다보았다. 그와 눈이 마주쳤을 때 가슴이 철렁 내려앉았다. 그는 내가 게임 회사를 다닐 때 영업을 맡았던 남자였다. 술도 몇 번 마셨고, 비교적 친하게 지낸 사람이라 내 얼굴을 틀림없이 기억하고 있을 터였다.

나는 시치미를 떼고 다른 곳으로 시선을 돌렸다. 만에 하나 그가 아는 척을 할까 봐 조마조마했다. 그는 내 얼굴이 아는 사람과 비슷하기는 하지만, 여자일리가 없다고 생각하고 몇 번이나 나를 살펴보다가 그만두었다.

전철이 두 정거장을 지났을 때 잡상인이 나타났다. 그는 여성용 스타킹을 팔고 있었다. 나중에라도 필요할 수 있고, 또 나 자신이 여성으로 완벽하게 변신한 걸 확인하고픈 마음도 있어 하나 사기로 했다. 나는 2천원을 꺼내 손을 흔들었다. 그러자 잡상인이 걸어와 스타킹을 주었다. 그때 옆자리의 50대 남자가 내게 말을 걸었다.

"그런 거 사지 마요. 다 불량품이라고요."

힐끗 얼굴을 보니 별 뜻은 없고 그냥 남의 일에 참견하기 좋아하는 스타일 같았다. 나는 그냥 살짝 웃고 말았다. 하지만 그의 참견은 그치지 않았다.

"다 중국산인데, 돈 낭비에요. 이런 곳에서 물건 사면 며칠 못 쓰고 버리게 된다고. 한국 사람은 낭비 때문에 안돼요. IMF가 또 올거라고. 이러다가 나라 망해."

목소리 때문에 대꾸도 못하겠고 짜증이 밀려들었다. 꼭 목소리 때문이 아니고, 여자가 되어 보니 불필요하게 남의 일에 참견하는 게 스트레스가 될 수 있다는 생각이 들었다. 이 작자도 내가 여자로 변신하지 않았으면 결코 말을 붙였을 리 없을 것이다.

명동역에서 내렸는데, 미처 생각하지 못했던 문제가 발생했다. 오줌이 마려웠던 것이다. 여장을 하고 남자 화장실에 갈 수는 없었다. 여자로 변신했기 때문에 여자 화장실을 가면 그만이지만, 한 번도 해 보지 않은 일이라 주저했다. 그래도 여자 화장실을 이용할 수밖에 없었고, 그렇게 생각하고 보니 기묘한 호기심이 생겼다.

일단 자연스러운 게 중요하므로, 태연자약하게 여자 화장실로 들어갔다. 당연한 말이지만, 그곳에는 여자밖에 없었다. 지극히 여성적인 공간에, 여자들하고만 있고 보니 가슴이 떨렸다. 한 여자는 거울에 얼굴을 대고 아이라인을 새로 그리고 있었고, 한 여자는 손등에 뭐가 묻었는지 물로 씻어내고 있었다.

일단 볼 일이 급해 칸 안으로 들어갔다. 아무도 없는 공간에 들어서니 숨통이 트이는 것 같았다. 오줌을 눈 다음, 청바지의 단추를 풀고 구두도 벗은 상태로 변기에 쭈그려 앉았다. 옆 칸에서 어느 여자가 오줌누는 소리가 들렸다.

그곳에서 10분가량 쉬고 화장실을 나와 명동쪽으로 걸어갔다. 딱히 할 일이 없어 그냥 이곳저곳을 둘러보다가 화장품 가게 안으로 들어갔다. 스물을 갓 넘긴 여종업원이 밝은 얼굴로 나를 맞았다.

"어서오세요. 손님에게 딱 맞는 스타일의 제품이 출시되었습니다. 한 번 구경하고 가세요."

가까이서 나이 어린 여자로부터 호의를 받고 보니 기분이 째졌다. 그리고 나중에라도 화장품이 더 필요할 수 있어 그녀를 따라 매장 안으로 들어갔다.

"요즘 선풍적인 인기를 끌고 있는 제품들이에요. 후회 안하실 거예요."

여직원은 파운데이션 세트를 내 놓았다. 하지만 가격표를 보니 너무 고가였다. 나는 비슷한 제품이 전시되어 있는 진열대 쪽으로 시선을 주었다. 그곳의 파운데이션 세트는 여직원이 추천하는 제품의 절반 가격이었다. 여직원은 내 의사를 눈치 채고 말했다.

"아, 이거 원하시는군요?"

그리고 진열대의 유리문을 열려고 하는데, 무슨 이유인지 안 열렸다. 그때 나는, 내가 여자로 변신했다는 걸 깜빡 잊고, 그녀를 도와주려 진열대 손잡이를 잡고 힘차게 잡아당겼다. 그 순간 난리가 났다. 진열대는 양옆이 금속으로 고정되었고, 실리콘 접착까지 되어 있었는데, 내가 힘껏 잡아당기는 순간 와드득 소리를 내며 금속이 우그러 들고 실리콘 접착이 뜯어졌던 것이다. 나는 뜯어낸 진열된 뚜껑을 들고 멍하니 서 있었고, 여직원은 물론, 매장 안의 사람들까지 그런 나를 이상한 눈으로 쳐다보고 있었다.

여직원은 상황을 무마하려고 애썼다.

"호호호, 성격이……급하신가 봐요?"

나는 대충 가격을 치르고 그곳을 나왔다. 등줄기로 땀이 흘렀다. 여자로 산다는 게 쉽지 않다는 걸 느꼈다.

꿈인지
생시인지

집에 돌아오니 긴장이 스르르 풀렸다. 여자 옷을 모두 벗고 알몸으로 침대에 벌렁 누우니 날아갈 것처럼 해방감이 느껴졌다. 여러모로 긴장되고 힘들었지만 그래도 난생 처음 여자로 변신했다는 것 자체가 주는 즐거움이 컸다. 단 몇 시간이었지만, 여자가 되어 시내를 돌아다니다보니 나 자신의 심리도 여성화되는 듯한 느낌이 들었다.

그런데 여자체험을 완벽하게 즐기기 위해서는 목소리 문제를 해결하는 게 급선무였다. 만일 여자로서 대화도 가능하다면 단순히 여장을 하고 돌아다니는 것 이상의 체험도 가능할 것 같았다.

인터넷으로 검색을 해보니 여자 목소리로 변조해주는 프로그램은 있었다. 하지만 넷상에서만 가능한 것이기 때문에 무용지물이었다. 나는 몇 시간 동안이나 인터넷과 씨름하며 목소리 문제를 해결할 방노를 찾다가 눈에 확 띄는 제품을 하나 발견했다. 영국에서 개

발한 제품인데, 몸에 부착을 하면 여성 목소리로 변조되는 '보이스 체인지'라는 것이 있다는 걸 알게 되었다. 국내에는 출시가 안 되었고, 아마존에서 주문이 가능했다. 상당히 고가였지만 나는 망설이지 않고 그 제품을 주문했다.

일주일만에 국제 우편으로 제품이 배달되어 왔다. 생각보다 단순한 구성이었다. 라이터 크기의 네모난 장치를 허리에 부착하고, 그 장치에 딸린 음성 변조기를 목부위에 부착하면 끝이었다. 변조기의 크기가 초미니이고, 살색톤이어서 부착을 해도 거의 티가 나지 않았다. 어쩌면 나처럼 여자체험을 즐기는 사람들을 위한 제품인지도 모른다는 생각이 들었다.

나는 장치를 부착하고 말을 해 보았다. 결과는 대성공이었다. 처음에는 너무 하이톤이라서 문제였는데, 자세히 보니 음성의 톤을 조절하는 장치가 있었다. 그걸 조절하면 저음의 여성목소리부터 소프라노같은 고음의 여성음까지 자유롭게 선택을 할 수가 있었다.

이제 문제될 건 없었다. 완벽하게 여자로 살아가는 게 가능하다고 느꼈을 때 가장 먼저 떠오른 얼굴이 내가 사는 곳의 피아노 학원 원장이었다. 나보다 몇 살 위인 것으로 보이는 그녀는 늘씬한 키에 고고한 분위기를 가진 지적인 여자였다. 나는 그녀에게 호감을 갖고 몇 번인가 말을 붙여본 일이 있는 데, 그때마다 차가운 응대를 받고는 했었다. 내가 피아노를 배우고 싶다고 하자 그녀는 내쪽으로는 시선도 주지 않고 퉁명스러운 대답을 했었다.

"배우신다는 데 말릴 필요는 없지만 신중히 생각하세요. 너무 늦은 나이니까."

그녀가 나를 냉대한 것은 내가 남자이기 때문일 것이다. 괜찮은 여자들은 늘 남자들의 표적이 되기 때문에 항상 경계를 하는 경향이 있었다. 하지만 나는 이제 여자다. 여자가 여자를 경계할리는 없으므로, 나는 이제 그녀와 친해질 수 있고, 어쩌면 그녀에 대해 속속들이 알게될 지도 모른다.

나는 다시 여장을 했다. 이번에는 치마를 입었다. 그렇다고 미니스커트는 아니고, 무릎을 살짝 가리는 정도의 치마였다. 물론 스타킹도 신었다. 거울을 보니 전체적으로 전문직 여성 같은 분위기가 풍겼다.

나는 안심이 되어 또다시 여자로서 외출을 시도했다. 엘리베이터 앞에 서는데, 하필 처음 여장을 하고 외출을 했을 때 만났던 그 남자를 또 만났다. 구면이라고 생각해서인지 그는 웃으며 인사를 건네 왔다.

"안녕하세요? 같은 층에 살면서 인사도 못했네요."

"아, 네……."

웃는 얼굴로 인사를 하는데 냉대하는 것도 이상해서 대충 대답을 했다. 음성 변조기는 막강한 성능을 발휘해서 내 목소리는 누가 들어도 전형적인 여성의 목소리였다. 그는 계속 말을 붙였다.

"저는 708호에 삽니다. 아파트 입주자회의의 대의원도 맡고 있어서요. 혹시 불편한 일 있으면 제게 말씀해 주시면 됩니다."

알아, 짜식아. 마누라하고 자식도 있다는 것도 알아. 네 마누라가 딴 여자에게 추근거리는 거 알면 어쩌려고? 라는 식의 말이 목구멍까지 올라왔지만 자제를 하고 부드럽게 응대했다.

"감사합니다. 불편한 점 있으면 말씀드릴게요."

그리고 엘리베이터에 함께 올라탔는데, 나보다 두 걸음 옆에 선 그는 힐끔힐끔 내 몸매를 훔쳐보고 있었다. 나는 그가 어찌 나오는지 궁금해서 치마를 살짝 걷으며 다리 쪽을 긁었다. 나의 허벅다리가 확 드러나자 그는 눈을 크게 뜨고 침을 꼴깍 삼켰다. 정말 꼴깍 하고 침 넘어가는 소리가 내 귀에까지 들릴 정도였다.

엘리베이터에서 내린 나는 곧장 단지 내에 있는 피아노 학원으로 향했다. 학원 안으로 들어서니 가장 먼저 베토벤의 초상화가 눈에 들어왔다. 다행히 원장이 자리에 있었다. 학원은 원장과 지도교사 한 명이 운영하고 있었는데, 원장은 책상에 앉아 잡무를 보고 있었다.

"안녕하세요?"

나는 최대한 여성스러운 말투와 행동거지로 그녀에게 인사를 했다.

"어서오세요."

"피아노 좀 배우고 싶어서……"

"본인이요?"

"네."

"성인의 경우 수 목 금 3일중에 하루를 선택해서 오후 6시 이후에 강의를 하고 있어요. 일단 좀 앉으세요."

나는 그녀와 소파에 마주앉았다. 그리고는 준비한 거짓말을 그럴 듯하게 늘어놓았다.

"지금 독신으로 살고 있거든요. 나이가 서른에 가까워지고 보니 시간 낭비를 하느니보다는 뭔가 의미 있는 걸 배우며 살고 싶어서요."

내가 구슬프게 사연을 읊자 그녀는 상당히 감동한 얼굴로 공감을
해 주었다.

"잘 생각하셨어요. 여자들이라고 꼭 결혼을 해야 한다는 법이 어
딨어요? 저도 싱글이에요. 그러니 편히 생각하고 배우세요."

"제가 나이가 어린 것 같은 데, 언니라고 불러도 되죠?"

"그럼요."

"호호, 언니도 말 놓으세요."

"호호, 그럴까?"

이게 꿈인지 생시인지 믿기지 않을 정도였다. 우아하고 도도한
피아노 원장과 이렇게 격의없이 대화를 나눌 수 있을지 생각이나
했겠는가.

나는 준비한 말을 했다.

"제 이름은 장윤희에요."

"그래. 나는 임미숙이야."

"네, 미숙이 언니."

"그래, 윤희야."

우리는 죽이 맞아 서로를 바라보며 웃었다.

"그런데 손 좀 한 번 보여줄래?"

"손은 왜요?"

"손을 보면 피아노에 적성이 어느 정도 있는지 알 수 있거든."

"아, 네."

나는 임미숙 앞으로 두 손을 가지런히 내놓았다. 다행히 내 손은

상당히 여성스러운 데가 있어서 의심 받지 않았다. 그녀가 내 손을 어루만지며 말했다.

"손 참 예쁘네. 하지만 피아노를 빨리 배울 만큼 길지 않은 게 아쉽다. 그렇다고 어렵다는 건 아니야. 손가락이 길면 빨리 배우는 게 당연하겠지만 그렇지 않더라도 얼마든지 가능해."

"알겠어요. 취미로 배우는 정도니까 아주 프로처럼 잘치지 않아도 상관은 없어요."

그리고 나는 본색을 드러냈다.

"언니 손은 참 길고 고우네요. 좀 만져봐도 되죠? 피아노 잘치는 손이 궁금해서."

"얼마든지."

임미숙이 내 앞으로 손을 내밀었다. 정말 피아노 연주자답게 길고 가는 손이었다. 나는 그녀의 손을 만지며 황홀한 기분에 젖었다. 마치 꿈이라도 꾸고 있는 기분이었다.

꽃밭에서

나는 피아노 학원에 등록을 하고 학원을 나왔다. 집으로 오는 동안 구름 위를 걷는 듯한 기분이었다. 그녀와 가까운 곳에서 친밀한 대화를 나누고, 서로의 손까지 어루만졌다는 사실이 꿈속의 일처럼 생각되었다. 전에 그녀의 냉대를 받았을 때만 하더라도 그녀의 성격이 상당히 까다로운 줄만 알았었는데, 막상 오늘 여자로서 대화를 나누어보니, 반대로 사근사근하고 다정다감한 성격임을 알 수 있었다. 이제 강의를 듣게 되었으니 호의적인 관계가 계속될 것이고, 또 그녀에 대해 더 많은 걸 알 수 있으리라고 생각하니 가슴이 설레였다.

그런데 이것은 모두 내가 동성인 여자였기 때문에 가능한 것이었다. 만일 나 자신의 본래 성인 남자로 접근한다면 이야기가 전혀 달라질 것이다. 앞에서도 밝혔지만 그녀에 대한 관심으로 그녀의 피아노 학원에 등록하려다가 면박만 당한 일이 있었다. 그렇다면 그녀는 남자인 나에게는 관심이 없다는 것이었다.

그래서 나는 이번에는 여장을 하지 않고 찾아가 그녀의 반응을 접해 보기로 했다. 나는 다음날 일찍 그녀의 피아노 학원을 찾아갔다. 하필 그녀는 혼자 청소를 하고 있었다. 아무래도 썰렁한 학원을 여자 혼자 청소중인 모습은 남에게 드러내고 싶지 않은 모습 가운데 하나일 것이었다. 그래서 그런지 나를 발견한 그녀는 지난번 이상으로 퉁명스러웠다.

"지난번에 다 말씀드리지 않았나요? 피아노를 배우기에는 너무 늦었다고."

어제와는 180도 다른 그녀의 태도에 주눅이 들어, 나는 겨우 입을 열었다.

"그래도 좀 배우고 싶어서."

"지금 성인반은 다 찼어요."

그녀는 거짓말을 하고 있었다. 어제 내가 여자로 왔을 때는 분명히 그런 이야기를 전혀 하지 않았었다. 나는 알겠다고 말하고 학원을 나왔다. 눈물이 핑 돌았다. 설령 내가 동성이 아니라고 하더라도 학원 등록까지 거부한다는 것은 '남자인 나'에게는 티끌만큼도 관심이 없다는 이야기였다.

그런 우울한 생각 끝에 의지가 불타올랐다. 일단 여자로서 그녀와 가까이 지낼 수 있게 되었으므로 그녀에 대해 더 많이 알고 난 후, 남자로 공략을 하자는 것이다.

그 문제는 그렇게 정리를 해 두고, 나는 다른 여자체험을 즐길 궁리를 했다. 가장 쉽게 생각할 수 있는 게 인터넷을 통해 여자들의 모임에 참여하는 것이었다. 인터넷 포털 카페를 뒤져보니 여자들만의 모임이 여러 개 있었다. 그 가운데 한 군데를 가입했는데, 그곳은 요리라거나, 인테리어라거나, 혹은 패션 정보 같은, 여성들의 관심사를 공유하는 카페였다. 회원가입을 하고 며칠 기다려 등업이 되었을 때 게시판의 글을 읽다가 번개 모임 공지를 발견했다.

오늘 낮에 종로에서 모임을 갖는다는 데, 참석할 의사가 있으면 모임 주도자의 연락처로 미리 알려야 한다는 내용이 있었다. 나는 전화를 걸었다.

"여보세요?"

목소리만으로도 30대 초이고, 주부임이 분명해 보이는 여인의 대답이 건너왔다. 나는 인사를 하고 용건을 밝혔다.

"안녕하세요? 카페 공지 보고 연락드렸어요. 오늘 번개에 참여하고 싶어서."

"성함이 어떻게 되시죠?"

"장윤희라고 해요."

"그럼 오후 2시에 종로 2가의 아몬디에라는 커피 전문점으로 오세요."

"만나면 무슨 이야기를 나누죠?"

"아, 처음이라 잘 모르시는구나. 별 것 없어요. 그냥 여자들끼리 수다떠는 거죠."

"알겠습니다."

나는 또다시 거울 앞에서 30분 동안 공을 들여 여자로 변신을 하고 외출을 했다. 약속 장소인 커피전문점으로 가보니 4명의 회원들이 벌써 나와 있었다. 나를 제외한 이들 4명은 자주 모이는 여자들인 것 같았다.

"장윤희라고 해요. 28살이고, 전에 직장을 다니다가 그만두고 지금은 백수, 아니, 백조예요."

그러자 모임주도자이며, 전업주부라는 양영희가 물었다.

"결혼은?"

"미혼이에요."

이번에는 역시 전업주부인 안미영이 물었다.

"애인은 있지?"

나는 얼굴을 붉히며 대답했다.

"아니요."

"어머, 이런 미인을 남자들이 왜 그냥 냅두고 있을까? 눈이 너무 높은 거 아냐?"

그리고 여자들만의 수다가 시작되었다. 그냥 흔하디 흔한 여자들의 수다였다. 신랑 이야기부터 살림살이, 연예인 이야기 등, 두서없는 이야기로 몇 시간이 그냥 흘러가버렸다. 그런데 도서관에서 사서를 한다는 최진란이 이번에 새로 산 집 이야기를 화제로 올렸을 때, 옆자리에 앉은 정체불명의 남자가 시비를 걸어왔다.

"자기 자랑 좀 집어치우쇼!"

혼자 앉은 그의 행색을 보니 건달 냄새가 짙게 풍겼다. 커피도 시키지 않고 자리만 지키고 있었다. 최진란은 아무래도 상대가 험악한 인상의 남자이다 보니 잘못한 것도 없으면서 사과를 했다.

"제가 지나쳤다면 죄송해요."

그랬음에도 남자는 계속 시비를 걸었다.

"누구는 돈이 없어 이러고 있는 줄 아쇼? 나도 옛날에는 한가닥 했다고. 거 여자들이 집에서 살림이나 하지 이런데서 한심하게 수다나 떨고 말이야."

이쯤 되다보니 분위기가 이상해졌다. 여자들은 눈짓으로 자리를 옮길까 어쩔까 고민을 하고 있었다.

남자가 다시 소리쳤다.

"내가 우습게 보이쇼?"

그런데 이쯤 되다 보니 나 자신이 여자라는 신분을 망각하고 본성인 남자로서의 의협심이 타올랐다. 그래서 거의 본능적으로 그에게 소리쳤다.

"아저씨가 뭔데 그래요?"

안미영이 내 팔을 잡고 말렸음에도 한 번 감정이 분출하자 자제가 되지 않았다.

"남 일에 참견 말아요!"

그러자 그 남자가 일어섰다.

"계집년이 어디서……"

그는 주먹이라도 날릴 기세로 내게 다가섰다. 나 역시 지지 않고 일어서서 그에게 맞섰다.

"이걸 그냥 확……"

그러면서 그가 주먹을 올렸는데, 나는 그게 나를 때리려는 것인 줄 알고 두 손으로 그의 가슴을 밀쳤다. 그의 나이는 40대 초였고 나는 28살의 남자였다. 그러다보니 내가 별로 힘을 준 것이 아님에도 그는 어이없이 쉽게 뒤로 나자빠졌다. 당황한 그는 나를 향해 돌진해 왔는데, 반사적으로 다리를 든다는 것이 그의 얼굴을 무릎으로 올려치는 자세가 되었다. 얼굴을 정통으로 맞은 그는 얼굴을 두 손으로 감쌌다.

모임의 여자들은 놀란 얼굴로 나와 그 남자를 번갈아 바라보고 있었다. 그뿐 아니라 종업원들과 다른 손님들도 나를 쳐다보고 있었다.

나는 모임의 여자들에게 말했다.

"여기 분위기가 좀 안좋으니 다른 데로 옮기죠?"

여자들은 앞 다투어 커피전문점을 빠져나갔다. 누군가 내 몫의 커피값을 대신 계산해 주었다.

그녀의
과거

그날 간단히 맥주 한 잔을 마시고 노래방을 갔는데, 그곳에서 나는 단연 인기 톱이었다. 나는 혹시라도 내가 남자라는 걸 누군가 눈치 채는 건 아닌가 조바심이 났지만 그런 건 전혀 없었고, 귀찮게 만드는 남자를 간단하게 해치운 나는 그녀들의 구세주가 되었다.

"윤희씨, 나랑 노래해요!"

도서관 사서인 최진란이 내 손을 잡았다. 나는 최진란의 손을 잡고 그녀와 함께 노래를 합창했다. 최진란은 그냥 평범한 30대 후반의 아줌마였지만, 그래도 여자다운 면이 있었다. 연애 경험이 전혀 없는 나는 여자와 이렇게 친밀한 사이가 되어 노래를 함께 하는 게 난생 처음이었다.

그리고 더 놀라운 일도 벌어졌다. 노래가 끝나고 나는 제 자리로 돌아왔는데, 내 옆에 앉은 안미영이 내 어깨를 톡톡 치더니 이렇게 말하는 것이었다.

"윤희 씨, 브래지어가 풀린 것 같아. 좀 연결해줄래요?"

"아 네……"

안미영은 등을 돌리고 셔츠를 걸었다. 그녀의 하얀 등짝이 드러났다. 나는 떨면 안 된다는 생각에 잔뜩 긴장해서 그녀의 브래지어를 연결해 주었다.

그날은 그렇게 헤어졌는데, 다음날 최진란으로부터 전화가 걸려왔다. 나는 그녀라는 걸 알고 재빨리 음성 변조기를 부착하고 전화를 받았다.

"윤희 씨, 태권도 했어?"

"아니에요."

"나 정말 윤희 씨에게 반했다니까. 어제 얼마나 멋있었는지 몰라."

"저 별로 힘없는데, 어제는 어쩌다보니 그렇게 되었어요."

"아무튼 놀랐어. 그건 그렇고 요즘 쉰다면서?"

"네."

"그럼 나하고 점심 좀 같이 먹자. 할 얘기가 좀 있어서."

내 입장에서는 여자들에 대해 좀 더 잘 알 기회이므로 흔쾌히 응했다. 그래서 그녀가 일하는 정독 도서관 근처의 한식집에서 만났는데, 그녀는 난데없이 나에게 취직 알선을 제안했다.

"우리 도서관에서 계약직 직원을 두 명 구하는데, 한 명은 구했고 나머지 한 명이 남았어. 윤희 씨라면 잘 할 것 같아서 제안하는 거야."

"어떤 일이죠?"

"그냥 도서관 사서가 하는 일이야. 도서관 가봤으면 알겠지만 그다지 힘든 일은 없어."

사실 저축한 돈이 있다고는 하지만 언젠가는 동이 날 것이기 때문에 취직을 하는 것도 나쁘지는 않다는 생각이 들었다. 다만 남자가 아닌 여자로 근무해야 한다는 점이 애로사항이었다. 여자로 변신해서 잠깐 누군가를 만나는 건 가능하겠지만 하루 종일 여자로 생활하고 일도 해야 하는 걸 감당할 수 있을지 판단이 잘 안 섰다.

나는 생각해 보겠다고 대답했다. 한식집을 나오는 데 최진란이 또 다른 제안을 했다.

"윤희 씨 애인 없다고 했지? 우리 사촌 동생 좀 소개 시켜줄까? 군대도 장교로 나왔고 지금 대기업에 취직했어."

"아니요. 전 지금 누굴 사귈 입장이 아니라서……"

내가 거절하자 최진란은 아쉽다는 듯한 표정을 지었다.

일단 여자로 변신해서 소득이 많았다. 피아노 학원 원장인 임미숙과 호의적인 관계가 된 것도 그렇고, 생각지도 못했던 취직 알선까지 받았으니 나로서는 환상적인 상황이었다. 처음에는 그냥 잠깐 체험만 하는 정도로 생각했던 여자로서의 생활 속으로 나 자신이 점점 빠져 들어가는 듯한 느낌이 들었다. 이제는 어느 정도 여자로서의 생활에 익숙한 듯 느껴지기도 했다.

오늘은 피아노 학원에 첫 강의를 받으러 가는 날이다. 이번에는 가벼운 티셔츠에 면바지 차림을 해 보았다. 거울을 보니 나 자신도 반할 정도로 스포티한 여자가 서 있었다. 피아노 학원에 들어서니 임미숙이 밝은 얼굴로 맞았다.

"어서와."

남자로 갔을 때와는 전혀 다른 반응이었다.

"안녕하세요?"

나는 인사를 하고 학원 안으로 들어갔다. 강의실 안에는 아무도 없었다.

"성인반 강의는 신청자가 거의 없어서 혼자 받아야 해."

"아무래도 성인이 피아노를 배우는 경우는 드물죠?"

"거의 없지. 배우고 싶다는 남자 한 명이 있는 데, 부담돼서 거절했어."

나를 말하는 것이었다. 역시 여자는 남자를 경계하고 부담스러워하는 면이 분명히 있었다. 나는 피아노 앞에 앉아 강의를 들었다. 첫 강의는 음표를 보면서 도레미파솔라시도를 치는 정도의 가벼운 내용이었다. 내가 피아노 앞에 앉았고 임미숙이 등뒤로 서서 지도를 해 주었다. 그녀의 손이 내 손과 겹쳐질 때마다 짜릿했다. 더 짜릿한 건 등 뒤에 선 그녀의 가슴이 내 등을 툭툭 건드릴 때였다. 미칠 것 같았다.

강의를 다 받고 나가려는 데 임미숙이 내게 말했다.

"집에 일찍 가야 해?"

"왜요?"

"캔 맥주 사 놓은 게 있는 데, 괜찮으면 같이 마시자고."

나는 기분이 좋아 입이 찢어질 것 같은 기분을 간신히 숨기고 다소곳이 알았다고 대답했다. 임미숙은 캔 맥주 두 개와 눌린 오징어를 갖고 왔다. 그녀와 나는 작은 테이블을 두고 나란히 마주앉아 캔 맥주를 마셨다.

내가 평소에 궁금했던 걸 물어보았다.

"애인은 없어요?"

"응."

"왜요?"

"그냥……"

흘려말하는 그녀의 뉘앙스 너머에서 무슨 사연이 짚어졌다. 만일 내가 남자라면 이런 분위기에서는 그녀의 손이라도 잡아야 하는 건데, 그래서는 안 되기 때문에 답답함이 느껴졌다. 그녀가 문득 말했다.

"음악 좀 들을까?"

내가 좋다고 하자 그녀는 MP3를 스피커에 연결하고 음악을 틀었다. 그런데 음악은 경쾌한 댄스 음악이었다. 임미숙은 입으로 음악을 따라하다가 흥에 겨웠는지, 일어서서 춤을 추기 시작했다. 수준급의 놀라운 댄스실력이었다. 점잖은 피아노 학원장인줄만 알았는데, 이런 면이 있다는 게 신기하고 놀라웠다.

임미숙은 내손을 끌어일으켜서는 함께 춤을 추자고 했다. 나는 격렬하게 춤을 추면 남자라는 게 들통날지도 모른다는 생각에 리듬에 맞춰 몸만 흔들어주었다. 이윽고 임미숙은 음악을 바꾸었다. 이번에는 발라드였다. 자연스럽게 그녀와 나는 블루스를 추게 되었다. 사실 예전에 나이트클럽에서도 여자들 끼리 블루스 추는 모습을 자주 봤기 때문에 이상한 일이라고는 생각 안했지만, 중요한 건 내가 여자가 아니라 남자라는 사실이었다.

그녀와 포옹을 하고 보니 심장이 터질 것처럼 쿵쾅거렸다. 내 등을 감싼 그녀의 손끝에서 전류가 흘러나와 정신이 아득해지는 느낌이었고, 내 가슴에 맞닿은 그녀의 가슴 때문에 전신에 야릇한 흥분이 퍼졌다.

노래가 끝난 후 남은 맥주를 비우고 나는 강의실을 나왔다. 임미숙과의 스킨십으로 정신을 못차리고 있는데, 도서관에서 일하는 최진란으로부터 전화가 걸려왔다. 그녀는 지난번에 이야기했던 취업 건으로 한 번 더 만나 이야기를 하자고 했다. 나는 알겠다고 했다.

다음날 오후 2시에 나는 최진란과 약속한 커피전문점으로 들어섰다. 최진란은 창가 테이블에 앉아 있었다. 나는 무심코 그녀에게 걸어가다가 기절할 듯이 놀라고 말았다. 최진란의 옆자리에는 건장한 20대 후반의 남자가 앉아 있었다.

"내가 말했지? 나한테 사촌 남동생이 있다고. 이 친구야. 물론 윤희가 애인 사귈 생각 없다고 한 건 알고 있지만 부담갖지 말고 그냥 누구인지 알아보면 좋을 것 같아서 함께 나왔어. 괜찮지?"

"네……"

"최진욱입니다."

옆자리의 남자는 씩씩하게 웃으며 내게 손을 내밀었다. ㅅㅂ…,,,,난리났다.

최진욱은 장교 출신답게 건장하고, 믿음직스러웠으며, 키도 훤칠했다. 그런데……그게 나하고 무슨 상관이냐고. 나는 남자라고.

최진란이 내게 말했다.

"윤희의 성격이 내성적인 것 같더라고. 이런 타입은 누가 도와주지 않으면 연애하기 힘들어. 나도 20대에는 그런 성격이었는데, 손해를 많이 보더라고."

맞는 말이다. 연애라는 게 도와주는 사람이 있으면 더 쉽게 풀리는 법이다. 그런데 그게 나와 무슨 상관이냐고. 난 남자라고, 남자! 하기야 최진란의 잘못은 전혀 아니다. 나를 여자라고 생각한 그녀는 취직 문제라거나 연애 문제에서 도움을 주고 싶어하는 것일뿐이다.

최진란은 시계를 보며 말했다.

"내가 지금 일을 보러 가야 해서……윤희야, 너의 취직 건은 어렵지 않을테니까 간단히 서류만 준비해 놓아. 그럼 두 사람 이야기 하다가 가."

그녀는 자기 때문에 내가 대화를 제대로 못 나눈다고 생각한 모양이었다. 어쨌든 그녀가 나가고 나와 최진욱만 남았다.

그가 만면에 웃음을 띠고 말했다.

"어쩌면 운명이란 게 있을지도 모르나 봅니다. 내가 여기 오면서 이런 타입의 여자가 나왔으면 좋겠다고 생각했는데, 지금 앞에 앉은 분이 딱 그 스타일이네요."

멋진 대사였다. 나중에 여자 꼬실 때 써 먹으면 적당할 것 같다는 생각이 들었다. 아, 그런데 일이 이상하게 꼬이는 것 같다. 이 남자가 내게 호감을 느낀다면 문제가 복잡해질 수도 있는데…….라고 생각한 나는 딱 잘라서 대답했다.

"죄송한데, 진란이 언니가 착각을 했던 것 같아요. 전 지금 누굴 사귈 입장이 전혀 아니거든요."

그럼에도 최진욱은 낯빛 하나 변하지 않았다.

"알고 있습니다. 부담 갖지 마세요. 인연이라는 게 억지로 되는 게 아니잖아요? 다만 서로 어떤 사람인지는 알아보는 것도 나쁘지 않은 것 아니겠습니까?"

"그건 그렇지만……"

"아무튼 오늘 만나서 반가웠고, 기회가 되면 다음에 식사라도 한 번……"

그날은 그렇게 헤어졌는데, 그날 밤 그는 내게 문자를 보내왔다. 내용은 없고 노래 가사만 있었다.

며칠 후 피아노 학원에서 임미숙으로부터 두 번째 수업을 받았다. 수업이 끝났을 때 그녀는 자신이 잘 가는 카페에 함께 가자고 제안해 함께 그곳에 가게되었다. 임미숙의 잘 아는 언니가 운영하는 북카페였다. 바에 나란히 앉아 커피를 마셨는데, 나는 기회라고 생각하고 궁금한 걸 물어보았다.

"전에 애인과 헤어졌다고 하셨는데, 자세히 좀 이야기 해 줄 수 있어요?"

임미숙은 무표정하게 커피잔의 손잡이를 만지작거리다가 입을 열었다.

"그 사람 여기서 만났어."

"이 카페에서요?"

"응."

"어떻게?"

"나는 그때 공공기관의 관현악단에서 일하고 있었는데, 일이 끝나면 이곳에서 혼자 커피를 마시고는 했어. 그런데 며칠 계속 보게 된 사람이 있었어. 그는 친구들과 올 때도 있었고 혼자 올 때도 있었어. 그냥 괜찮은 사람이라고는 생각했지만 그 사람과 어떻게 되리라고는 꿈에도 생각 못했지. 그런데 어느 날 그가 내게 종업원을 통해 쪽지를 보내왔어. 지금도 그 내용을 기억하고 있어. '학을 닮으셨군요.'라는 딱 한 마디였어."

"학이요?"

임미숙은 입을 가리며 웃었다.

"별 것도 아닌데, 그때의 나는 그 한 마디에 홀딱 넘어가버렸지. 그래서 대화를 나누다보니 사귀게 된 거야."

나는 그녀의 말을 머릿속에 입력해 두었다.

"왜 헤어졌어요?"

"그 사람 상태가 안 좋았어."

"어떻게?"

"무슨 이상한 정신병이 있다는 걸 나중에 알았지. 그것 때문에 나를 심하게 의심하더라고. 사랑했기 때문에 이겨내려고 했지만……
그게 잘 안됐어."

거기까지만으로도 대단한 정보라는 생각에 나는 더 캐묻지 않았다. 집으로 돌아와 생각해보니 오늘 소득이 컸다. 우선 그녀가 잘 가는 북카페를 알아냈고, 또 그녀가 남자로부터 멋진 쪽지를 받으면 좋아한다는 것도 알아냈다. 나는 이 정보를 활용해서 그녀를 공략하기로 했다.

나는 우선 그녀가 감동받을 만한 쪽지 내용을 구상해 보았다.

'학을 닮으셨군요.'라는 내용에 반했다면 긴 문장보다는 단문이 효과적이라는 것이었다. 나는 종이에 여러 문장을 나열해 보았다.

'꽃을 닮으셨군요.'
'기러기를 닮으셨군요.'
'뱀을 닮으셨군요.'
'달팽이를 닮으셨군요.'
'화병을 닮으셨군요.'

이런 내용은 너무 비슷해서 역효과가 날 수 있었다. 나는 장시간 고민하다가 정신이 번쩍 드는 문장 하나를 떠올렸다.

'어느 날 나는 천사를 보았습니다.'

나는 이 문장을 종이에 적어놓고, 정말 이걸 내가 생각했는지 놀라워하고, 또 감탄했다. 이 정도라면 틀림없이 그녀가 감동할 것이라고 확신했다. 아예 그 북카페에 죽때리고 있다가 그녀가 나타나면 쪽지를 전해주는 방법도 생각했으나, 그건 너무 그녀의 옛애인이 썼던 방법과 흡사해서 이상하게 생각할 것 같았다. 나는 그냥 그녀의 학원을 찾아가 건네주기로 했다.

여자가 아닌 남자로 그녀와 만나고, 또 마음이 실린 쪽지를 전해준다고 생각하니 심하게 가슴이 뛰었다. 그러나 그녀를 차지하려면 꼭 거쳐야 할 통과 의례라는 생각에 마음을 굳게 먹고 집을 나섰다.

그리고 나는 그녀의 피아노 학원에 도착했다. 학원 안에 들어가니 대기실에는 그녀가 없고 다른 여강사가 있었다. 그녀에게 물어보니 임미숙은 강의실 안에서 아이들을 가르치고 있다고 했다. 나는 용감하게 강의실 안으로 들어갔다. 임미숙은 나를 보더니 생뚱한 얼굴로 말했다.

"또 오셨어요? 지난번에 이야기 했는데⋯⋯"

나는 다짜고짜 주머니에서 쪽지를 꺼내 그녀의 손에 쥐어주었다. 그녀는 의아한 얼굴로 쪽지와 내 얼굴을 번갈아보았다. 나는 더 머뭇거리면 좋을 게 없다는 생각에 그대로 돌아서서 학원을 나왔다. 거리에 서 보니 가슴속으로 쏴 하는 바람이 밀려드는 것 같았다. 그야말로 주사위는 던져진 셈이었다. 그녀가 내 쪽지 즉 '어느 날 나는 천사를 보았습니다.' 라는 글귀를 읽고 감동받을 생각하니 눈물이 흐를 정도로 감상적이 되었다.

그런데 무심코 주머니를 뒤지다보니 종이가 만져졌다. 꺼내보니 그 안에는 '어느 날 나는 천사를 보았습니다.'라고 적혀 있었다. 으잉? 이게 뭔가?그렇다면 나는 그녀에게 쪽지가 아닌 다른 걸 주고 나온 것이다. 나는 황급히 다른 주머니를 뒤졌다. 그 주머니에는 그날 오전에 최진란이 도서관 채용 건으로 서류가 필요하다기에 적어 놓은 메모지가 있어야 했는데, 그게 없어져 버렸다. 다시 말해서 나는 임미숙에게 사랑의 쪽지를 준 것이 아니라 취업에 필요한 서류를 적은 메모지를 전해준 것이다. 메모지의 내용은 이런 것이었다.

주민등록등본 1통
인감도장
이력서(경력중심)

비장한 얼굴로 내가 전해준 메모지를 보고 그녀가 어떻게 생각할
지 감이 안 잡혔다.

은밀한
서비스

오늘은 피아노 수업이 있는 날이었다. 쪽지 작전은 완전 실패였다. 아마 그녀는 나를 이상한 사람으로 생각할 것이다. 어찌되었건 그녀의 반응을 알아볼 필요가 있었다. 여자로 변신하고 집을 나서 엘리베이터 앞에 섰는데, 이곳에서 두 번이나 만난 남자를 또 만났다. 그의 이름이 안설현이며, 나이가 34살이라는 걸 나는 알고 있었다.

안설현은 히죽히죽 웃으며 말을 건네왔다.

"자주 뵙네요. 그런데 패션 감각이 뛰어나시군요. 만날 때 마다 새로운 옷을 입고 계시네요."

짜식, 눈은 높아가지고.

나는 진짜 여자라도 된 듯이 살짝 한 번 웃어주고 입을 다물었다. 이런 표정은 여자들이 진짜 잘하는 것이다. 나 역시 호감 가는 여자에게 대쉬했다가 이런 반응을 접하면 숨이 막히는 느낌이 들고는 했었다.

그런데 그때 두 명의 남자가 가구를 마주들고 왔다. 엘리베이터 문이 열리자 그들은 가구를 엘리베이터 안에 넣고 올라탔다. 나와 안설현도 올라탔는데, 가구 때문에 공간이 비좁아 자연스럽게 그와 접촉이 되었다. 나의 엉덩이 부분이 그의 성기 부분에 밀착이 된 것이다. 거울을 보니 안설현은 속으로 접촉된 부분을 음미하며 즐기고 있는 것 같았다. 나는 그가 어떻게 나오는지 궁금해, 몸을 움직이는 척 하며 엉덩이를 약간 돌려보았다. 그랬더니 엉덩이에 뭔가 딱딱하게 걸린 듯한 감각이 느껴졌다. 그와 함께 안설현의 거친 호흡 소리가 들렸다.

학원에 들어서니 임미숙이 소파에 누워 있다가 일어섰다. 그런데 어디가 불편한 것처럼 보여 내가 물었다.

"언니, 어디 아파요?"

"허리가….”

"다쳤어요?"

"그건 아닌데 그냥 갑자기 아프네."

"그럼 오늘 수업은 그냥 넘어가죠."

"아니야. 간단히는 할 수 있어."

나는 임미숙의 지도로 피아노 기초를 수업했다. 이제 간단한 동요 정도는 칠 수 있는 정도는 된 것 같았다. 수업을 마칠 때쯤, 갑자기 응큼한 생각이 들어, 임미숙에게 말했다.

"허리 아플 때는 마사지가 좋다는데…….”

"마사지 받을 만한 곳도 이 근처에는 없잖아.”

"내가 좀 하는데……."

"정말?"

"해줄까요?"

"그럼 고맙지."

임미숙은 소파에 엎드렸다. 치마를 입은 그녀의 미끈한 두 다리가 드러나 있었다. 심장이 벌렁벌렁 뛰었지만 침착해야 한다고 다짐하며 그녀의 허리에 손을 대었다. 꿈인지 생시인지 모르는 환상적인 기분이 들었다. 마사지에 대해 전혀 모르는 나는, 대충 그녀의 허리를 눌러주었다. 내가 손에 힘을 줄 때마다 그녀는 작은 신음 소리를 냈는데, 그때 마다 나는 기묘한 흥분에 휩싸였다.

임미숙이 말했다.

"평소에는 모르는데, 아플 때는 혼자라는 게 서글퍼."

"언니도 빨랑 남자 만들어 결혼해야죠."

"그러면 좋겠지만, 이상한 남자만 생기고……."

"이상한 남자라니요?"

"글쎄, 며칠 전에는 누가 강의실 안으로 들어오더니 쪽지를 주고 가더라고. 그래서 이게 뭔가하고 봤더니 황당한 내용이 있는 거야."

나는 주눅이 든 기분으로 그녀에게 물었다.

"무슨 황당한 내용이요?"

"몰라. 주민등록등본이 어쩌구 이력서가 어쩌구 그런 내용……."

"아, 그건 이렇게 된 게 아닐까요?"

"어떻게?"

"그 남자가 언니를 좋아하는 데, 사랑을 고백하는 쪽지를 주려다가 실수로 다른 걸 준 거죠."

"그건 모르지."

"그 사람 어떤 사람인데요?"

"피아노 배우고 싶다고 몇 번 찾아왔던 사람이었어."

"그 사람이 싫어요?"

"싫을 것까지야 없지. 그냥 그런 정도지 뭐."

나는 속으로 다행이다 싶었다. 그냥 그런 정도라면 아직은 가능성이 있다는 것이다. 나는 슬며시 그녀의 티셔츠를 걷고 속살을 만져보았다. 그러자 임미숙이 중얼거렸다.

"윤희 네가 허리를 만지니까⋯⋯"

"네⋯⋯"

"허리가 편해지는 것 같아⋯⋯꼭 애인이 해 주는 것처럼⋯⋯."

만일 진짜 애인이 된다면 이 정도 서비스는 매일 아침저녁으로 해 줄 수 있다고 생각했다.

통쾌한
복수

 며칠 후 나는 최진란의 연락을 받고 정독 도서관을 찾아갔다. 드디어 정식으로 도서관 근무를 하게 된 것이다. 과연 감당할 수 있을지 어떨지 감이 안 잡혔다. 잠깐 동안 여자로 행세하는 건 문제 없었지만 매일 여자로 생활하는 건 아무래도 불안했다. 하지만 다른 한 편으로, 정말 여자가 되어 직장 생활을 해 보고 싶은 호기심도 생겼다.
 "자, 이제부터 윤희는 이분하고 함께 일하면 돼."
 최진란이 여직원을 소개시켜주었다. 정식 사서인 그녀의 이름은 양미란이었다. 나이는 20대 후반 정도로, 아마도 내 또래인 것 같았다. 나는 그녀와 일하게되었다는 사실 때문에 하늘을 나는 듯한 기분이 되었다. 그녀가 예뻤기 때문이다.
 그녀는 나를 자료실로 데려가서 업무 설명을 했다. 내가 주로 할 일은 반납된 책을 서가에 꽂고 정리 하는 일들이었다. 일은 할만했다. 막상 근무를 해 보니 도서관은 여자들이 일하기 적당한 기관이라는 생각이 들었다. 특별히 간섭받을 일도 없고 일 자체도 어려운 건 없었다. 다만 상당히 무료했다. 생물학적인 이유는 모르겠으나, 남자인 나로서는 별 변화가 없는 단조로운 작업이 상당히 따분하게 느껴졌으나, 여자들은 이런 삶에 그다지 싫증을 느끼지 않는 경향이 있는 것 같았다. 어머니나 누나가 집안 살림 하는 걸 보면 알 수 있었다. 어쩌다 도와주는 건 재미삼아 할 수 있겠지만 평생 그런 일을 매일 하라고 하면 못 할 것 같았다.

사서인 양미란이 없을 때 내가 사서 자리에 앉아 방문객들을 상대했는데, 얼마간은 별 문제가 없다가 갑자기 문제가 생겼다. 도서관 안에는 책을 검색하는 컴퓨터가 있었는데 방문객 한 사람이 내게 항의를 시작한 것이다.

"검색이 안 된단 말입니다. 세금으로 운영하는 도서관 서비스가 왜 이렇게 개판입니까?"

컴퓨터에 문제가 생긴 것 같았다. 그렇더라도 그의 항의는 정도 이상이었다. 주민센터 같은 곳에서 공무원을 상대로 큰소리를 치는 사람이 더러 있는 데, 아마 이 사람도 그런 타입인 것 같았다.

"죄송합니다. 제가 알아보고 곧 고치겠습니다."

나는 머리를 조아리며 사과를 했다. 하지만 그는 계속해서 안하무인으로 나왔다. 중절모를 쓴 점잖은 외모였는데, 성격은 정반대 같았다.

"국민 세금으로 운용되는 도서관이 이 따위로 운영되는 게 말이 되냐고요!"

"죄송하다고 했는데……"

"죄송하면 다냐고요. 지금 급한 일이 있는데, 당신들 때문에 엉망이 되었잖아요!"

"저도 오늘 처음 근무하는 것이라 잘 몰라요."

"뭐요? 처음 근무면 더 잘해야지, 처음 근무라고 개판으로 해도 된다 이거요?"

중절모는 기세등등했다. 속으로 주먹을 내뻗고 싶은 울화가 치밀어 올랐지만 간신히 자제를 하며 죄송한다는 말만 연발했다. 그때 외출했던 양미란이 돌아왔다.

"무슨 일이죠?"

"검색 컴퓨터가 안 된다고요. 세금으로 운영되는 도서관이면 제대로 운영을 하셔야죠."

그리고 중절모는 나를 가리키며 양미란에게 말했다.

"이 아가씨는 처음 근무라고 자기와는 상관없다는 식으로 나오는데, 도서관 직원이 이래도 되는 겁니까?"

나는 황당해서 응대했다.

"제가 언제요?"

"그랬잖아!"

양미란이 나섰다.

"제가 한 번 확인해볼게요."

그리고 양미란은 검색 컴퓨터를 확인해 보았다. 그러다가 중절모에게 말했다.

"검색 문제없이 되는 데요?"

"그거 말고 이 컴퓨터요."

"아, 그건 원래 고장나서 수리 예정입니다."

"아니, 세금으로 운영되는 도서관에서 고장난 컴퓨터를 방치해 놓는다는 게 말이 됩니까?"

입에서 욕이 나오는 걸 간신히 참았다. 볼 일이 급하다면 문제없는 컴퓨터를 사용하면 되는데, 고장난 컴퓨터를 두고 도서관 직원을 탓하는 건, 아무래도 다른 저의가 있어서라고 밖에는 생각할 수 없었다.

아무튼 간신히 그를 돌려보냈다. 그가 자리로 돌아가자 양미란이 내게 넌지시 말했다.

"저 자식, 꾼이에요."

"네?"

"매일 도서관에 나오는데, 아무 것도 아닌 일로 직원들 괴롭혀요."

"그래요?"

"지겨운 사람이죠."

나는 그제서야 중절모가 어떤 인간형인지 대충 감을 잡았다. 만일 도서관 직원들이 모두 남자였다면 저런 식의 행패는 꿈도 못 꿀 것이다. 여직원들이니 괴롭히는 것이다. 나는 도저히 그냥 넘어갈 수가 없을 것 같았다. 그때 마침 중절모가 서가 사이의 구석진 곳으로 가는 게 보였다. 나는 그의 뒤를 쫓아갔다.

서가에서 책을 고르는 그의 뒤로 슬그머니 다가가서 말했다.

"이 개새끼야."

중절모는 화들짝 놀라서 뒤를 돌아보았다.

"개새끼야, 그렇게 살지 마!"

중절모는 눈이 동그래졌다. 곱상하게 생긴 여직원이 욕설을 퍼부으니 머릿속에서 정리가 안될 것이다. 나는 냅다 정강이를 걷어찼다. 한 대 맞은 중절모가 고개를 숙이는 사이, 입을 틀어막고 손으로 목을 감은 뒤, 얼굴에 어퍼컷 연타를 먹였다. 대체로 이런 타입은 상대가 강하게 나오면 맥을 못 춘다. 그걸 알고 있는 나는 분이 풀릴때 까지 얼굴에 연타를 먹이고 잽싸게 도망나와 사서 자리에 앉았다. 물론 아무 것도 모르는 태연한 얼굴로.

곧이어 중절모가 달려와서 소리쳤다.

"도서관 직원이 사람을 팼다!"

그는 엉망이된 얼굴로 방방 뜨고 있었다. 양미란이 그에게 물었다.

"왜 그러시죠?"

그는 나를 손가락으로 가리키며 소리쳤다.

"이 여자가 나를 이렇게 만들었다고!"

"그게 무슨 말이에요?"

"나를 때렸다니까!"

나는 아무 것도 모른다는 얼굴로 말했다.

"선생님, 무슨 말씀인지 모르겠는데요?"

"경찰 부를 거야!"

중절모가 난리를 피워서 사무실 직원들까지 왔지만 내가 그를 때렸다고 믿는 사람은 아무도 없었다. 증거도 없었거니와, 연약한 여자가 남자의 얼굴이 엉망이 될 정도로 폭력을 행사했다고는 생각할 수가 없었기 때문이다. 무엇보다 그가 평소에 도서관 직원들을 괴롭혀왔기 때문에 이번 일도 그 연장선상에서 보고 있었다. 그가 불러서 달려온 경찰도 도서관 직원들로부터 자초지종을 듣고는 오히려 중절모를 나무라고 떠났다. 도서관 근무의 첫날을 그렇게 보냈다.

그 남자의
대시

도서관 사서인 양미란은 독특한 매력을 가진 여자였다. 발랄하면서도 자기 할 일은 빈틈없이 처리하는 부지런한 스타일이었다. 수수한 외모도 매력적이었다. 그러나 나 자신이 여자로 변신한 상태를 유지하느라 전력을 기울이고 있었고, 또 피아노 학원의 임미숙에게 빠져 있어서 그녀를 생각할 겨를이 없었다.

그러나 아무래도 매일 함께 근무를 하다 보니 자연히 그녀에게 이성적인 관심이 생겼고, 그녀에 대해 더 알고 싶은 호기심도 생겼다. 나는 상상속에서만 임미숙과 양미란을 놓고 저울질 했다. 물론 그녀들에 대한 내 선택권은 전혀 없었다. 그래서 상상속에서만이라는 단서를 붙인 것이다. 달콤한 연애 상대로는 임미숙이 단연 앞서지만, 조신한 가정주부로서는 양미란이 낫다고 생각했다.

그런데 그녀에게 이미 골키퍼가 있다는 사실을 알게 되었다. 어느 날 나란히 근무를 하는데, 그녀의 휴대폰이 울렸다. 그러자 그녀는 뒤편으로 가서 통화를 했다.

"오늘은 안 되고, 내일쯤 시간 낼게. 오후 7시에 그곳에서 봐."

통화 내용만으로도 남자친구와의 대화라는 걸 알 수 있었다. 그래도 확인을 해야 할 것 같기에 넌지시 물어보았다.

"남자친구인가봐요?"

"응."

양미란은 쑥스럽다는 듯이 웃고는 내게 물었다.

"윤희 씨는 남자친구 있어?"

"아니오."

"왜? 독신주의야?"

"그건 아니고요. 내가 눈이 좀 높나봐요."

"맞어. 여자는 눈이 높아야 해. 세상 남자들 다 거기서 거기거든. 그러니 그냥 혼자 살아도 상관없다는 배짱이 필요하다고."

"언니 남자친구는 어떤데요?"

나의 질문에 양미란은 고개를 설레설레 흔들었다.

"마음에 전혀 안 들어. 그래도 어쩌겠어. 3년을 사귀었는데, 이제 와서 싫다고 헤어질 수는 없잖아."

나는 그녀를 자극했다.

"어머? 요새도 그런 생각하는 여자가 있어요? 한 번뿐인 인생인데, 마음에 안 들면 과감하게 헤어져야죠."

"그건 그런데……내가 마음이 약해서……."

"언니는 직장도 좋고 얼굴도 예쁜데, 후진 남자에게 얽매일 필요가 있나요?"

내가 집요하게 몰아세우자 양미란은 이상하다는 듯이 나를 힐끗 바라보았다. 나는 아차 싶었다. 양미란과 남자 친구의 사이를 이간질하고 싶은 마음에 너무 나가버린 것이다. 다행히 양미란은 대수롭지 않게 생각했다.

"윤희 씨도 남자친구 사귀어 봐. 남녀문제가 그리 간단한게 아니더라고."

양미란에게 애인이 있다는 건 우울한 정보였지만 둘 사이가 그리 좋지 않다는 것은 가능성 있는 징조라는 생각이 들었다. 물론 그렇다고 나와 양미란이 맺어질 가능성이 있다는 건 아니다. 다만 모든 남자는 괜찮은 여자들에게 일말의 가능성이라도 발견하면 그것을 희망이라고 생각한다는 것이다.

도서관 근무는 편했지만, 지루했다. 하루종일 똑같은 자세로 앉아서 방문객들을 상대하다보면 정말 좀이 쑤셨다. 여기서도 남자와 여자의 차이가 드러났다. 여자들은 이 지루한 생활에 익숙한데 반해서 남자인 나는 발작이라도 일으킬 것 같은 답답함을 느꼈다.

그래도 즐거운 일도 있었다. 오후 4시 무렵이면 양미란은 간식거리를 사오는 데, 나와 서고에서 단둘이 나누어 먹었다. 서고는 오래된 책을 보관하는 곳이는 데, 그곳에는 아무도 없었다. 그 텅 빈 공간에 예쁜 여자와 단둘이 마주앉아 있고 보면 저절로 히죽히죽 웃음이 지어졌다. 하루의 피로가 말끔히 씻겨나가는 듯한 기분이 들었다.

그곳은 자유로운 공간이기 때문에 양미란은 치마를 걷고 두 다리를 쭉 뻗은 자세를 취했다. 팬티도 다 드러났다. 나는 거의 매일 그녀의 늘씬한 맨다리와 팬티를 보면서 간식거리를 먹었는데, 그때마다 나의 그곳이 꿈틀거리는 걸 느낄 수 있었다.

나는 그녀의 다리를 쳐다보며 말했다.

"언니, 정말 늘씬하세요."

"어머? 날씬하기는 윤희 씨가 정말 날씬하지. 나는 걱정이라고."

"뭐가 걱정이에요? 정말 날씬한데."

"그냥 대충 보면 모르는데, 여기저기 지방이 잔뜩 있어."

그러면서 그녀는 자신의 허벅다리를 가리켰다. 나는 넌지시 말했다.

"정말이에요? 어디 한 번 만져볼까요?"

"그래, 한 번 만져봐."

양미란은 내 쪽으로 허벅다리를 내밀었다. 나는 두근거리는 가슴을 진정시키며 그녀의 허벅다리를 손으로 만졌다. 그냥 만지려는 것이었는데, 어쩌다보니 남자가 애무할 때처럼 쓸어주는 자세가 되었다. 그러자 그녀는 다리를 오므리며 말했다.

"아이 간지러."

"죄송. 피부가 너무 부드러워서."

나는 고개를 숙이고 간식을 먹으며 조금 전 그녀의 다리를 쓸어주며 느꼈던 감촉을 생각하고 또 생각했다. 만일 진짜 남자로서 그녀를 만질 수 있다면 얼마나 좋을까 하고 생각했지만, 그것은 거의 불가능한 바램이었다. 그냥 이렇게 같은 여자로서 그녀와 함께 할 수 있다는 것만으로도 대단한 일이라고 생각했다.

며칠 후의 일이었다. 점심을 먹고 내 자리로 돌아와 앉아 있을 때였는데, 서가쪽에 있던 양미란이 종종 걸음으로 내게 다가와 작은 목소리로 말했다.

"윤희 씨, 저 남자 좀 봐."

나는 양미란이 가리키는 곳을 쳐다보았다. 서가 사이에서 책을 고르는 한 남자가 눈에 들어왔다. 30대 중반의 남자였다.

"저 남자가 왜요?"

"멋있지 않니?"

양미란의 얼굴은 상기되어 있었다. 남자인 내가 볼 때는 그냥 평범해 보이는 남자였다. 그런데 양미란은 그에게 반한 것 같은 모습이었다.

"1년전부터 일주일에 한 두 번 정도 와서 책을 빌려가는 데, 정말 멋있어. 내 남자 친구가 저 사람의 반만 쫓아가도 정말 좋을텐데."

나는 다시 그 남자를 살펴보았다. 그러나 도무지 양미란처럼 괜찮은 여자의 마음을 흔든 이유를 알 수가 없었다. 내색을 할 수는 없었지만 속에서 미칠 것 같은 질투심이 끓어올랐다.

잠시 후, 그 남자가 우리가 있는 프런트쪽으로 걸어왔다. 대출을 하려는 것 같았는데, 기묘하게 양미란이 아닌 내쪽으로 책을 내밀었다. 그것뿐 아니었다. 내가 쳐다보자 싱긋 하고 웃어 보이기까지 했다. 내가 대출 처리를 마치자, 그가 말을 걸었다.

"처음 뵙네요. 근무하신지 얼마 안 되셨나봐요?"

"네."

"이름이 어떻게 되세요?"

나는 그의 관심에 소름이 돋는 기분이어서 딱 잘라 대답했다.

"그런 건 알려드릴 의무가 없잖아요."

"아 네, 죄송합니다."

그는 멋쩍게 인사를 하고 갔다. 문제는 그 다음에 발생했다. 그가 내게 관심을 표하는 모습을 본 양미란이 질투를 시작한 것이다. 그 직전까지 나와 자연스럽게 사담을 나누던 그녀는 갑자기 입을 다물어버렸다. 내 입장에서는 답답했지만 어떻게 설명을 할 수도 없는 일이었다. 나는 서고에서 그녀의 하얗고 탐스러운 허벅다리를 더이상 볼 수 없을지 모른다는 생각에 불안해졌다.

그 날 골치 아픈 일이 하나 더 터졌다. 퇴근 후 전철역 쪽으로 가고 있는 데, 누가 불쑥 내 앞을 막았다.

"오랜만입니다."

헉! 최진욱이었다. 최진란이 내게 소개시켜준 그녀의 사촌 남동생.

"저는 바빠서……."

나는 어떻게든 위기를 벗어나려고 종종 걸음을 했다. 그러자 그가 나를 따라 걸으며 말을 붙였다.

"이 시간쯤 퇴근할 것 같아 기다렸습니다. 부담 되셨다면 죄송합니다."

"저는 남자친구 사귈 입장이 아니라고 말씀드렸는데…."

"알고 있습니다. 하지만 사람 일이라는 게 꼭 마음 먹은 대로 되는 건 아니잖습니까."

화라도 벌컥 내고 싶었지만 일단 내가 마음이 약한 편이기도 했고, 또 최진란의 사촌 남동생이기때문에 심하게 박대를 하면 지금의 직장까지 위험해질 수 있다는 생각이 들었다. 어떻게든 좋은 방법으로 처리하고 싶었다.

"이럴 시간 있으면 다른 분에게 관심을 기울이시는 게 나을 거예요."

"아무튼 잘 지내십시오."

그는 나의 등뒤로 인사를 하고 사라졌다. 그러고 보니 오늘 하루에만 두 명의 남자로부터 대시를 받았다.

비밀 폴더를
찾아라!

안국역에서 전철을 타고 집으로 돌아가는 데, 임미숙으로부터 전화가 걸려 왔다.

"어디니?"

"아 언니. 나 직장 끝나고 퇴근하는 길이야."

"그렇구나. 그냥 심심해서. 시간 괜찮으면 학원에 잠깐 들를래?"

"그래, 알았어."

그녀가 나를 친근하게 생각한다는 사실에 가슴이 설레었다. 아무리 내가 여장을 했다고 하더라도 성격이 안 맞으면 이처럼 친근하게 대하지 않을 것이다. 그렇다면, 만일 내가 남자로 서 그녀와 사귀게 된다면 죽이 잘 맞을 것이라는 말이 된다. 다만 그러한 관계를 만들기가 하늘의 별 따기일 뿐이다.

피아노 학원에 들어서니 고소한 냄새가 났다. 그녀는 부침개를 해 놓고 나를 기다리고 있었다. 학원 내에는 작은 조리 시설이 있었다. 그녀는 편안한 츄리닝 복장을 하고 있었다. 너무나 일상적인 옷차림이었음에도 어딘가 남다른 매력이 느껴졌다. 역시 나는 그녀에게 푹 빠져 있는 것이다.

"도서관 근무는 괜찮니?"

그녀가 내게 물었다. 나는 진작 그녀에게 도서관에 근무하게 된 사정을 이야기 해 놓은 상태였다. 나는 영화에 나오는 여자처럼 어깨를 으쓱하며 대답했다.

"좀 지루하지만 할만 해."

"너 좋다는 남자 없니? 예뻐서 많을 것 같은 데?"

그녀의 질문에 화젯 거리를 만들려고 최진욱에 대해 털어놓았다.

"오늘도 퇴근길에 날 기다리다가 아는 척을 하더라고."

"너무 튕기지 마."

"그런 게 아니라, 난 정말 남자 사귈 마음이 없다니까."

"정말이니?"

"응."

"이상하네. 여자들은 말은 그렇게 해도 다 좋은 남자를 눈이 빠지게 기다리는데."

"난 별종인가봐. 그냥 혼자가 좋아."

그녀와 나는 부침개를 나눠 먹으며 도란도란 수다를 떨었다. 그리고 부침개가 다 떨어졌을 때 그녀가 내게 제안했다.

"우리집 여기서 가까운 데, 잠깐 들렀다갈래?"

"그래도 돼?"

"물론이지."

그녀의 집은 걸어서 10분 거리에 있는 원룸이었다. 문을 열고 들어가니 임미숙의 다소곳한 외모처럼 잘 정돈된 여자의 방이 눈앞에 펼쳐졌다. 이런 곳에 그녀와 나, 단 둘이 있다고 생각하니 미칠 것 같은 기분이었다. 아, 만일 내가 남자로 이방에 그녀와 단둘이 있다면……나는 속으로 탄식했다.

　원룸에서 그녀와 이런저런 이야기를 나누고 있을 때 그녀의 휴대폰이 울렸다. 그녀는 무어라고 잠시 통화를 하고는 내게 양해를 구했다.

　"나 잠깐 이앞에서 누구 만나고 와야 하는데, 잠깐 기다리고 있을래? 냉장고에 소고기가 좀 있어서 너랑 나눠 먹으려고 했거든. 그러니 좀 기다려 줘."

　나는 당연히 알았다고 했다. 그녀는 고맙다고 말하고 원룸을 나갔다. 이제 이 원룸 안에는 나밖에 없었다. 그러자 음흉한 생각이 스멀스멀 기어올랐다. 여자의 방에 대한 강렬한 호기심이 생긴 것이다. 이런 기회는 쉽게 오지 않을 거라고 생각하니 잠자코 있을 수가 없었다.

　나는 우선 세면장에 들어가 보았다. 정말 깔끔하게 정돈된 세면장이었다. 반짝반짝 빛이 날 정도로 깨끗한 양변기를 보자니 아래쪽이 묵직해지는 느낌이 들었다. 나의 사랑 그녀가 매일 그곳에서 볼일을 보는 광경이 자동적으로 머릿속에 떠오른 것이다. 게다가! 수건 거는 받침대에는 그녀의 팬티가 한 장 걸려 있었다. 흰색이었다. 나의 아랫쪽에서는 묵직한 무언가가 자꾸 들고 일어나고 있었다. 나는 손을 바지 속에 넣고 그놈을 달래보았다. 그래도 그것은 계속 비집고 나오려고 용을 썼다. 나는 그녀의 팬티를 손으로 어루 만지며 감격에 젖어 눈시울을 붉혔다.

나는 세면장을 나와 그녀의 침대쪽으로 갔다. 나는 하얀 시트의 구석구석을 살펴보았다. 그러다가 드디어 원하는 걸 하나 찾아내고야 말았다. 그것은 터럭 한 가닥이었다. 쉽게 말하면 털이었다. 나는 원래 좀 음흉한 쪽으로 발달을 해서 그 털이 그냥 보통 털이 아님을 알고 있었다. 그것은 그녀의 은밀한 곳에서 나온 털이 틀림없다고 생각했다. 그렇게 생각을 하니 아래쪽의 그것이 미친듯이 꿈틀거렸다.

이번에는 그녀의 옷장을 열어보았다. 그녀에게 어울리는 여러가지 옷들이 쫙 펼쳐졌다. 그런 건 관심 없었고, 나는 맨 아래칸의 서랍을 열어보았다. 오! 그곳에는 그녀의 속옷이 잘 정리되어 있었다. 나는 손으로 만지는 것으로는 부족하다고 생각해, 셰퍼드처럼 킁킁거리며 그녀의 속옷더미에 얼굴을 묻었다.

그 정도에 이르니 더는 참을 수가 없을 것 같았다. 나는 바지를 내리고 문제의 그것을 꺼냈다. 그리고 그녀의 속옷을 만지며 그것을 달래고 흔들어댔다. 하지만 잠시 후 죄책감이 밀려들었다. 고작 이런 짓이나 하려고 여자로 변신한 거냐? 라고 누군가 따지는 것 같았다. 나는 조용히 그것을 원위치 시키고 지퍼를 올렸다.

이번에는 책상 쪽으로 갔다. 여러 가지 책들이 있었는데, 직업의 특성상 음악과 관련된 책이 다수였다. 그것들을 쭉 훑어보다가 별안간 아이디어 하나가 떠올랐다. 컴퓨터를 뒤져보면 내가 기대할 만한 것이 나올지 모른다는 생각이 든 것이다. 내가 기대할 만한 것이란 바로 야동이었다. 그렇다! 그녀에게는 남자 친구가 없으므로 성욕을 처리할 상대가 없다. 그렇다면 나처럼 밤마다 야동을 보며 즐길지 모른다.

나는 불현듯 그러한 호기심에 휩싸여 그녀의 컴퓨터를 켰다. 바탕화면에는 별 것 없었다. 그래서 내 컴퓨터로 들어가 보았다. 다운로드 폴더가 있기에 들어가 뒤져보았으나 야동이라거나, 기타 내가 기대하는 음란한 성격의 파일은 찾을 수가 없었다. 여자들은 야동에 별 관심이 없다는 말이 역시 사실이었던 것인가. 하지만 그것에 대해서도 논란이 있다. 누구는 여자들은 야동을 안본다고도 하고, 또 누군가는 여자들 역시 야동을 좋아한다고 했다.

그런데 폴더 가운데 movie라는 제명의 폴더가 있었다. 혹시 그것일지 모른다는 생각에 열고 들어가보았다. 그러나 영화 몇 편만 있을 뿐이었다. 그것도 모두 옛날에 만들어진 소위 클래식한 영화들뿐이었다. 역시 임미숙은 야동 따위는 볼리가 없는 여자구나, 라고 생각하려는 찰라, 영화 가운데 일본어로 쓰여진 파일을 하나 발견했다.

그것 역시 일본 영화일 가능성이 높다고 생각하며 클릭을 해 보았다. 그런데……놀랍게도 그것은 일본의 AV영화였다. 게다가 노모, 즉 모자이크가 되지 않은 생 포르노였다. 대충 살펴보니 자취하는 남자가 주인집 여자와 그렇고 그런 관계가 되어 여러 차례 정사를 벌이는 내용이었다. 전형적인 일본의 AV영화답게 노골적인 성묘사가 계속되고 있었다.

가슴이 뛰었다. 고고하고 청순한 이미지의 임미숙도 야동을 본다는 사실이 내게는 충격적이었고, 또 그것으로 인해 나는 흥분했다. 그러나 내가 샅샅이 살펴본 결과로 야동은 그것 한 편뿐이었다. 아마 그녀는 야심한 시각의 외로움을 이 한 편의 야동으로 달랠 것이다. 그렇게 생각하자니 머릿속에서 그녀가 야동을 보며 욕구를 해소하는 광경이 머릿속에 자동적으로 떠올랐다. 나의 아랫도리가 다시 신호를 보냈다. 나는 손을 바지속에 넣고 조금 흔들다가 이러면 안 된다는 자각으로 간신히 자제를 했다.

이제는 정리를 해야 할 시간이었다. 나는 컴퓨터를 끄고, 내가 살펴보았던 세면장과 침대와 옷장 같은 것들을 점검하며, 혹시라도 임미숙이 이상하게 생각할 점이 있는지 확인해보았다. 별 문제가 없다는 판단을 내리고 나는 소파에 앉아 텔레비전을 켰다.

잠시 후 임미숙이 들어왔다. 그녀는 들어오자마자 덥다면서 옷을 훌렁훌렁 벗어던졌다. 속옷 차림의 그녀는 샤워를 하겠다며 세면장으로 들어갔다. 샤워물 소리가 들리자 가만히 앉아 있을 수가 없었다. 나는 주방에 물을 뜨러 가는 척 하며 세면장 쪽을 보았다. 그녀가 문을 꽉 닫은 게 아니라서 약간의 틈이 보였다. 나는 엉금엉금 기어 문틈을 엿보았다.

다행히 그녀는 내쪽에서 볼 때 등을 돌리고 샤워를 하고 있었다. 나는 안심하며 그녀의 샤워 모습을 감상했다. 그녀의 나신은 나의 상상과 크게 다르지 않았다. 마치 미끈한 화병처럼 군살 하나 없었다. 그때 샤워를 하던 그녀가 밖에 대고 말했다.

"피아노 배우는 거 재밌어?"

나는 화들짝 놀라 한 바퀴를 빙그르 돌아 소파쪽으로 가서 대답했다.

"언니 덕분에 재밌어!"

"호호, 그럼 다행이고. 그맘 때쯤 하기 싫어질 수 있는 데, 그때만 잘 넘기면 진도가 잘 나갈 거야."

"호호, 알았어!"

그녀는 곧 샤워를 끝내고 나왔다. 그녀가 소고기를 구워주겠다고 했지만 나는 시간이 너무 늦었다고 양해를 구하고 나왔다. 사실은 너무나 흥분이 되고 끈적한 기분 때문에 더는 견딜 수 없어서였다.

번민의
밤

며칠 후 도서관에 출근했더니 직원 전체회의를 한다고 했다. 나는 임시직이라서 해당이 안될줄 알았는 데, 전체회의에는 참석을 해야 한다기에 1동의 시청각실로 갔다. 그날 도서관장을 처음 보았다. 60대 후반의 관장은 그야말로 도서관장다운 풍모를 하고 있었다. 내가 듣기로 이곳 관장은 상당히 대우가 좋아, 뒷 배경이 든든해야 임명이 된다고 한다.

관장은 앞으로 우리 도서관의 대외 홍보를 강화하겠다면서, 국영 방송국과 연계하여 CF를 찍기로 했으며, 홍보 도우미도 한 명을 임명하겠노라고 했다.

"홍보 도우미는 당연히 여직원이 맡아야 하는데……누가 좋을까……?"

관장은 직원들을 둘러보다가 나와 눈이 마주쳤다. 나는 가슴이 철렁 내려앉아 고개를 숙였다. 관장은 나를 손가락으로 가리키며 말했다.

"거기 있는 여직원 이름이 뭐죠?"

나는 놀라서 더듬거렸다.

"저, 저요?"

"그래요."

"장윤희라고 합니다. 하지만 저는 임시직 직원인데요."

"그건 상관없고……한 번 앞으로 나와보세요."

양미란이 슬쩍 내게 엄지손가락을 치켜들었다. 관장의 명령이니 거절을 할 수가 없었다. 나는 관장 앞으로 갔다.

"용모도 단정하고 이미지도 청순하고……홍보 도우미로 적당하겠네요."

그러자 양미란과 최진란, 그리고 그동안 안면을 익힌 여직원들이 환호를 하며 박수를 쳤다. 여장만으로도 놀라운 변신인데, 홍보 도우미가 되어 CF까지 찍게되었으니 나의 혼란은 극에 달했다. 마치 보트를 타고 급물살에 휩쓸린 느낌마저 들었다.

내용을 들어보니 현실적으로는 손해볼 건 없었다. 근무시간이 경감되고 별도의 수당까지 챙길 수 있다는 것이다. 그러나 아직 여장도 조심스러운데, 괜히 무슨 대형 사고라도 생길지 모른다는 염려로 초조해졌다. 다만 여장을 하고 여자 행세를 꽤 오래하다보니 상당히 적응이 된 것 같은 느낌은 있었다. 거울로 나 자신을 살펴보면, 진짜 여자라고 밖에는 할 수가 없는 외모였으며, 걸음걸이나 말투도 완벽하게 여자가 되어 가고 있었다.

"한 잔 사야 되는 거 아니니?"

회의를 끝내고 나올 때 양미란이 나를 툭 치며 말했다. 예쁜 양미란과 단 둘이 데이트를 하는 건 절대 환영이었으므로 나는 흔쾌히 대답했다.

"언니만 원하면 오늘이라도 괜찮아."

"그럼 오늘 한 잔 하자. 내가 잘 아는 호프집이 있어."

"그런데 난 술은 잘 못 마셔."

내가 술을 못 마시는 건 아니다. 다만 술을 많이 마시면 정체가 발각될지 모른다는 불안감 때문에 그렇게 말을 한 것이다.

"나도 잘 못 마시지만 가끔 맥주 한 잔 정도는 해."

"나도 그 정도야."

그래서 그날 근무가 끝나고 안국동의 호프집에서 맥주를 함께 마셨다. 나는 혹시라도 정체가 탄로날까 봐 염려하며 신중하게 술을 마셨다. 그에 반해서 양미란은 연거푸 잔을 비웠다. 그녀는 금방 취기가 오른 듯 했다.

"난 너처럼 솔로가 부럽다고."

양미란은 남자친구를 부담스러워 하고 있었다. 성격차도 있고 남자가 경제적으로 좀 무능한 편이라 헤어지고 싶지만, 그놈의 정 때문에 매여 있다고 했다.

나는 그녀를 위로했다.

"그래도 좋은 점도 있잖아. 휴일 같은 때 애인하고 있으면 얼마나 좋아."

"그건 그렇지만, 그것 때문에 너무 희생이 커. 심지어는 밥값, 커피값도 내가 내준다고."

그 남자도 뻔한 인간이라는 생각이 들었다. 말발로 여자를 꼬셔서 등쳐먹고 사는 인간형이랄 수 있을 것 같았다. 나는 내친김에 궁금한 걸 넌지지 물어보았다.

"남자친구하고……어느 정도 관계야?"

"무슨 말?"

"내 말은……그러니까……육체적으로…….갔느냐 그거지."

나는 두근거리는 마음으로 물었는데, 양미란은 웃었다.

"그걸 말이라고 하니? 너 정말 쑥맥이구나. 몇 년을 사귀었는데, 육체관계를 안 맺을 수가 있겠어?"

"호호호, 내가 연애 경험이 없어서 잘 모르거든."

나는 얼굴을 붉히며 웃었다. 속으로는 양미란과 그넘이 알몸으로 뒹구는 영상이 나도 모르게 떠올랐고, 따라서 질투심이 끓어올랐다.

"그러니 헤어질 수가 없는 거라고."

양미란은 고개를 절래절래 흔들었다. 나는 그넘이 적어도 여자를 육체적으로 만족시키는 능력은 탁월하리라고 예측했다. 안 그랬겠는가? 아무리 정이 중요하다지만 요즘 세상에 부담만 주는 남자를 달고 다닐 여자는 없을 것이다. 밤일을 끝내주게 한다면 그것으로 버틸 수 있지 않겠는가.

이런저런 수다를 떨다보니 10시가 넘은 시각이 되었다. 대충 술자리를 파하고 밖으로 나왔을 때 양미란이 뜬금없는 제안을 했다.

"오늘 우리집에 가서 자고 갈래?"

"어머? 그래도 돼?"

"기분도 꿀꿀한데, 혼자 자기가 왠지 싫어서."

"애인부르면 되잖아."

"애인은 애인이고 친구는 친구지."

무슨 말인지 잘 이해를 못하겠지만 양미란과 동침을 한다는 건 꿈같은 일이었다. 아마 내 인생에 다시는 이런 일이 생기지 않을 것이다. 나와 그녀는 택시를 타고 그녀가 사는 아파트로 갔다. 10년 이상 도서관 근무를 해서인지, 그녀의 아파트는 혼자 살기에는 상당히 넓직한 편이었다.

거실에서 와인으로 2차를 마시고 그녀의 방으로 들어갔다. 그녀는 내게 잠옷을 한 벌 내주었다. 나는 샤워를 하고 그것으로 갈아입었다. 혹시 남자 티가 날까봐 거울에서 샅샅이 살폈지만 들킬 염려는 하지 않아도 될 것 같아 안심이 되었다. 여자로 변신하기 위해 신체의 모든 부분을 여자처럼 만들어 놓은 게 효과가 있었다. 마지막으로 음성변조기까지 다시 부착을 하고 세면장을 나갔다.

그녀와 나는 나란히 침대에 누워 잠을 청했다. 그녀는 금방 골아떨어졌으나 나는 맹숭맹숭했다. 당연한 일이었다. 예쁜 여자와 한 침대에 나란히 누웠는데, 그냥 잔다면 그것이 더 이상한 것 아니겠는가.

나는 슬그머니 상체를 일으켜서 그녀를 내려다보았다. 곱고 단정한 얼굴이었다. 생얼임에도 예쁘다는 생각이 들었다. 만일 내가 그의 남자친구로 이렇게 한 침대에 있다면 마구 키스를 했을 것이다. 그러나 그럴 수 없다고 생각하니 미칠 것 같았다.

그녀의 숨소리가 거친 것으로 보아 깊이 잠이 든 것 같았다. 나는 떨리는 손으로 그녀의 잠옷을 살짝 제치고 가슴을 들여다보았다. 봉긋하고 아담한 가슴이 드러났다. 침이 꼴깍하고 넘어갔다. 딱 한 번만 만져보려고 하는 찰라, 그녀가 몸을 뒤척였다. 나는 재빨리 원위치했다.

그렇게 멀뚱멀뚱 누워 있는 데, 그녀가 몸을 한 번 더 뒤척이더니 나에게 안겨 왔다. 숨소리로 봐서는 여전히 깊숙이 잠이 들어있었다. 그녀의 가슴이 내 가슴과 밀착이 되고 그녀의 다리가 내 다리 사이를 파고 들었다. 특히 허벅다리가 나의 중요부분에 닿아서 엄청난 자극이 되었다. 나의 중요부분은 나의 의사와는 관계없이 꿈틀꿈틀 기지개를 펴기 시작했다.

이번에는 나 역시 잠결인척 하며 그녀를 마주안아보았다. 그렇게 하고 나니 진짜 연인들이 하는 것처럼 그녀와 나는 서로를 꼭 끌어 안은 자세가 되었다. 나는 기왕 이렇게까지 된 마당이니 하고 싶은 일을 해 보는 게 정신 건강에 좋을 것 같아, 손을 그녀의 잠옷 바지 속으로 넣었다. 그녀의 얼굴을 보니 여전히 깊이 잠든 모습이었다. 서서히 손을 집어넣으니 팬티가 만져졌다. 나는 침을 꼴깍 삼키며 팬티를 제치고 그 안을 더듬었다. 처음에는 털같은 것이 만져지고, 그 다음에는 여자의 갈라진 그곳이 만져졌다.

나는 내친김에 손가락을 그속에 넣어보았다. 놀랍게도 약간 축축했다. 그 정도에 이르니 '이것은 치한이다.'라는 죄의식이 생겨, 손을 원위치시켰다. 그녀의 얼굴이 나의 얼굴과 맞닿아 있었기 때문에 그녀의 숨소리가 귓가에 들렸다. 볼을 비벼보니 아이 피부처럼 부드러운 촉감이 느껴졌다.

다시 자제심이 무너져, 이번에는 그녀의 가슴속으로 손을 집어넣었다. 적당한 크기의 아담한 가슴이 손안에 잡혔다. 젖꼭지도 만져보았다. 애인이라는 넘은 매일이다시피 양미란의 이 가슴을 쥐고 흔들고 은밀한 그곳을 마음대로 만질 것이라고 생각하니 느닷없는 질투심이 솟구쳤다.

어차피 남의 여자이니까 이런 기회에 실컷 즐기자는 이기적인 생각이 들어, 나는 그녀의 엉덩이를 양손으로 잡고 안았다. 그리고 나의 중요 부분을 그녀의 중요 부분에 밀착시키자, 마치 그녀와 내가 정사를 하는 것 같은 자세가 되었다. 이미 나의 중요 부분은 터질 것처럼 부풀어 오른 상태였다. 머릿속에서 순간적으로 '만일 내가 지금 그냥 양미란과 섹스를 해 버리면 어떻게 될까?'하는 야비한 생각이 떠올랐다. 그러나 다음 순간 그랬다가 엄청난 참변이 발생할 수도 있다는 두려움이 생겼다.

그랬음에도 도저히 그냥 넘어갈 수는 없겠다는 생각이 들어, 그녀를 천천히 눕히고 그녀 위로 올라타는 자세를 취한 후, 바지를 내리고 나의 그것을 꺼냈다. 나는 손으로 그녀의 몸을 어루만지며 마스터베이션을 시작했다. 그때 양미란이 약간 소리를 냈다. 나는 깨어난 줄 알고 소스라치게 놀라 원위치했다. 다행히 그녀는 몸만 한번 뒤척일 뿐 여전히 깊은 잠에 빠져 있었다.

더 이상은 안 된다는 자각이 생겨, 침대 끝에 있는 넵프킨을 꺼내, 등을 돌린 자세로 그것을 흔들어댔다. 사정을 하고서야 정신이 정상으로 돌아왔다. 그제서야 나는 잠에 빠져들었다.

"잘 잤니?"

아침이 되었을 때 나보다 먼저 일어난 양미란이 식탁에 간단한 아침을 차리며 말했다. 나는 늘어지게 하품을 한 후, 식탁에 앉으며 대답했다.

"정말 푹 잤어. 언니는?"

"나도 잘 잤는 데, 이상한 꿈을 꿔서……."

그녀가 말 끝을 흐렸다.

"무슨 꿈인데?"

내가 물어보자 그녀는 약간 웃으며 말했다.

"남자랑……하는 꿈."

"호호호, 좋았겠네. 그런데 애인이랑?"

"아니, 모르는 남자랑. 아휴 망측해라."

양미란은 고개를 설레설레 흔들었다. 그녀는 내가 간밤에 저지른 만행은 꿈에도 모르는 얼굴이었다. 나는 안도하며 그녀가 차려준 토스트를 먹고 도서관으로 출근을 했다.

옛 친구의
방문

"동규냐?"

낯선 번호의 전화를 받아보니 낯익은 목소리가 내 이름을 불렀다. 홍동규가 나의 본명이다. 오랫동안 은둔 생활을 하다 보니 예전에 알던 사람들과 인연이 거의 끊어지다시피 했기 때문에 나를 찾는 남자의 목소리에서 친근감까지 느껴졌다.

"누구시죠?"

"아이고. 목소리도 잊었냐? 나 유창수야."

"아, 오랜만이네."

옛날에 함께 일하던 동갑내기 동료였다. 마인드도 비슷하고 나이도 동갑이라 막역하게 지낸 친구였다. 그때 함께 일하던 동료들과는 이해관계로만 얽혀 있어 그다지 정이 없었는데, 유창수라는 이 친구만은 기억에 남아 있었다.

서로의 안부를 대충 주고받다가 그가 물었다.

"요새 바빠? 할 말도 있고 한데, 잠깐 볼래?"

"그러자. 내일 괜찮아."

"그럼 내가 너희집쪽으로 갈게."

"응."

유창수가 실없는 사람이 아니라서 그냥 이유없이 날 찾지는 않을 것이었다. 그는 컴퓨터 게임 기획자로 나름의 명성이 있던 인물이었다. 나 역시 능력이 있다고 평가를 받았기 때문에 그와 격이 맞는 교류를 했었다.

그건 그렇고, 동성인 남자를 만나는 건 실로 오랜만이었다. 그동안 여자들하고만 교류하다가 옛 친구의 친근감 있는 전화를 받고 보니 남자와 여자의 차이가 더욱 실감나는 것 같았다. 여자로서의 장점이라는 게 많이 있다고 생각하지만, 그래도 나 자신이 남자이기 때문에 동성 친구끼리의 풋풋함이 정겹고 그립기도 했다.

다음날은 공휴일이었다. 유창수는 차를 몰고 내가 사는 곳으로 왔다. 오랜만에 남자로서 외출을 하니 해방감이 느껴졌고, 또 헷갈리기도 했다. 특히 그동안 여자들의 걸음걸이만 쭉 해오던 차라서 원래의 걸음걸이를 회복하는데, 어느 정도의 노력이 필요하기도 했다. 지금까지는 남자라는 걸 들킬까봐 조마조마 했는 데, 이번에는 여자 행세를 하는 걸 들키게 될까봐 염려가 되었다.

다행히 유창수는 나의 변신을 전혀 눈치채지 못했다. 길가에서 기다리던 유창수는 내가 걸어오자 반갑게 악수를 청해 왔다.

"얼굴보니 잘 지낸 것 같네. 어떻게 지내?"

"그냥 누가 소개시켜줘서 직장을 좀 다니고 있어."

대충 대답해놓고 꼬치꼬치 물으면 골치 아플 것 같다고 생각했는데, 다행히 유창수는 그냥 넘어갔다.

"아무튼 잘 지낸다니 다행이네. 그래도 아쉽다. 너같은 인재가 썩고 있다니."

인재 운운하는 걸 보니 일 이야기를 하려고 왔다는 확신을 하며, 그가 이끄는 대로 호프집에 들어가 마주앉았다. 유창수와 마주 앉아 맥주잔을 기울이고보니 진짜로 술 마시는 맛이 났다. 그동안 여자 행세를 하느라 긴장했던 것들이 한꺼번에 풀어지는 느낌이었다.

유창수는 두 잔째의 맥주를 마시며 진지하게 말했다.

"요새 앱이 대세라는 건 알고 있지?"

나는 알고 있다고 대답했다. 애플의 앱스토어와 안드로이드의 앱스토어를 말하는 것이었다. 이제는 게임도 앱이 대세가 되어 가는 중이었다.

"내가 아이디어가 좋은 게 하나가 있어. 내가 생각해낸 건 아니고, 잘 아는 후배가 구상한 건데, 한 번 들어봐."

그리고 그는 아이디어를 설명했다. 공원 같은 곳에서 남자와 여자가 서로 미팅을 하는 소프트웨어를 앱으로 만들어보자는 것이 요점이었다. 솔로인 남자가 특정 공원에서 스마트폰이나 테블릿 PC로 앱에 접속을 하면 공원에 있는 다른 솔로 여성과 접속이 가능하게 된다는 것이다. 그래서 채팅으로 대화를 나누고 서로 마음에 들면 함께 데이트로 이어진다는 것이다. 첨단 미팅 프로그램이었다.

나는 고개를 끄덕였다.

"아이디어는 괜찮은데."

"그냥 괜찮은 정도가 아니라고. 주변의 이야기를 들어보니 이건 제대로 만들면 대박이야, 대박. 어쩌면 페이스북만큼 세계적인 히트를 할 수도 있어."

"너 혼자 준비하는 거야?"

"그건 아니고, 일단 팀을 만들었어. 주로 내 대학 후배들이라 넌 잘 모를 거야."

"그래."

그리고 유창수는 본론을 이야기했다.

"너도 참여해라."

"나도?"

"네 실력은 이 바닥에서 다 알려진 거잖아. 팀원들에게 이야기 했더니 모두 다 환영이더라고."

갈등이 생겼다. 아이디어가 별 볼 일 없는거라면 거절을 하는 게 어렵지 않겠지만 대략의 아이디어만 들어도 신선하고 재밌는 작업이 될 것 같은 생각이 들었다. 내가 프로그래머 일을 그만둔 이유가 일이 재미없어서였다. 기계적인 단순 작업에 질려 도망치듯 떠나왔던 것이다.

그런데 지금 유창수가 제안한 것은 상당한 흥미를 불러일으켰다. 그리고 성공 가능성도 높다는 판단이 들었다. 페이스북만큼 히트하리라는 것은 오버겠지만, 적어도 화제는 될 것이라는 확신이 생겼다.

며칠 후 도서관 근무가 끝나고 유창수의 사무실을 방문했다. 그곳에는 4명의 팀원이 더 있었다. 그들과 왁자지껄하게 컴퓨터 이야기를 나누다보니 옛날의 감정에 빠져들어, 나도 이번 작업에 참여하겠노라고 말을 해 주었다. 그래서 그들과 함께 술자리를 가졌는데, 그들에게는 결정적인 문제가 하나 있음을 알게 되었다.

"투자자를 구하기가 어려워."

유창수가 단도직입적으로 어려운 입장을 토로했다. 이번 건은 제작비가 적어도 1억은 있어야 하는데, 개인 돈을 각출하는 것으로는 해결이 불가능하다는 것이다. 투자자를 구해야 하는데, 이쪽이 워낙 불경기라 여의치 않다고 한다.

나는 일단 알겠다고 말하고 헤어졌다. 내게 그 정도 여유 자금이 있다면 선뜻 내놓겠지만 나 역시 혼자 생활할 정도의 여유만 있었다. 그렇다고 포기하고 싶지는 않았다.

그건 그렇고, 모처럼 옛날의 컴퓨터 프로그래머의 시절로 돌아간 것 같아 기분이 흡족했다. 그렇다고 여자로의 변신을 포기한 건 전혀 아니었다. 언제까지가 될지는 모르겠으나, 여자로의 변신을 즐길 수 있을 만큼은 즐길 생각이었다.

빨간치마
그녀

유창수와 헤어지고 집으로 돌아가는 데, 웬지 그냥 집으로 가기가 싫어졌다. 그래서 피아노 학원에 들러 임미숙과 도란도란 대화를 나누면 좋을 것 같아 그리로 향하려다가 다음 순간 내가 지금 여자가 아닌 남자라는 것에 생각에 미쳐, 아차 하는 기분이 되었다. 남자로 찾아갔다가는 면박만 받을 게 확실했으므로 시도하지 않는 게 좋다는 결론이었다.

그래서 천천히 걷는 데, 내가 사는 아파트 단지 입구의 커피 전문점에 발길이 멎었다. '오진수 커피전문점'이라는 특이한 이름의 가게였다. 오진수라는 커피전문가가 주인이리라는 건 어렵지 않게 짐작이 되었다. 규모는 아담한데, 입소문 탓인지 늘 손님들로 가득한 것이 평소 눈길을 끌었었다.

아니, 사실 내 눈길을 끈 것은 그보다 여종업원이었다고 말하는 것이 솔직한 표현이다. 오후 7시 이후에 그곳을 보면 늘 보게되는 여종업원이 있었다. 빨간색 치마를 입은 모습으로 가게 안을 오가는 그녀는 아마 나이가 23살이나 24살쯤 되었을 것으로 짐작되었다. 단지 그녀를 잠시 관찰하는 것만으로도 기분 전환이될 만큼 매력적인 아가씨였다.

나는 내친김에 그곳으로 들어섰다. 커플들이 많기는 했지만 혼자 차를 마시며 일을 하거나 노트북을 들여다보는 사람도 꽤 있었다. 나는 괜찮은 자리를 차지하고 가방 속에서 노트북을 꺼냈다. 그러자 위에서 밝힌 예의 그 여종업원이 다가와 주문을 받았다. 나는 아메리카노를 주문했다. 빨간 치마의 여종업원은 나를 향해 밝게 웃고는 돌아갔다.

그녀가 커피를 가져왔을 때 말을 붙여보았다.

"항상 열심히 일하시네요?"

"어머? 단골이시던가요? 처음 뵙는 것 같은 데."

"지나가다가 봤어요. 오늘 들어온 것도 아가씨 때문인 걸요."

그렇게 대사를 읊고 보니 이탈리아식 작업이라는 생각이 들었다. 이탈리아에서는 어린아이부터 노인까지 여자만 보면 낭만적인 대사로 작업을 한다는 이야기를 인터넷에서 읽은 일이 있었다. 그녀는 이탈리아식에 전혀 익숙하지 않은지 입을 가리며 웃었다. 나는 급당황해서 얼버무렸다.

"실은 이곳이 마음에 들어 들렀습니다. 앞으로도 종종 들러 차 한 잔 정도는 마실 예정입니다."

"그럼 저희야 고맙죠."

그녀는 지극히 의례적인 대꾸를 하고 가 버렸다. 그녀와의 짧은 대화가 내속에 긴 여운을 남겼다. 그러고보면 나라는 남자의 마음은 포용력이 넓어, 세상의 예쁜 여자를 모두 품을 수 있는가보다. 피아노 학원의 임미숙……도서관의 양미란……두 여자에게 빠진 상태에서 새로운 여자에게 빠져들고 있었다.

하지만 남자로서 그녀들과 친해지는 길은 너무 멀고 험하다. 그래서 여자로 변신해 생활하고 있는 것이다. 나는 이번에도 빨간치마와 친해지는 방법을 강구해보았다. 물론 여자로 변신한 상태에서.

그리고 보니 내가 수퍼맨이나 원더우먼과 비슷하다는 생각도 들었다. 여차하면 변신을 하고 있으니.

나는 일단 커피전문점을 나와 집으로 갔다. 어머니가 차려 주는 저녁을 먹고 느긋하게 텔리비젼을 보면서 시간을 보내다가 10시쯤 여자로 변신을 시작했다. 다른 날보다 훨씬 공을 들여 화장을 하고 옷에 신경을 썼다. 10시 30분이 되었을 때 모든 준비를 마치고 밖으로 나갔다.

그리고 오진수 커피전문점 근처로 가서 안을 엿보았다. 아직 빨간 치마가 일을 하고 있었다. 그녀는 대충 오후 7시부터 자정까지 근무를 했다.

나는 갑자기 커피전문점 쪽으로 헐레벌떡 뛰어가기 시작했다. 그리고는 그곳의 문을 와락 열고 뛰어들어가 외쳤다.

"도와주세요!"

그러자 빨간 치마가 깜짝 놀란 얼굴로 물었다.

"왜 그러세요?"

나는 이때를 노리고 준비한 대사를 읊었다.

"치한이 저를 쫓아와요. 저 좀 잠시만 숨겨주세요."

빨간 치마는 들고 있던 쟁반을 내려놓은 후 나의 손을 잡고 주방 안쪽으로 데려갔다. 주방에는 일하는 아줌마 한 명뿐이었다. 그리고보니 지금 이 커피전문점에는 빨간 치마와 주방 아줌마 두 명뿐이었다. 나는 주방의 구석으로 몸을 피하는 시늉을 하며 흑흑 울었다. 빨간 치마가 나의 등을 어루만지며 물었다.

"괜찮으세요? 경찰 부를까요?"

나는 손을 내저었다.

"안돼요!"

"왜요? 치한이라면 경찰을 부르는 게 낫잖아요."

"그게 아니라……."

"왜요?"

"실은…….저를 쫓아온 사람은 치한이 아니라 남자친구였어요."

"네?"

빨간 치마는 영문을 모르겠다는 얼굴이었다. 나는 작전이 제대로 먹혀들어가고 있다고 생각하며 준비한 나머지 대사를 읊었다.

"실은 남자친구와 헤어지려고 하는데, 남자친구가 나에게 너무 집착을 해서요. 오늘도 그 문제로 다투다가 나를 죽여버리겠다며 끌고 가려고 해서 도망친 거예요."

"저런……."

"죄송해요. 바쁘신데 이런 일로 폐를 끼쳐서……"

"아니에요. 저도 여자라서 어떤 문제인지 대충 이해할 것 같은 걸요."

"고맙습니다."

"일단 이곳에 몸을 숨기고 계세요. 그 사람이 이곳에 온 건 모르죠?"

"모를 거예요. 저쪽 모퉁이에서 재빨리 뛰어들어왔거든요."

"그렇다면 그 사람은 그쪽분을 계속 찾고 있겠군요."

"그렇겠죠."

"그러니 안심이 될 때까지 이곳에 계세요."

"정말 고맙습니다."

"아니에요. 제가 밖에 손님이 몇 분 있어서 일 좀 보고 다시 올게요."

"네."

그녀가 나를 바라보는 눈을 보니 일말의 의심도 없어보였다. 남자친구가 쫓아온다는 거짓말을 한 것은 예전에 목격한 것 때문이었다. 어느 모텔 앞에서 여자를 모텔로 데려가려는 남자와 거부하는 여자가 심하게 실갱이 하는 걸 본적이 있는 데, 그때 나도 남자지만, 정말 남자가 악당처럼 보였었다. 많은 여자들이 그런 비슷한 고통을 당한 적이 있을 것이기 때문에 빨간치마는 나의 입장에 공감할 수 있었을 것이다.

실내에는 커플 손님 한 쌍밖에 없었는데, 빨간치마는 그들에게 차를 내 주고 다시 내가 있는 곳으로 왔다.

"바쁘신데, 정말 죄송합니다."

내가 미안해 하자 그녀는 웃으며 응대했다.

"아니에요. 지금은 한가한 시간이라서 괜찮아요."

"인사도 못 드렸네요. 저는 장윤희라고 합니다."

내가 악수를 청하자 그녀가 내손을 맞잡으며 자신을 소개했다.

"저는 한승연이에요. 23살 대학 3학년이죠."

"저는 28살이고 지금 도서관에서 일하고 있어요."

"저보다 한참 위신데, 다시 뵙게될지는 모르겠지만 언니라고 부를게요."

"아, 네."

일단 물꼬는 튼 셈이었다. 그녀의 말투와 표정으로 봐서 내게 호의적임이 분명하다고 생각했다. 어째서인지 여자로 변신한 나를 여자들은 좋아한다. 그녀들의 호감이 남자인 본래의 나에게도 통한다면 얼마나 좋을까만은……

그녀가 내게 말했다.

"저도 비슷한 경험이 있어서 언니 입장 조금은 이해를 해요. 저도 학교에서 저를 일방적으로 좋아한다는 남자 때문에 스트레스를 심하게 받고 있거든요."

"그러게요. 남자들은 왜 그럴까요?"

"여자의 마음을 제대로 이해 못하는 거죠."

나는 그윽한 그녀의 눈을 쳐다보았다. 그리고 머릿속으로는 그녀가 말하는 '여자의 마음'이 과연 무엇일지 헤아려 보았다. 그러나 감이 안 잡혔다.

그녀는 한숨을 내쉬었다.

"독신으로 살 생각이 아니라면 누군가를 만나 결혼을 해야 하는데, 과연 좋은 남자를 만나게 될지 걱정이 돼요."

나는 넌지시 말했다.

"걱정마세요. 어딘가에 좋은 남자는 있을 거예요."

"좋은 남자를 어떻게 찾아내죠?"

"이 커피전문점 손님 가운데도 있을지 모르잖아요."

나의 말에 그녀는 입을 가리며 웃었다.

"호호호, 잘생긴 남자는 더러 있었지만 잘생긴 남자가 좋은 남자는 아니잖아요."

나는 그녀에게 다가앉으며 말했다.

"내가 남자를 적지 않게 사귀어 봐서 남자들을 좀 알기는 하거든요. 혹시 누가 나타나면 나와 상의하세요. 최대한 조언을 해 줄 테니까."

"호호호, 정말 그래야겠네요."

"지금은 없어요?"

나의 단도직입적인 질문에 그녀는 잠시 망설이다가 조심스럽게 대답했다.

"실은……이 카페 사장님이……"

"여기 사장이 추근대나요?"

"그건 아니고요. 가장 중요한 시간에 내게 일을 맡기고, 대우도 괜찮게 해줘요. 그렇다고 그분이 내게 흑심이 있다고 단정하는 건 아니고, 그냥 여자로 서 느낌이라는 게 있잖아요."

"사장이 미혼이에요?"

"네."

"그럼 십중팔구 흑심이 있는 거예요."

"그런데 문제는 내 마음이……"

"뭐죠?"

"사장님 정도면 괜찮지 않나 싶어지는 그런……."

"알겠어요. 승연 씨도 끌린다는 거죠?"

"끌리는 정도는 아니에요. 그냥 장점이 있는 분이라는 정도죠. 그리고 나이 차가 많아요. 사장님은 42살이거든요."

속으로 도둑놈이라는 생각이 들었다. 한승연은 애매하게 말하고 있지만 사장이라는 사람은 그녀를 어떻게든 자기 여자로 만들 궁리로 날밤을 새우고 있을 게 분명하다고 생각했다. 어떻게해서건 그녀를 그놈의 마수로부터 벗어나게 해서 내 여자로 만들고 싶다는 강한 의지가 불타올랐다.

"남자들은 다 똑같아요. 만일 사장이라는 사람이 적극적으로 대쉬를 하면 나한테 말을 해 주세요. 대비책을 함께 세우자고요."

"호호호, 고마워요."

나는 일단 오늘은 이 정도로 마무리하자는 생각에 일어섰다.

"이제 나가도 괜찮을 것 같네요."

"정말 괜찮겠어요?"

"네, 그런데 나 종종 놀러오고 싶어지네요."

"언제 건 오세요. 인생 선배로서 저에게 조언도 좀 해 주시고요. 대신 제가 커피는 공짜로 드릴게요."

"호호호, 고마워요."

나는 한승연과 인사를 하고 가게를 나왔다. 발걸음이 가벼웠다. 물론 그녀와 애인으로 사귀는 건 아니지만 상큼한 23살의 여자와 친구로 지낼 수 있게 되었다는 사실만으로도 기뻤다.

그의 그윽한
시선

도서관에 출근해보니 촬영팀이 나를 기다리고 있었다. 국영케이블 방송국의 촬영팀이었다. 그들은 내게 유명 인사를 만나 도서관을 홍보하는 짧은 분량의 프로그램을 촬영할 것이라고 설명했다. 코디네이터도 있었다. 나는 코디가 건네주는 옷을 화장실에서 갈아입었다. 거울을 보니 나 자신도 반할 정도로 매력적인 여자가 되어 있었다. 그동안 사실 여자로서 생활하는 것에서 오는 불편함 때문에, 여자로서의 삶에 대해 동정적인 입장이었는 데, 막상 홍보도우미가 되어 근사한 여자로 변신하고 보니 여자들의 행복이 어디에 있는가를 대략 감 잡을 것 같아졌다.

나는 방송국 스텝진들과 함께 촬영차를 타고 유명 인사라는 사람의 사무실을 향했다. 프로듀서가 내게 설명했다.

"윤남진 씨라고, 남진복지재단 대표신데, 도서관 사업에도 관심이 많으신 분입니다."

나는 그다지 관심이 없기에 그냥 알았다고 대답했다. 그런데 내 뒷자리에 앉은 스텝 두 명이 나누는 대화가 귀에 들어왔다.

"윤남진 그 사람 조폭이잖아."

"나도 소문은 들었어."

"남진복지재단이라는 것도 조폭 사업을 위한 위장 단체라는 소문이 자자해."

"어둠의 세계에서 아직 손을 떼지 않았나?"

"말로야 과거와 결별했다지만 아직도 그 계통에서는 보스로 통하지."

갑자기 등골이 오싹해졌다. 윤남진이라는 이름은 처음 들어보는데, 그냥 보통 사람들이 생각하는 흔한 유명 인사가 아닌 모양이었다. 그러나 그렇다고 내가 걱정할 일은 아니라고 생각했다. 간단한 홍보 프로그램을 촬영하는 것인데, 무슨 문제가 생길리는 없다고 생각한 것이다.

그런데 막상 남진복지재단에 도착하고부터 심상치 않은 예감에 휩싸이게 되었다. 재단은 4층의 새로 지은 듯한 건물이었는데, 건물의 위에서부터 아래쪽으로 긴 플랭카드가 걸려 있었고, 거기에는 '정독도서관 홍보팀 환영.' 이라고 쓰여져 있었다. 게다가 정문 앞에는 조폭을 연상시키는 청년들이 먼지 하나 안 보이는 깨끗한 정장 차림으로 도열해서 우리를 맞았다.

"정독 도서관 홍보 도우미가 어느 분이십니까?"

청년 가운데 한 명이 차에서 내리는 촬영팀에게 물었다. 스텝진이 나를 가리키자 그는 나를 거의 안듯이 보호하며 차에서 내리도록 했다. 그는 고개를 숙여 인사하고 내게 말했다.

"저희 대표님께서 홍보 도우미이신 선생님을 특별히 배려해 주도록 지시하셨습니다."

뭔가 잘못될지 모른다는 불안감이 스쳤지만 달리 방법이 있는 것도 아니었다. 나는 촬영팀과 함께 대표의 2층의 대표 사무실로 들어갔다.

그러자 책상 앞에 앉아 있던 윤남진이 양팔을 벌리며 우리를 맞았다.

"어서 오십시오. 귀한 분들이 누추한 곳을 찾아주셔서 황송합니다."

조폭 출신이라기에 험악한 인상을 상상했는데, 막상 직접 대면한 윤남진은 평범한 외모였다. 나와 촬영팀은 그와 인사를 나누고 그가 권하는 소파에 앉았다.

"저는 못 살고 못 먹던 시절부터 늘 책을 가까이 했습니다. 책이 저에게는 등불이나 마찬가지였습니다. 지금도 저는 늘 책을 가까이 하며 살고 있습니다."

그는 벽면의 책장을 가리켰다. 과연 그곳에는 엄청난 책들이 꽂혀 있었다. 그런데 조금 주의깊게 살펴보니 책이 모두 새 것이었다. 마치 대형 서점에 진열된 책들처럼 너무나 깨끗했다. 아무래도 어젯밤에 긴급히 구입해 채워넣은 게 아닌가 하는 의심이 생겼다.

PD가 윤남진에게 물었다.

"잠시 후 촬영할 때 질문입니다만, 준비를 위해 미리 여쭤보겠습니다. 가장 좋아하는 작가는 누구인가요?"

그러자 윤남진은 잠시 생각하는 듯 하다가 대답했다.

"도스토옙스키입니다."

"아, 그러시군요. 그렇다면 그분의 '까라마조프가의 형제들'도 잘 아시겠네요?"

도스토옙스키라고 자신 있게 대답한 윤남진은 PD의 그 다음 질문에 당황하는 기색이 역력했다. 내 짐작이지만 아마 그는 가장 널리 알려진 '죄와 벌'이 질문으로 나오리라 예상했을 것이다. 그런데 난데없는 질문을 받으니 당황하지 않을 수 없을 것이다.

윤남진은 대충 얼버무렸다.

"네……. 좋은 책이죠."

PD가 눈치없이 또 그와 관련된 질문을 했다.

"혹시 까라마조프가의 형제들이 어떤 내용인지 설명도 해 주실 수 있을까요? 촬영 준비를 위해서 질문드리는 것입니다."

윤남진은 머리를 만지며 대답했다.

"그게 오래전에 읽어서……. 내용이……. 까라 씨 형제들이 재산 싸움을 하던가……뭐 그런 것으로 알고 있습니다만……."

그쯤되어서야 PD는 상황 파악을 하고 대충 넘어갔다.

잠시 후 촬영이 시작되었다. 정독 도서관 홍보 도우미인 내가 윤남진에게 준비한 질문을 하면 그가 대답하는 간단한 내용이었다. 그런데 나를 바라보는 그의 시선이 예사롭지 않았다. 내가 진짜 여자였다면 그윽한 시선이라고 표현할 수도 있겠으나, 남자인 내가 남자인 그로부터 호의적인 시선을 받다보니 느끼한 느낌이 계속 들었다. 인터뷰 촬영이 끝나고 잠시 휴식을 가졌는데, 그때 그는 손수 커피를 뽑아와서 내게 내밀었다.

"도서관에서 일하셔서 그런지 분위기가 멋지군요."

그는 입가에 함박웃음을 짓고 내게 말을 건넸다.

"감사합니다."

"이런 말씀드리면 어떨지 모르겠습니다만, 저는 늘 책과 관련된 여성에게 끌렸습니다."

"아, 예."

"이름이 장윤희 씨라고 하셨죠?"

"네."

"저의 이상형이십니다."

그렇게 말하며 그는 나를 뚫어지게 쳐다보고 있었다. 설령 내가 남자가 아닌 진짜 여자라고 하더라도 부담이 확 생길 수 있는 말과 표정이었다. 나는 견딜 수 없는 기분이 들어 화장실을 간다는 핑계를 대고 그 자리를 벗어났다. 나는 한 시라도 빨리 촬영이 끝나기를 학수고대하게 되었다.

휴식이 끝나고 본격적인 홍보 프로그램의 촬영이 시작되었다. 건물의 로비에는 책이 진열되어 있었는데, 내가 그것들을 배경으로 윤남진 복지재단의 독서 장려 활동을 소개하는 내용이었다.

그런데 PD가 서고의 윗부분이 너무 허전하다고 해서 독서를 장려하는 표어를 재단 직원이 들고 서 있기로 했다. 윤남진이 직원을 불렀는데, 외모라거나 대답하는 말투 같은 것이 보통의 회사 직원답지가 않았다. 흔히 말하는 조폭 똘마니 느낌이 강하게 풍겼다. 아무튼 그는 의자 위에 올라서서 급조된 독서장려 표어를 들고 서 있었고, 나는 그 바로 아래서 준비된 멘트를 했다.

그런데 여러 차례 NG가 나게 되자 표어를 들고 있던 청년이 중심을 못 잡고 쓰러졌다. 그 바람에 바로 그 아래 있던 나까지 그와 엉겨 붙어 바닥에 쓰러지게 되었다. 사실 그다지 심각한 실수라고는 할 수 없었는데, 촬영 장면을 지켜보던 윤남진이 과민반응을 했다.

"멍청한 새끼! 그까짓 것도 제대로 못해? 너 때문에 이 여성분이 다쳤잖아!"

내가 괜찮다고 했음에도 윤남진은 그 청년에게 달려가더니 뒤통수를 사정없이 후려쳤다. 연신 뒤통수를 맞은 청년은 울 것 같은 얼굴로 죄송합니다를 연발했다. 그리고 윤남진은 내게 다가와 정중하게 사과했다.

"제가 직원 교육을 잘못 시킨 탓입니다. 부디 용서를 바랍니다."

"괜찮은데……"

"다친 곳은 없나요?"

"정말 괜찮습니다."

"그렇다면 정말 다행입니다."

분위기가 급작스럽게 싸늘해진 가운데 다시 촬영이 시작되었는데, 직원이 무자비하게 구타당하는 장면을 눈앞에서 목격한 PD는 당황한 모습으로 단 한 번의 NG도 없이 서둘러 촬영을 마쳤다.

촬영을 모두 끝내고 돌아갈 때 윤남진이 건물 앞에까지 배웅을 나와 예의 그 '그윽한 시선'으로 나를 바라보며 손을 흔들었다.

말타기 체위에
관하여

그주의 토요일에는 유창수의 사무실에 들렀다. 나 자신이 여자로 변신해 여자로서의 삶을 즐기고는 있었지만, 나 자신의 정체성은 역시 프로그래머였다. 한동안은 실증이 나서 멀리하고 있었지만, 유창수와 그의 후배들로부터 새로운 아이템에 대한 설명을 듣고는 옛날의 열정이 되살아나는 듯 하고 있었다.

"마침 잘 왔어. 이걸 한 번 봐 봐."

내가 사무실로 들어서자 후배들과 일을 하고 있던 유창수가 반가운 얼굴로 손짓을 했다. 나는 그가 가리키는 30인치 모니터 앞에 간이의자를 갖다놓고 앉았다. 모니터 속에서는 그들이 기획하고 있는 첨단 미팅 프로그램의 샘플 프로그램이 구동되고 있었다. 외부에 있는 시연자의 얼굴과 프로필이 나타나자 이쪽의 시연자가 오케이를 클릭했다. 그러자 두 사람은 채팅 모드로 돌입해서 대화를 나눌 수 있었다. GPS를 이용해서 가까운 곳에 있는 이성을 찾아내는 게

이 프로그램의 핵심이었다.

"어때?"

유창수의 질문에 나는 흡족히 웃으며 만족감을 표시했다. 의례적인 것이 아니었다. 채팅 프로그램은 숱하게 있지만 물리적으로 자신과 가까운 곳에 있는 상대와 당장 만날 수 있는 시스템은 아마 이것이 세계 최초일 것이었다. 페이스북이나 트위터만큼 유명해질 수도 있다는 유창수의 말은 결코 과장이 아니었다. 제대로 만든다면 세계적인 반향을 불러일으킬 가능성이 높았다.

사무실을 나와 유창수를 비롯한 후배들과 맥주를 마시며 나는 꿈에 부풀었다. 빌 게이츠나 스티브 잡스, 세르게이 같은 IT계의 거물이 먼 나라의 이야기가 아니었다. 만일 이 프로젝트가 성공한다면 참여자인 나는 세계적인 거물이 되어 돈방석 위에 올라앉을 수도 있었다. 그렇게 된다면 구태여 여장을 하지 않고도 예쁜 여자들에 둘러싸이게 될 것이었다.

그러나 제작비를 조달하는 게 문제였다. 꿈을 꾸면 금방이라도 세상을 다 가질 것 같지만 현실을 생각하면 풀이죽는다. 찬바람이 쌩쌩 부는 이쪽 계통에서 돈 구하기란 하늘의 별따기 만큼이나 어려운 것이었다. 맥주를 마시며 여러 가지 방법을 논의해 봤으나 뾰족한 방법은 도출되지 않았다. 그래도 나로 하여금 옛날의 열정을 되살리게 해준 이들이 고마워, 내가 술값을 냈다.

집으로 돌아오는 전철에서 양미란으로부터 전화가 왔다. 무심코 받으려다가 목소리 변조기를 착용하지 않은 게 생각나 전화를 받지 않고, 전화받을 상황이 아니라고 문자를 보냈다. 그랬더니 양미란은 잠시 후 자신을 비롯한 사서들 세 명이 모여 친목도모를 위한 술자리를 가질 예정이니 참석해 달라고 했다. 여자들과의 술자리는 당연히 반갑지만 문제는 지금 내가 남자라는 데 있었다. 집으로 돌아가서 여장을 하고 시내까지 가려면 적어도 2시간은 잡아야 했다. 나는 양미란에게 일이 생겨서 2시간 정도 걸릴 것 같은 데 괜찮겠느냐고 문자를 보냈다. 그러자 양미란은 괜찮다고 답장을 보내왔다.

나는 세 명의 여자들과 어울릴 생각에 설레며 집으로 달려가, 여장을 시작했다. 여장에 익숙해지자 변신하는 시간도 단축이 되었다. 이제는 완벽한 여자로 변신하는데 30분이면 족하다. 화장까지 다 마치고 거울 앞에 서니 유난히 섹시한 20대 후반의 여자가 거울 속에 서 있었다. 나는 그녀를 향해 윙크를 한 번 해주고 집을 나섰다.

종로 1가의 호프집에 도착해보니 양미란을 비롯한 세 명의 사서들은 이미 흠씬 취해 있었다. 다른 두 명은 문학실의 조승희, 디지털실의 한혜숙이었다. 그녀들은 맥주잔을 치켜들고 '산타루치아'를 큰 소리로 합창하고 있었다. 그들의 떠들썩한 분위기를 접하고 나니 나 역시 흥겨운 분위기에 젖어 그들과 인사를 나누고 자리에 앉았다.

"주말인데, 집에서 궁상 떨고 있을 수 없잖아?"

양미란이 내게 그렇게 말했다. 나는 맞다고 맞장구를 쳤다. 조승희가 나를 바라보며 말했다.

"윤희 씨, 가까이서 첨 보는 데, 정말 미인이다. 화장품 뭐 써?"

"그냥 싼 거 써요."

"홍! 예쁜 애들은 이렇다니까. 대충 공부했는데, 서울대 수석 했다는 거랑 똑같아."

"언니도 장난 아니게 예쁘시면서."

"정말이니?"

"그럼요."

"호호호, 하기야 젊었을 때는 나도 날렸지."

"지금도 괜찮으세요."

"말이라도 고맙다."

사실 말뿐은 아니었다. 조승희는 30대 중반의 미혼녀지만, 얼굴이나 몸매는 아직 남자들의 주목을 받을 만했다. 그녀가 어째서 아직까지 미스인지는 정독 도서관의 미스테리였다. 그러나 뭐니뭐니 해도 최고의 미인은 한혜숙이었다. 그녀의 나이는 40대 중반이고, 아이가 둘이나 있는 유부녀였지만 아담한 체구에 반짝반짝 빛나는 눈망울은 20대인 나에게도 흑심을 품게 만들 정도였다. 1년에도 몇 번씩은 그녀를 스토커하는 출입자들 때문에 소동이 빚어지고 있다고 한다.

그러고 보면 양미란이나 다른 두 명이나 모두가 범상치 않은 미모의 소유자들이었다. 그런 그녀들과 격의 없이 어울릴 수 있는 나는 확실히 선택 받은 남자임이 분명하다고 생각했다.

나는 미녀들의 생각을 알 수 있는 기회라고 생각하고 평소에 궁금했던 걸 질문했다.

"언니들은 좋은 남자의 기준이 뭐예요?"

나의 질문에 세 명은 일제히 생각에 잠겼다. 그러다가 가장 먼저 양미란이 대답했다.

"쪼존하지 않은 남자."

조승희가 끼어들었다.

"네 애인은 어떤데?"

"말도 마요. 그 사람 사귀고 나서 남자에 대한 환상이 다 깨졌다니까. 흔히 여자들이 쪼존하고 복잡하다고 하지만 남자들도 그에 못지 않다는 걸 알았어요."

한혜숙이 거들었다.

"그건 그래. 바다처럼 넓은 가슴을 지닌 남자는 책 속에서나 있다고."

이번에는 조승희가 대답했다.

"난 쪼존하건 어떻건 나만 챙겨주는 남자가 좋아. 재벌도 필요 없고 대통령도 필요 없어. 오로지 나만 바라보는 남자면 만족해."

나는 잠자코 있는 한혜숙을 채근했다.

"언니는요?"

나의 질문에 이렇게 저렇게 생각하는 듯 하던 한혜숙이 기운없이 대답했다.

"이상한 대답이 되겠지만 좋은 남자란 없다고 봐."

"왜요?"

"좋은 남자일 거라고 생각했던 남자가 변하는 걸 여러 번 경험해서."

"그건 그래."

"맞아. 좋은 남자란 판타지일 뿐이지."

양미란도 조승희도 대체로 한혜숙의 말에 공감하는 뉘앙스의 대답을 했다. 나는 마치 모든 남자들의 죄를 뒤집어 쓰기라도 한 것처럼 죄책감을 느꼈다. 아울러 그녀들의 대답을 머릿속에 각인시켰다. 만일 애인이 생긴다면 방금 들었던 말을 명심 또 명심해서 여자들을 실망시키지 않으리라.

그뒤로도 남자이야기가 쭈욱 계속되었다. 세 명의 여자들은 지금까지 만났던 남자들을 회고했는데, 그러다보니 자연스럽게 감상적인 분위기가 되었다. 특히 한혜숙이 대학 시절의 첫사랑을 이야기할 때는 나를 포함한 세 명 모두 눈물을 글썽여야 했다. 서로 죽도록 사랑했지만 양쪽 부모님들이 갈등을 벌여 헤어질 수 밖에 없었다고 한다. 지금이라면 부모님이 반대한다고 헤어지는 경우가 거의 없겠지만 그녀의 나이가 마흔 중반이니 있을 법한 이야기였다.

분위기가 화기애애 해 지다보니 그냥 헤어지기가 아쉬워졌다. 나역시 단지 성적인 것 때문이 아니라, 예쁘고 수다스러운 세 명의 여자들과 도란도란 대화를 나누는 즐거움에 푹 빠져 있었다. 그러자 양미란이 총대를 메고 나섰다.

"2차는 우리집에서 한 잔 더, 어때?"

그러자 기다렸다는 듯이 나머지 여자들이 오케이를 했고, 나 역시 오케이했다. 어차피 내일이 휴일이라 출근에 대한 부담도 없었다. 택시를 타고 양미란의 집 근처로 가서 캔맥주와 안줏거리를 사들고 그녀의 아파트로 들어갔다.

거실 바닥에 술상을 차려놓고 캔 맥주를 마시는데, 양미란이 아쉬운 듯 말했다.

"오늘 진짜 술 잘 들어간다. 이런 분위기에서 괜찮은 남자 한 명만 있다면 딱인데!"

그 말을 듣자니 '여기 괜찮은 남자 한 명 있다고!'라는 말이 목구멍까지 올라왔다가 도로 내려갔다. 진짜 마음 같아서는 여장을 벗어던지고 남자로서 세 명의 여자들을 모두 안아주고 싶었다. 남자들이 모이면 여자이야기로 날을 새듯, 여자들이 모이면 중요한 화제는 역시 남자였다. 처음에는 사랑이야기에 초점이 맞춰졌다가 시간이 지나면서 은밀한 쪽으로 화제가 흘러갔다.

"체위는 뭐니뭐니 해도 말 타기 체위가 최고라고. 안 그래?"

양미란의 말에 한혜숙이 적극 동의했다.

"물론이지. 내가 올라가서 해야 페이스를 내 맘대로 조절할 수가 있거든."

다른 두 명은 몰라도 항상 조신하게만 보였던 한혜숙의 입에서 야한 농담이 나오자 나는 흥분이 되었다. 나는 한혜숙에게 물었다.

"그럼 언니는 남편하고 말타기 체위 자주 하겠네?"

"당연하지. 내가 올라가서 남편의 물건을 나의 그곳에 넣고 엉덩이를 아래위로 흔들어주면 얼마나 짜릿한 줄 아니?"

그녀의 화끈한 고백에 나머지 여자들은 얼굴을 붉히며 깔깔 댔다. 나도 따라서 웃으며 새침한 한혜숙이 남편 위에 올라가서 엉덩이를 들썩이는 장면을 머릿속에 그려보았다. 그녀의 남편이 미치도록 부러워졌다.

이번에는 양미란이 고백했다.

"그런데 내 속에는 생광기질이 있나봐. 남친이 나의 그곳을 입으로 애무해주면 정말 미칠 것 같다니까. 처음에 남친이 그걸 시도해서 화들짝 놀라 거절했는데, 막상 한 번 경험을 하고보니 그게 그렇게 좋은 거야. 그래서 지금은 내가 대놓고 요구를 한다니까."

그녀의 말에 나머지 두 명의 여자도 동의를 했다. 이번에는 내 머릿속에서 양미란이 가랭이를 벌리고 남친이 그녀의 그곳을 애무하는 광경이 머릿속에 떠올랐다. 나는 더이상 앉아있을 수가 없어 양해를 구하고 화장실로 들어갔다. 아래를 만져보니 나의 그것이 탱탱하게 서 있었다. 나는 정신을 차리려고 찬물로 세수를 하고 다시 술자리로 돌아갔다. 세 명의 여자들이 이번에는 야동을 화제로 수다를 떨고 있었다.

"야동은 남자들만의 전유물이 아니라고. 안 그러니?"

조승희의 질문에 다른 여자들도 공감을 표했다. 다른 여자들의 공감에 용기를 얻어서인지 조승희는 열띤 야동 예찬론을 펼쳤다.

"물론 너무 하드코어한 건 거부감이 생기지만, 미끈한 남자가 출연하는 AV는 나도 자주 보는 걸. 남자가 여자의 구석구석을 애무하는 영상을 보면 정말 미칠 것처럼 흥분이 돼."

한혜숙이 말했다.

"난 남편하고 섹스를 하기 전에 야동을 보는 게 습관이 되어 있어. 처음에는 남편이 강권해서 봤는데, 지금은 야동을 보지 않고 섹스를 하면 무언가 빠진 듯 하더라고."

이번에는 양미란이 나섰다.

"남자들이 여자들끼리의 레즈물에 흥분하는 것처럼 여자들은 남자들의 동성애 영상에 흥분해. 나는 미소년들이 나와서 하는 걸 즐겨 봐."

나도 빠질 수 없어서, 아니, 사실은 의심이라도 받을까 봐 그녀들에게 동조하는 발언을 조금 했다. 다행히 나를 의심하는 여자는 없었다. 무엇보다 다들 술에 심하게 취해 있었기 때문에 다른 사람의 태도를 의심할 정신이 없었다.

그 이후로도 한참 이야기가 진행되다가 새벽 1시가 넘어서자 하나씩 꼬꾸라져서 잠이 들기 시작했다. 어차피 이 시간에 각자의 집으로 돌아가기는 힘들기 때문에 양미란의 집에서 자고 갈 수 밖에 없는 상황이었다. 양미란은 술에 취해 엉금엉금 기어서 자신의 침대 위로 올라가 잠이 들었고, 조승희와 한혜숙은 거실에서 이불을 덮고 잠이 들었다. 나 역시 취기가 올라와 이불을 가지고 소파로 가서 잠을 청했다.

두 시간쯤 지났을까? 나는 타는 듯한 갈증 때문에 잠에서 깨어나 냉장고로 가서 물을 마셨다. 그리고 돌아오는데, 환상적인 장면이 나를 기다리고 있었다. 조승희와 한혜숙이 거실 바닥에 널부러져 잠을 자고 있었고, 안방의 침대에서는 양미란이 잠을 자고 있었다. 과연 내 생애에 이런 경험을 다시 할 수 있을까 싶은 생각이 들었다. 불이 꺼져서 희미하기는 했지만 세 명의 여자들이 아무렇게나 자고 있는 모습은 너무나 분명히 내 눈에 들어왔다.

나는 슬그머니 한혜숙의 옆으로 가서 누웠다. 가장 먼저 한혜숙을 찍은 것은 술자리에서 그녀의 고백담이 가장 자극적이라고 느껴서였다. 그녀가 가장 야한 이야기를 했다는 게 아니라, 평소의 그녀 이미지가 조신했기 때문에 가장 많은 자극을 받았다는 뜻이다.

그녀 곁에 바싹 누워 귀를 기울여보니 그녀의 새근새근한 숨소리가 귀에 들어왔다. 숨소리를 듣는 것만으로도 나는 아찔한 설레임을 느꼈다. 혹시 하는 생각에 자다가 뒤척이는 척하며 어깨에 손을 올려보니 그녀는 깨어날 기미가 전혀 없이 잠에 빠진 그대로를 유지했다.

나는 다시 한번 자다가 뒤척이는 것처럼 몸을 뒤틀며 그녀를 살짝 안아보았다. 이번에는 그녀와 완전히 밀착이 되어 그녀의 머리칼이 나의 뺨에 닿아 있었다. 그녀는 40대 중반의 여자였지만, 어쩌면 그랬기 때문에 더욱 호기심이 생겼는지도 모르겠다. 확실히 그녀에게서는 성숙한 여인의 체취가 느껴졌다.

나는 조심스럽게 나의 아랫도리 부분을 그녀의 엉덩이에 밀착시켜보았다. 그리고 손을 조금 움직여 그녀의 젖가슴에 손을 얹었다. 그 자세를 취하고 나니 나의 중요 부위가 꿈틀꿈틀 기지개를 펴는 게 확실하게 느껴졌다. 나의 그것은 완전히 자세를 갖추고 서서 그녀의 엉덩이에 닿아 있었다. 나는 고개를 들고 그녀를 살펴보았다. 입을 약간 벌린 자세로 그녀는 여전히 깊은 잠에 빠져 있었다.

나는 안심이 되어 이번에는 손을 아래로 내려서 그녀의 허벅다리에 손을 얹어보았다. 그녀는 술 마실 때 입고 있었던 치마를 그대로 입고 있었다. 맨살의 촉감이 손바닥을 통해 전해지는 걸 느끼며 나는 짜릿한 흥분에 도취되었다. 그러면서 머릿속으로는 그녀가 술자리에서 했던 말을 떠올렸다. 그녀는 남편위에 올라가 말타기 하듯 섹스 하는 걸 좋아한다고 했다. 나는 상상 속에서 그녀가 남편이 아닌 내 위에 올라가 미친듯이 엉덩이를 들썩이는 장면을 그려보았다. 상상만으로도 벅찬 흥분이 밀려들었다.

나는 다시 한 번 그녀가 잠들어 있음을 확인하고, 이번에는 손을 그녀의 앞으로 옮겨서 그녀의 주요 부위를 만져보았다. 팬티가 손에 만져졌다. 그리고 나는 용기를 내어 팬티를 제치고 그녀의 은밀한 곳으로 손을 넣었다. 손가락 끝에 갈라진 부위가 만져졌는데, 그 순간 내 심장은 폭발할 것처럼 거세게 뛰고 있었다. 혹시 심장 소리에 여자들이 깨어나는 건 아닐까하는 염려가 생길 정도였다.

하지만 아무 일도 없었다. 한혜숙은 여전히 잠들어 있었고, 조승희도 깊이 잠들어 있었으며, 양미란도 마찬가지였다. 나는 가슴이 진정되기를 잠시 기다렸다가 이번에는 손가락 하나를 그녀의 은밀한 곳에 넣어보았다. 내가 여기저기를 애무해서인지, 놀랍게도 그녀의 그속은 약간 젖어 있었다.

그런데 나의 물건이 터질 것처럼 최대치로 발기가 되어 상당히 불편했다. 그래서 나는 일단 한혜숙으로부터 떨어진 뒤 일어나 앉아 치마를 걷었다. 팬티를 젖히자 거의 로케트 수준으로 융기한 나의 물건이 드러났다. 아무래도 그냥 자기는 어려울 것 같았다. 또 밤새도록 한혜숙을 만지고만 있을 수도 없었다. 그래서 나는 자위를 하기로 했다.

나는 최대한 흥분되는 자위를 하기로 마음 먹고 다시 한혜숙에게 다가갔다. 이번에는 한혜숙의 다리부분에 나의 머리를 위치시키고 누웠다. 69자세를 측면에서 취한 것 같은 자세였다. 그리고는 조심스럽게 그녀의 팬티를 아래로 내렸다. 그랬음에도 그녀는 여전히 잠이 든 그대로였다. 몇 시간 동안 계속 술을 마셨으니 진짜 누가 업어 가도 모를 정도로 깊은 잠에 빠져든 것도 무리는 아니었다.

팬티를 완전히 벗기자 눈부신 그녀의 속살이 눈앞에 펼쳐졌다. 나는 머리를 가까이해서 그녀의 은밀한 곳에 입을 갖다댔다. 그리고 오른손으로는 나의 물건을 쥐었다. 나는 자위를 하면서 혀를 그녀의 은밀한 곳 갈라진 틈에 밀어넣었다. 흥분이 심하게 되고 보니 나의 혀는 의지와는 상관없이 자유자재로 그녀의 그곳을 탐색했다. 그러자 놀랍게도 그녀의 그곳에서 하얀색의 애액이 흘러나오기 시작했다. 잠결에 그녀도 흥분한 것이다. 아마 그녀는 꿈속에서 달콤한 섹스를 나누고 있을 것이 틀림없었다.

물건을 흔들어 대는 나의 손은 점점 속도가 빨라졌다. 그와 아울러 나의 혀놀림도 빨라졌는데, 그로 인해 자극을 받아서인지, 한혜숙의 입에서 작은 신음 소리가 흘러나왔다. 나는 곧 사정을 할 것 같은 압박감을 느끼고 자리에서 일어나 앉아 네프킨에 대고 흔들기를 계속했다. 그러자 머릿속이 아득해지면서 정액이 그 위로 쏟아졌다.

나는 한혜숙의 팬티를 다시 입히고 원래대로 주변 정리를 한 후, 세면장에 들어가 조심스럽게 샤워를 했다. 그리고 처음 잠들었을 때처럼 소파로 가서 누웠다. 눕자마자 잠이 들었는데, 눈을 떠보니 한혜숙과 조승희는 없고, 양미란만 자신의 침대에서 세상모르고 자고 있었다. 시계를 보니 10시였다. 한혜숙과 조승희는 먼저 집으로 돌아간 것 같았다. 나는 다행이라는 생각을 하며 먼저 간다는 메모를 양미란에게 남기고 그녀의 아파트를 나왔다.

그녀의
비밀을 알다

집으로 돌아와 거의 하루 종일을 자고 일어나 휴대폰을 열어보니 양미란의 문자가 도착해 있었다.

'괜찮아? 어제 정말 대단했어.'

내 마음속에는 한혜숙에게 음란한 짓을 한 것에 대한 두려움이 가득했기 때문에 일상적인 그녀의 문자가 반가웠다. 나는 답장을 보냈다.

'정말 잘 놀았어요. 언니는 괜찮아요?'

'괜찮겠니? 완전히 퍼졌어. 넌 어때?'

'나도 마찬가지에요.'

'이제 술 좀 작작 마시자. 내일 보자.'

'네.'

양미란과 문자로 안부를 주고받다 보니 나 자신의 성이 남성이라는 걸 잠시 망각했다. 정말로 양미란과는 언니 동생 사이가 되어 있었다. 물론 예쁜 그녀를 나의 것으로 만들고 싶은 욕구가 사라진 건 전혀 아니었지만 지금의 관계도 나쁘지는 않았다. 여성으로 변신해서 여자들 사이에 살아가다보니 나 자신이 조금씩 변화해 가고 있다는 걸 느낄 수 있었다. 여자들이 아니면 느낄 수 없는 자잘한 표현 같은 것들에 어느새 익숙해져 가고 있었다.

다음날 출근하자마자 양미란과 나란히 서고 정리를 하며 토요일의 술자리에 관한 뒷이야기를 나누었다. 야한 대화를 나누었던 걸 상기하며 그녀와 나는 한참을 웃었다.

그리고 자리로 돌아왔는데, 한혜숙이 생각났다. 물론 그녀가 나의 만행을 알아차렸다면 벌써 무슨 일이 벌어졌겠지만, 그렇더라도 그녀의 생각이 궁금했다. 나는 매점에서 음료수 하나를 사 들고 한혜숙이 근무하는 디지털실로 갔다.

한혜숙은 자신의 자리에 앉아 컴퓨터 모니터를 들여다보고 있었다. 내가 인사를 하고 음료수를 내밀자 여느 때와 다르지 않은 응대를 했다.

"이런 걸 뭘 사와. 그냥 놀러오면 되지."

"언니 많이 마신 것 같던데, 괜찮아요?"

"아휴, 이젠 예전같지가 않아. 아직까지 머리가 아프네."

"틈 날 때 잠깐 주무세요."

"봐서."

"저 갈게요."

"응."

나는 그녀와 눈인사를 하고 돌아섰다. 그녀가 친근하게 대하는 모습을 보니 안도감과 함께 죄책감이 밀려들었다. 만일 그녀가 나의 정체를 알고, 어제의 만행을 알게 된다면 과연 어떤 심정일지 추측해보니 아찔했다. 그럼에도 여자로서의 생활을 포기하고 싶은 마음은 생기지 않았다. 여러면에서 나는 색다른 인생 체험을 하고 있는 중이었다. 물론 언젠가는 끝이 있겠지만 적어도 당분간은 더 여자로서 살고 싶었다.

나는 계단을 내려와 나의 근무공간인 인문실로 들어갔다. 그리고 내 자리를 향해 천천히 걸어가는데, 누가 내 어깨를 붙잡았다. 깜짝 놀라 돌아보니 조승희였다.

"나 좀 잠깐 볼래?"

그리고 그녀는 돌아서서 인문실을 나갔다. 나는 그녀를 따라가며 심상치 않은 예감에 휩싸였다. 무슨 일인지 알 수 없었지만 그녀의 굳은 얼굴과 딱딱한 말투로 미루어 예삿일이 아니라는 생각이 들었다. 그렇다면 혹시……나의 정체를?

나의 불안한 예감은 조금씩 현실화되기 시작했다. 조승희는 열쇠로 서고의 문을 따고 들어갔다. 나도 뒤따라 들어가보니 서고 안에는 나와 조승희 외에는 아무도 없었다. 이런 곳에 나를 따로 불렀다는 사실만으로도 무언가 충격적인 이야기를 하려는 게 분명하다고 생각했다. 역시 나의 생각이 맞았다. 조승희는 굳은 얼굴로 내게 말했다.

"이젠 정체를 밝히시지?"

"네?"

나는 아무 것도 모르겠다는 얼굴로 되물었지만 올 것이 왔구나라는 심정이었다. 순간적으로 여러 사람들의 얼굴이 스쳐지나갔다. 그들이 나의 정체를 알고 어떤 심정일지 추측해보니 차라리 그냥 지금 도망치는 게 나을지도 모르겠다는 생각도 들었다. 그런데 도대체 어떻게 알았을까? 내가 아무리 완벽을 기하려고 하더라도, 역시 성이라는 건 속일 수가 없는 것인가.

조승희는 내쪽으로 한 발 다가선 후, 나를 노려보며 말했다.

"어떻게 알게되었는지 궁금하지? 우리가 술을 마신 토요일……. 그때 양미란의 아파트에서 잠이 들었다가 무심코 눈을 떴어. 그리고 네가 문학실의 한혜숙 언니에게 무엇을 하고 있는지 다 보게 되었지."

그때였구나. 내가 양미란의 아파트에서 한혜숙에게 음란 행동을 할 때 조승희는 깨어 있었던 것이다. 그때 바로 소리를 치지 않은 것은 내가 위해를 가할지 모른다는 두려움 때문이었을 것이다. 나는 처참한 기분으로 고개를 떨구었다. 이제 어떻게 해야 하는가. 무릎을 꿇고 용서를 빌까? 하지만 그런다고 해결될 문제가 아니었다. 나는 법의 심판을 받게 될 것이다. 여자가 되고 싶다는 단순한 호기심이 엄청난 참극을 야기한 것이다.

그런데 조승희는 내쪽으로 한 발 더 걸어오더니 내 손을 지그시 잡았다. 그리고는 입가에 야릇한 미소를 띠고는 자신의 얼굴을 내쪽으로 가까이 했다. 이 마당에 이 여자가 왜 이러는지 알 수가 없어 나는 넋놓고 있었다.

그러자 그녀가 내게 말했다.

"사실은…….나도 너와 같아."

"네? 그게 무슨……."

나는 조승희의 뚱딴지같은 말에 망치로 얻어맞은 듯한 표정으로 되물었다.

"무슨 말인지 모르겠어? 나도 너와 같은 취향이라고."

그 말을 하는 조승희의 얼굴에는 빨갛게 홍조가 떠올라 있었다. 나와 같은 취향이라면 이 여자도 남자라는 말인가? 그럴 리는 없다. 아무리 세상에 우연이 널려 있다고 하더라도 한 도서관에 여장남자가 두 명이나 있다는 건 말이 되지 않는다.

조승희는 얼굴을 붉히며 말했다.

"나……고등학교 때 알았어……내가 남자보다는 여자를 더 좋아한다는 걸…….남자에게는 성욕을 느끼지 못했어……오히려 같은 여성에게 끌렸다고…….너도 그렇잖아…….그래서 한혜숙 언니가 잠든 틈에 욕구를 채운 거잖아. 그렇지?"

나는 그제서야 상황이 어떻게 돌아가는 건지 감을 잡았다. 조승희는 레즈비언 취향이었던 것이다. 내가 그 날 밤 한혜숙에게 음란 행동을 하는 걸 보고, 내가 남자라는 생각은 꿈에도 하지 못하고, 레즈 취향이라 그런 행동을 했다고 생각한 것이다. 조승희의 입장에서 생각해보니 그렇게 생각하는 것도 무리는 아니다. 그녀는 자신이 레즈 취향이기 때문에 나의 행동을 이해할 수 있다고 생각한 것이다.

조승희는 한 발 더 다가왔다. 그녀의 가슴이 내 가슴과 맞닿았다. 그리고는 내게 키스를 퍼부으며 말했다.

"우리…….진작 알았으면 좋았을 걸…….네가 나와 같은 성향이라는 걸 알고 얼마나 흥분했는지 몰라."

그녀의 혀가 내 입속으로 들어왔다. 그 짧은 순간 내 머릿속으로 여러 가지 생각들이 스쳤다. 일단 남자라는 게 발각된 게 아닌 건 천만다행이다. 그리고 조승희의 도발 역시 내가 기피할 이유는 없다. 조승희도 매력적인 여자이므로 나로서는 대환영이다. 그러나 문제는 내가 여자가 아닌 남자라는 것에 있다. 만일 실제의 레즈 섹스로 이어진다면 그것을 어떻게 감당할 수 있겠는가.

"언니, 자, 잠깐만!"

"왜? 너 나랑 이러기 싫으니?"

"그건 아니고……제가 준비가 아직 안 돼서……"

"난 지금 흥분했어."

"알겠어요. 하지만 지금은 제가……"

"다 알게 되었으니 우리 즐기며 살아."

조승희는 다시 혀를 밀어 넣으려 했다. 나는 간신히 그녀를 밀어내고 뒷걸음으로 문쪽을 향해 가며 말했다.

"저도 언니가 좋아요. 하지만 지금은 제가 준비가 전혀 안 되었어요. 다음에 이야기해요."

나는 가능하면 그녀에게 상처를 주지 않으려 입가에 미소를 띠고 그녀에게 양해를 구한 후 서고를 빠져나왔다. 나는 인문실의 내 자리로 돌아와 머릿속을 정리해 보려고 노력했다. 조승희는 확실히 매력있는 여자이다. 그러나 그녀는 레즈비언이고, 나는 남자다. 그녀의 육탄 돌격을 받는 순간 나 역시 흥분이 분명히 되었다. 지금도 그녀와 접촉할 때의 촉감과 향취가 남아 있다. 내가 그녀를 거부한 것은 레즈비언 섹스가 불가능하기 때문이었지, 그녀가 싫어서가 아니었다. 머리를 잘 굴려보면 정체를 숨기고 그녀와 적당히 즐길 수 있는 방법이 있을 것도 같았다.

그런 와중에 문제가 또 하나 터졌다. 컴퓨터로 대출 자료를 검색하고 있을 때 누가 내 앞에 서서 움직이지를 않았다. 무심코 올려다보니 그는 최진욱이었다. 그는 내 얼굴을 내려다보며 빙그레 미소를 띠었다.

"안녕하십니까."

"여긴 어떻게……."

"윤희 씨 보러 잠깐 들렀습니다."

"이러시면 안 되는데……"

"사람에게는 감이라는 게 있습니다. 윤희 씨와 저는 환상의 커플이 될 운명입니다."

정말 끈질긴 작자라는 생각이 들었다. 잠시 생각해보니 냉대를 하는 것만으로는 해결이 불가능할 것 같았다. 나도 남자지만 남자라는 동물은 박대를 하면 할수록 집착하는 성향이 있는 게 엄연한 사실이고, 또 그런 방식이 통하기도 하는 게 사실이었다.

나는 일어서며 말했다.

"잠시 저랑 이야기 좀 하죠."

"아, 감사합니다."

최진욱은 싱글벙글한 얼굴로 나를 따라왔다. 내가 시간을 내서 이야기하자는 걸 긍정적인 진전으로 생각하는 모양이었다. 나는 그를 휴게실로 데려가서 준비한 이야기를 했다.

"최진욱 씨가 저를 원하는 마음은 충분히 알겠어요. 하지만 제게는 아픈 과거가 있어서 독신으로 살기로 마음을 먹고 있어요. 그러니 더이상 저에게 접근하지 말아주세요."

"어떤 과거인지는 모르겠으나 윤희 씨의 상처를 치유해줄 자신이 있습니다."

"아마 내가 겪은 일을 털어놓으면 최진욱 씨는 충격을 받을 거예요."

"그렇지 않습니다. 저는 윤희 씨의 모든 것을 포용할 수 있습니다."

나는 최대한 처연한 표정을 짓고 말했다.

"저는 청소년기에 불량배들에게 윤간을 당했어요."

"네?"

최진욱의 눈이 휘둥그레졌다.

"윤간을 당했다고요. 무슨 말인지 모르겠어요?"

"말뜻은 알겠습니다만……"

확실히 최진욱은 당혹스러워하고 있었다. 내가 조신한 여자인줄 알았는데, 그런 끔찍한 과거가 있다고 고백을 하니 충격을 받은 것이다.

최진욱이 힘없이 말했다.

"윤희 씨에게 그런 아픔이 있었다니……."

"그래서 남자는 사귈 생각이 없다는 거예요. 그러니 더이상 시간 낭비 하지 마시고 다른 좋은 분을 찾아보세요."

잠시 말이 없던 최진욱이 입을 열었다.

"하지만 그렇더라도 윤희 씨를 향한 나의 마음은 그대로입니다."

진짜 끈질기다는 생각이 들어, 2탄으로 준비한 이야기를 꺼냈다.

"게다가 나는 대학생 시절 학비가 없어 몸을 판적도 있어요."

"옛?"

최진욱의 얼굴은 하얗게 변했다. 아무리 지고지순한 순정파라도 매춘 경험이 있는 여성을 좋아할 수는 없을 것이다. 나는 침울하게 앉아 있는 최진욱을 그대로 두고 일어섰다. 그의 심정이 어떨지 생각하니 동정심이 생기기도 했지만, 이것으로 최진욱 문제가 정리되었다고 생각하니 후련했다. 바보가 아니라면 그가 더이상 나를 쫓아다니지는 않을 것이다.

인문실로 돌아와보니 또 하나의 사건이 나를 기다리고 있었다. 양미란이 손짓으로 나를 따로 부르기에 그녀를 따라 서가 뒤로 가보니 그녀가 봉투 하나를 보여주며 말했다.

"윤남진 알지?"

나는 고개를 끄덕이며 대답했다.

"알아. 지난번에 도서관 홍보 도우미로 찾아간 남진복지재단의 이사장이잖아."

"그 사람이 직원을 시켜서 이걸 보냈어."

"이게 뭔데?"

"돈봉투야. 자그마치 1백만원이 들어 있어."

"헉!"

"지난번 촬영을 해 준 답례라는 거야. 윤희 너를 비롯한 직원들 회식비로 쓰라고 주는 거래. 원래는 네게 전달해 주려고 했는데, 네가 자리에 없어서 내게 맡기고 갔어."

머리가 아찔했다. 최진욱을 겨우 떨쳐냈는데, 이번에는 윤남진이 들이대고 있었다. 양미란이 나의 주머니에 봉투를 찔러넣으며 말했다.

"네 몫이니까 네가 알아서 해. 그건 그렇고, 윤남진이라는 사람이 혹시 너 좋아하는 거 아니니? 그렇지 않고서야 이렇게 큰 돈을 줄 리가 있겠어?"

"부담스러운데, 이거 다시 돌려줘야 하는 거 아닐까?"

"뭘 돌려주니? 어차피 그 사람에게 이 정도 돈은 새발의 피도 안되는 액수일텐데."

"그래, 그럼 부담없이 나중에 맛있는 거 사 먹자."

"호호호, 그러자."

윤남진이 또 접근을 해 오면 골치 아파지기는 하겠지만 그때도 최진욱에게 써먹은 방법으로 떨쳐내면 된다고 생각했다. 아니, 사실은 1백만원을 다시 돌려주기가 아까웠다.

이중 작업

퇴근길에 그냥 집으로 돌아갈까 아니면 오진수 커피전문점에 들러 한승연을 만날까 잠시 갈등했다. 물론 상큼한 그녀를 만나 대화를 나누고 싶은 마음이 굴뚝같기는 했으나, 여자로 하루 종일 생활하는 것에서 오는 스트레스가 장난 아니었다. 어느 정도 익숙해졌다고는 하나, 그래도 남자가 여자처럼 생활하는 건 결코 쉬운 일이 아니었다.

그래도 나의 발길은 본능에 충실해서, 오진수 커피전문점으로 들어서고 말았다. 오후 7시가 약간 넘은 시각이라 한승연이 분주히 일을 하고 있었다. 나를 발견한 그녀가 활짝 웃으며 인사를 건네왔다.

"안녕하세요?"

"잘 지냈어?"

"네, 언니는요?"

"그럭저럭."

아직 손님이 많지 않아서인지 한승연은 내 맞은 편에 앉으며 말했다.

"그때 언니를 괴롭힌 남자친구하고는 잘 됐어요?"

"완전히 끝냈어. 다시 괴롭히면 스토커로 경찰에 고발한다고 엄포를 놨지."

"잘 하셨네요."

"넌 별 일 없었니?"

"별 일은 없었는데…."

말꼬리를 흐리는 한승연에게서 뭔가 이야기하고 싶어하는 게 있는 듯한 눈치가 보여 내가 채근했다.

"말해봐. 친언니라고 생각하고."

"내가 그때 이곳 사장이 나에게 유독 관심을 쏟는다고 했잖아요?"

"그랬지."

"그 문제에요."

"어떤?"

"며칠전에 일 끝나고 나랑 사장님이랑 둘이 남았는데, 잠깐 얘기 좀 하자는 거예요. 그래서 그렇게 했는데, 진지하게 자기가 어떻느냐고 묻더라고요. 그래서 나는 그냥 아무렇지도 않게 좋은 분이라고 대답을 했죠. 그랬더니 정색을 하면서 진심을 말해 달라는 거예요."

"진심이라니?"

"유추해서 해석을 하자면 자기는 나를 이성으로 대하고 있으니 나도 그랬으면 좋겠다는 거죠."

"완전 날로 먹으려는 작자네."

"그러니까요. 어이가 없어서 그냥 잠자코 있다가 헤어졌어요."

"그런데 넌 정말 사장에게 관심이 없는 거야?"

나의 질문에 한승연은 복잡한 얼굴이 되었다.

"그게 그렇게 단순하지가 않아요. 사장님이야 능력도 있고 외모도 꿀리지 않는 사람이라 싫지는 않거든요. 하지만 마흔 살이 넘은 남자와의 결혼은 한 번도 생각해 본 적이 없어요. 그렇다고 뜨겁게 사랑하는 감정이 있는 것도 아니고……그런데 사장은 자꾸 나를 압박해요."

"그러면 딱 잘라서 관심 없다고 해 버려."

"그런데 그게….."

"뭐가?"

"현실적으로 이런 직장 구하기가 만만치 않거든요. 내가 받는 페이가 아마 이 계통에서 일하는 애들 가운데는 최고일 거예요. 그리고…….아까도 말했지만 사장이 아주 싫은 것도 아니라서……."

한승연의 이야기를 들으니 내 머리도 복잡해졌다. 이런 면은 확실히 남자와 여자가 다르다. 남자는 절대로 이런 고민을 하지 않는다. 괜찮은 여자가 대시해오면 앞뒤 가리지 않고 오케이다. 여자의 지나친 내숭은 남자의 속성에 대한 이해부족에 기인한 것이다. 남자는 싫은 여자는 천년만년이 지나도 싫고, 좋은 여자는 어떤 행동을 하더라도 좋은 것이다.

나는 한승연의 애매한 태도 때문에 조마조마해졌다. 만일 사장이라는 작자가 끈질긴 방법으로 그녀를 공략한다면 넘어갈 공산이 컸다.

나는 그녀쪽으로 상체를 기울이며 말했다.

"승연 씨, 내가 생각할 때 사장의 마인드는 잘못되었어. 공은 공이고 사는 사지. 치사하게 페이 문제로 여자를 압박하는 남자는 좋은 남자가 아니야."

"그건 그렇네요."

"만일 그 사람과 결혼을 했다고 해봐. 돈을 야금야금 주면서 꼼짝달싹 못하게 만들 거라고."

"나 그런 거 진짜 싫은데."

"게다가 마흔이 넘은 나이라면 성적인 면에서도 문제가 있어."

"예?"

"무슨 말인지 모르겠어? 나도 들은 말이지만 남자는 마흔이 넘으면 그게 잘 안 선대."

"그거라면……."

"남자의 심볼 말이야. 그게 제대로 안 선다고."

"어머! 그럼 안돼요!"

"그러니까."

"결혼생활은 섹스의 즐거움이 반 이상이라던데……."

"물론이지!"

한승연은 잠시 생각해보다가 대답했다.

"아무래도 사장님에게 딱 잘라서 말을 해줘야겠어요. 나에게 관심 갖지 말라고."

그녀의 단호한 표정을 보자니 나는 적잖이 안심이 되었다.

"그리고 여자와 남자가 나이 차가 너무 많은 건 안 좋아. 네살이나 다섯살 차이가 적당하지."

"그럼 내가 23살이니까…."

"28살이면 딱 좋아."

물론 나는 남녀의 나이 차가 얼마가 되어야 적당한지에 대해 전혀 모른다. 그냥 내가 28살이니까 그렇게 말한 것이다.

"그리고 직업은 아무래도 미래에 각광받을 수 있는 직종이 좋아. 커피숍은 유행을 타는 직종이라 전망이 없어."

"이곳은 그래도 잘 되는 편인데요?"

"지금은 그렇지만 사람의 입맛은 늘 변하잖아. 지금은 커피가 유행이지만 시간이 좀 지나면 다른 것에 관심이 쏠릴 수 있다고."

"그럼 어떤?"

나는 짐짓 고민을 하는 듯 하다가 말했다.

"내 생각에는 컴퓨터와 관련된 직업이 좋을 것 같아. 왜냐하면 미래에도 컴퓨터는 계속 발전을 할 테니까."

"이를테면 프로그래머요?"

"그렇지! 컴퓨터 프로그래머로서, 실력이 입증된 남자."

"오! 그럼 28살에 능력 있는 컴퓨터 프로그래머면 되겠네요?"

"그렇지!"

한승연은 고개를 힘없이 저으며 말했다.

"내 주위에는 그런 남자가 없다고요."

"포기하지 마. 간절히 원하면 행운의 여신이 도와줄지도 모르니까."

"아무튼 고마워요."

한승연은 내가 조언을 해준 대가로 공짜 커피 한 잔을 내주었다. 다른 자리로 가서 주문을 받는 그녀를 보니 진짜 깜찍하고 귀염성 있어 보였다. 내 머릿속에서는 그녀가 나의 아내가 되어 오직 나만을 위해 요리를 하는 모습이 흘러가고 있었다. 달콤한 상상이었다.

로션병의
용도

　다음날 퇴근길에 나는 남자로 변신, 아니, 원래의 나로 돌아가 오진수 커피전문점을 찾았다. 내가 여자로 변신했을 때는 나를 보고 반기던 한승연이 나를 힐끗 한 번 보고는 건조하게 '어서오세요.'라고 인사를 하고는 외면했다.

　나는 자리에 앉자마자 노트북을 펼쳐 놓고, 가방 속에서 준비한 컴퓨터 서적을 꺼내 테이블 위에 올려놓았다. 그리고 노트북을 보며 열심히 프로그래머다운 작업을 하는 포즈를 취했다. 완전히 쇼는 아니었고, 내가 틈틈히 하는 작업을 조금 더 열심히 하는 척 했다. 그러다가 적당한 시점에 유창수에게 전화를 걸어 컴퓨터와 관련된 대화를 장황하게 나누었다.

　그러는 사이 한승연이 주문을 받으러 왔기에, 나는 그녀가 펼쳐 놓은 메뉴판의 카푸치노를 손으로 찍어서 주문을 했다. 나는 속으로 그녀가 나를 항상 분주한 컴퓨터 프로그래머로 보아주기를 간절히 바랐다.

그것은 확실히 효과가 있었다. 잠시 후 커피를 가져온 그녀는 내가 올려놓은 컴퓨터 책들을 힐끗거리며 살펴보고는 조심스럽게 물어보았다.

"컴퓨터쪽 일 하시나봐요?"

나는 기다렸다는 듯이 대답했다.

"아, 예. 직업이 컴퓨터 프로그래머라서요."

입속에서 '컴퓨터 프로그래머이고, 나이는 28살이며, 당장 결혼할 여자를 찾고 있습니다.'라는 말이 맴돌았지만 참았다. 확실히 여자로서가 아닌 남자로서 마주하는 한승연에게는 거리감이 느껴졌다. 그래도 최초에 남자로 방문했을 때 받았던 냉대와 비교해보면 이 정도 관심도 상당한 진전이었다.

한승연은 쑥쓰럽다는 듯 웃으며 말했다.

"좋은 직업이라고 하더라고요."

"그렇다고는 하는데, 아무래도 힘든 점이 많죠. 하지만 제 나이가 이제 28살이기 때문에 기회도 많을 거라고 생각합니다."

나는 28살이라는 걸 강조했다.

"혹시 컴퓨터에 문제가 생기면 말씀하세요. 제가 해결해 드릴 수 있으니까. 요즘 컴퓨터 수리업체에 컴퓨터를 맡기면 바가지 씌우는 경우가 적지 않거든요."

"고맙습니다."

그녀는 묵례를 하고 자신의 자리로 돌아갔다. 가슴이 콩당콩당 뛰었다. 그녀의 속마음은 알 수 없었지만 오늘은 이 정도 어필을 한 것으로 만족하기로 했다. 일단 그녀의 관심을 끄는 것에는 성공을 했으니 소기의 성과는 거둔 셈이었다.

나는 차를 마시고 일어섰다. 내가 출입문 쪽으로 걸어가자 한승연이 나를 쳐다보는 게 느껴졌다. 적어도 그녀의 관심을 끄는 것에는 성공한 것 같아 흡족한 마음으로 커피숍을 나왔다.

오늘은 임미숙의 피아노 학원에 가는 날이었다. 23살의 한승연에게 빠져 있고, 도서관에서 여자 사서들과 어울리고 있기 때문에 임미숙에 대한 집착이 없어질 법도 하지만, 그럼에도 불구하고 여전히 임미숙을 생각하면 가슴이 뛰었다. 모든 남자가 다 그런지는 몰라도, 세상의 모든 예쁜 여자들을 다 차지하고 싶은 마음이었다.

학원에 들어서니 임미숙이 의자 위에 올라서서 책장 정리를 하고 있었다. 그녀는 나를 보고는 큰 소리로 말했다.

"나 지금 청소중이라. 오늘은 악보보고 혼자 연습 좀 하고 있어."

나는 알았다고 말하고 피아노 앞에 앉았다. 악보를 보며 동요를 몇 곡 쳤다. 나 스스로가 생각해도 실력이 월등히 발전한 것 같았다. 순전히 임미숙에 대한 흑심으로 피아노를 배우기 시작했는데, 이제는 피아노 연주의 즐거움도 덤으로 얻게 되었다.

혼자 어느 정도 연주를 하다가 그만두고 임미숙과 캔 맥주 하나씩을 들고 마주앉았다. 내 머릿속에서는 며칠전 도서관 사서들과 나눈 음란한 대화가 떠돌고 있었다. 그런데 여자로 변신했음에도 임미숙과는 그런 류의 대화를 전혀 나눈적이 없었다. 남자들끼리는 초면에도 서스럼없이 성적인 농담을 나누는 게 일반적이지만 아무래도 여자들은 다르리라는 생각이 들었다.

그런데 임미숙은 현재 애인이 없기 때문에 성욕을 해소할 방법이 없을 것이었다. 그렇다면 생각할 수 있는 건 자위였다. 며칠전 그녀의 집에서 깊숙히 숨겨놓은 야동을 한 편 찾아냈는데, 어쩌면 그걸 보면서 자위를 할지도 모른다고 생각했다. 그 생각만으로도 나의 아랫도리가 뻐근해지는 듯한 느낌이 들었다.

나는 일단 대화를 은밀한 방향으로 유도해 보기로 했다.

"언니, 나 요즘 부쩍 외로움을 타는 것 같아."

"빨리 애인 만들어야지."

"애인 만들기는 귀찮고, 여자들은 참 불편해. 남자들은 애인이 없어도 욕구를 해결할 수 있는 방법이 많잖아."

나는 그렇게 말하며 임미숙의 눈치를 살폈다. 그녀는 고개를 약간 좌측으로 기울이고, 자신의 발 끝에 시선을 둔 채 콧노래를 흥얼거리는 모습 그대로였다.

나는 그녀쪽으로 다가가며 물었다.

"그치 언니?"

"그건 그래."

"나는……진짜 욕구가 왕성할 때는……혼자 처리 해……언니는 어때?"

나의 돌연한 질문에 임미숙은 당황 하는 기색이 역력했다.

"뚱딴지 같이…….."

나는 내친김에 직접적으로 물어보았다.

"언니는 자위도 안 해?"

"호호호."

"정말 궁금해서 그래. 안 해?"

내가 추궁하자 임미숙은 작게 대답했다.

"안 할 수가 없잖아."

"맞아, 호호호."

"그렇다고 자주하는 건 아니고, 진짜 못 참겠을 때는 손이 아래로 내려가."

"그렇지? 나도 그래."

한 번 물꼬가 터지자 그녀의 은밀한 고백이 술술 터져나오기 시작했다.

"애인 사귈 때는 적어도 일주일에 한 번은 했는데, 갑자기 그게 없어지니까 정말 힘들더라. 아무리 잊어버리려고 해도 욕구가 스멀스멀 기어올라오는 거야. 그렇다고 아무 남자나 사귈 수가 없잖아. 그러다보니 자연스럽게 자위로 해결을 하게 되었지."

나의 시선이 그녀의 중요 부위로 향했다. 흰색 면바지를 입은 그녀의 다리 사이가 자꾸 궁금해졌다. 야심한 시각에 그녀가 손으로 그곳을 자극하는 상상을 하자니 미칠 것처럼 흥분이 되었다.

아무리 여자끼리라도 너무나 은밀한 이야기를 털어놓아서인지, 임미숙은 갑자기 얼굴을 붉히며 웃었다.

"너랑 이런 이야기 하니까 너무 이상하다."

"나도 챙피해. 언니니까 말 하는 거야."

"윤희 네가 자위를 할 줄은 꿈에도 몰랐어."

"나도 언니가 할 줄은 몰랐어."

"만일 애인과 관계를 갖지 않았으면 안했을 거야. 여자라는 게 한 번 남자에게 몸을 열면 그 뒤로는 감당이 안 되더라."

"난 주로 손으로 하는데, 언니도 그래?"

"나도 주로 손으로만 하는데, 가끔은 물건을 사용하기도 해."

"어떤 거?"

"로션병."

"아!"

"로션병이 아담하고 촉감도 좋아."

"나도 해봐야지."

나의 말에 임미숙은 폭소를 터트리며 웃었다.

"별 걸 다 따라하네."

"호호호."

나는 눈앞의 여자가 정말 내가 선망하는 임미숙인지 믿기지 않았다. 마치 여신처럼 도도하게만 보였던 그녀가 로션병을 사용해서 자위를 한다는 게 도무지 현실 같지가 않았다. 그렇다고 그녀에 대한 환상이 없어진 건 아니었다. 오히려 성적인 갈망은 더욱 심해졌다. 로션병을 사용하지 않으면 안 되는 그녀를 뜨겁게 안아주고 싶은 갈망이 간절히 고개를 들었다. 하지만 아직은 그럴 입장이 아니었다.

"언니, 전에 사귄 애인하고 어땠어?"

"뭐가?"

"잠자리말야."

나의 채근에 그녀는 눈을 흘겼다.

"너 아주 작정을 했구나. 이야기를 그런쪽으로 자꾸 몰아가네."

"그냥 궁금해서 그래. 언니도 아다시피 난 지금까지 애인 사귄적이 없잖아."

"하기야 나도 너에게 이런 이야기를 털어놓으니 후련한 기분은 드는 것 같아."

"그렇지? 성이라는 게 감추기만 해서 좋을 게 없잖아."

임미숙은 내쪽으로 상체를 기울이며 비밀스럽게 이야기했다.

"그 사람 그 방면으로는 도사야."

"도사? 어느 정도기에?"

"특히 손가락 기술이 뛰어났어. 그의 손가락이 나의 몸 이곳저곳을 터치하면 정말 미칠 것처럼 흥분이 되었다고."

"그럼……손가락으로…….언니의 은밀한 곳에도 넣었겠네?"

"당연한 거 아니니? 처음에는 손가락 하나를 넣고 휘젓다가 나중에는 두 개를 넣고 휘저었어. 그러면 나는 본격적인 섹스를 하기 전에 이미 그곳이 흥건히 젖어버렸지."

그녀의 말을 듣자니 나의 아랫도리가 꿈틀거리기 시작했다. 그것을 들키지 않으려 나는 손으로 그곳을 가렸다.

"물도 많이 나왔어?"

나의 질문에 그녀는 나를 흘겨보며 말했다.

"너무 심하다."

"미안. 사실은 내가 물이 많은 체질이라 언니도 그런가 하고."

"물이 많이 나오는 체질은 아닌데, 그 사람이랑 할 때는 많이 나왔어. 어떤 때는 시트가 흥건히 젖을 정도였다니까."

"언니, 69체위도 해 봤어?"

"호호호, 왜 하필 그게 궁금하니?"

"난 69체위가 제일 하고 싶더라."

"그거 생각만큼 즐겁지 않아."

"왜?"

"애무 당하는 것이건, 애무를 하는 것이건, 사람이란 어느 한 가지에 집중해야 하는 법인데, 69체위는 두 가지를 동시에 해야 하기 때문에 생각이 분산된다고."

"아항!"

나는 그녀의 말에 진심으로 탄복했다. 사실 나도 69체위를 몇 번 즐긴 경험이 있으나, 임미숙이 말한 바로 그 이유 때문에 생각만큼 즐겁지 않았던 기억이 있었다.

"그럼 언니는 어떤 체위가 가장 좋았어?"

나의 질문에 그녀는 얼굴을 붉히며 대답했다.

"호호호, 후배위."

"뒤로 하는 거 말이지?"

"응."

"의외네. 언니처럼 조신한 스타일이 그렇게 야한 채위를 좋아하다니."

"호호호, 나 그거 할 때는 180도 달라져."

"왜 후배위가 좋아?"

"글쎄, 원초적인 원래의 나 자신으로 돌아가는 것 같다고 할까?"

"알겠다. 원래 인간도 동물처럼 처음에는 후배위로 섹스를 했을 테니까 그걸 할 때 가장 편안하다는 뜻이구나."

125

"그런 것 같아."

그리고나서 임미숙은 일어서며 말했다.

"아이고 그만하자. 윤희 넌 피아노 배우러 온 거지 성교육받으러 온 게 아니잖아."

"호호호, 그래도 오늘 언니하고 더 친해진 것 같은 걸?"

"그건 그래."

임미숙은 아까 하지 못한 피아노 강의를 하자면서 나와 함께 피아노 앞에 나란히 앉았다. 그리고 '별'이라는 동요를 치기 시작했다. 임미숙이 좋아하는 곡인 듯 했다. 내게 피아노 레슨을 해줄 때 가장 자주 치는 곡이었다. 나는 멜로디를 쳤고 임미숙은 반주를 쳤다. 어느새 그녀와 나는 노래를 합창하고 있었다.

바람이 서늘도 하여
뜰 앞에 나섰더니
서산 머리에 하늘은 구름을 벗어나고
산뜻한 초사흘 달이 별 함께 나오더라
달은 넘어가고 별만 서로 반짝인다

그녀와 함께 노래를 부르다 보니 그 직전까지의 끈적한 기분이 씻겨나가는 것 같은 기분이 되었다. 나는 청량한 기분으로 사랑스러운 임미숙을 따뜻히 포옹하고 싶어졌다.

최진욱의
상사병

　도서관에 출근해서 여느 때처럼 근무를 하다가 잠시 바람을 쐬러 밖에 나갔는데, 누가 내 어깨를 쳤다. 돌아보니 조승희였다. 그녀가 나와 레즈비언의 관계를 요구한 이후 줄곧 피해왔는데, 오늘은 아무래도 그녀가 나를 발견하고 일부러 따라온 듯 싶었다.

　"날씨 좋지?"

　그녀는 싱긋 웃으며 물었다. 나는 그렇다고 대답하며 애매하게 웃어주었다. 그녀의 말이 아니더라도 날씨는 하루가 다르게 포근해지고 있었다. 3월 중순으로 접어들었음에도 꽃샘추위로 인해 봄을 누릴 기회가 없었는데, 오늘에야 비로서 봄다운 봄이라고 말할 수 있는 날씨가 된 것이다.

　"우리 산책 하자."

　조승희의 말에 나는 딱히 싫다고 할 수도 없어 어정쩡하게 그녀와 나란히 걸었다. 만일 내가 진짜 여자라면 아마 레즈를 원한다는 그녀에게 좋다 싫다를 분명히 표현했을 것이다. 얼마 전 함께 술을 마시고 양미란의 아파트에서 쓰러져 잤을 때 내가 한혜숙에게 했던 음란행위를 그녀가 목격하고 나를 레즈비언으로 착각하고 있기는 했지만, 그렇다고 해서 조승희의 요구에 무조건 응해야 하는 건 아니었다.

정작 중요한 건 내가 여자가 아닌 남자이고, 조승희의 노골적인 요구가 절대로 싫지 않다는 것이다. 30대 초반의 조승희에게는 분명히 여성적인 매력이 넘쳐났다. 그리고 내가 여성으로 변신한 다음 교류하고 있는 여성들과는 모두 그냥 동성끼리의 친분관계라서 성적인 면은 전혀 없었다. 그에 반해서 조승희는 나를 여자로 생각하면서도 성적인 요구를 해 오고 있었다. 그것은 확실히 나를 흥분시키는 일이었다. 그러나 그녀의 요구에 응할 수가 없는 본질적인 이유가 내게는 있었다. 남자인 나는 그녀와 레즈비언으로 즐기는 게 불가능한 것이다.

그녀와 나는 말없이 걸어 도서관 정원으로 나갔다. 방문객들이 벤치에 앉아 있는 모습이 눈에 뛰었다. 그들을 지나쳐서 인적이 없는 곳으로 접어들었을 때 조승희가 나즈막히 말했다.

"그때 내가 너무 성급했던 것 같아."

"뭐가요?"

"그 날 서고에서 말야. 너의 입장도 있는 건데 다짜고짜 달려들었으니 네가 놀라는 것도 이상한 건 아니지."

"네……."

"난 그때 네가 나와 같은 성향이라는 걸 알고 너무나 흥분해 있었어.”

나는 힐끗 그녀를 쳐다보았다. 봄이라서인지 짧은 초록빛 치마에 하얀색 블라우스를 입고 있었다. 이 정도 여자라면 어느 남자라도 반할 만하다고 생각했다. 그럼에도 30대 초인 현재까지 미혼인 것에는 다 속사정이 있었던 것이다.

나는 조승희에게 이끌려 벤치에 앉았다. 그곳은 폐쇄된 출입구 쪽이어서 사람이 없는 곳이었다. 도서관에서 가장 외진 곳이라 간혹 남녀간의 불미스러운 일이 발생하기도 하는 장소였다.

조승희는 내쪽으로 다가앉으며 얼굴을 가까이 댔다. 나의 시선이 그녀의 젖가슴쪽을 향했다. 그녀의 젖가슴은 유독 풍만해서, 단추가 떨어져 나갈 것처럼 보였다. 내가 자신의 젖가슴을 쳐다보는 걸 안 그녀가 말했다.

“내 가슴 괜찮니?”

“응.”

“만지고 싶으면 만져도 돼.”

그러면서 그녀는 자신의 젖가슴을 내쪽으로 내밀었다. 나는 손으로 그녀의 젖가슴을 안아보았다. 사실 풍성해보인다는 표현은 썼지만 크기가 유독 크다는 건 아니었다. 다만 그녀가 흥분해서인지, 젖가슴이 유독 도드라져 보였다. 나는 그녀의 젖가슴을 만지며 혹시 누가 볼 세라 주위를 살펴보았다. 하지만 멀리 벤치에 방문객이 몇 있을 뿐, 이쪽을 주시하는 사람은 없었다.

나는 이번에는 살짝 그녀의 블라우스 안쪽으로 손을 넣어 젖꼭지를 엄지손가락과 검지손가락으로 만져보았다. 그러자니 나 역시 흥분 상태가 되어 자연스럽게 숨소리가 거칠어졌다. 그걸 눈치 챈 조승희는 손으로 나의 얼굴을 자신쪽으로 가져가서 입을 맞췄다. 그녀의 혀가 내 입속으로 들어와 입 안을 휘저었다. 그녀는 그러면서 나를 애무하려고 했는데, 만일 그녀의 손이 아래로 향하면 난리가 날 것이므로 나는 그녀를 밀어내며 다급히 말했다.

"언니, 이제 그만."

"왜?"

"오늘은 여기까지만 하자."

나의 말에 조승희는 실망스러운 표정을 지었다.

"나 흥분했는데……"

"아까부터 누가 우리를 쳐다보는 것 같아."

"누가?"

"1동 건물 2층에 누가 서 있어."

"어디? 아무도 안 보이는데?"

"지금은 우리가 쳐다보니까 몸을 숨겼어."

"정말?"

"그렇다니까."

조승희도 겁을 먹었는지 옷을 추슬렀다. 그녀와 나는 일어서서 다시 도서관 건물로 돌아왔다. 조승희는 자신의 근무처로 돌아가며 '잠깐이지만 오늘 좋았어.'라고 내게 말했다. 물론 그건 나도 마찬가지였다. 아직도 나의 손 안에는 부드러운 그녀의 젖가슴을 만진 촉감이 남아 있는 듯 했다.

계단을 올라가는데 맞은 편에서 최진란이 내려오다가 나를 보고는 손을 흔들며 달려왔다. 그녀의 얼굴이 상당히 다급해보여 아무래도 그녀의 사촌동생인 최진욱과 관련된 문제일지 모른다고 생각했는데, 역시 예감대로였다.

"윤희야, 너 진욱이랑 무슨 일 있었니?"

내가 그날 최진욱에게 윤간 경험도 있고 매춘 경험도 있다고 말했는데, 그일이 떠올랐지만 아무것도 모르겠다는 얼굴로 대답했다.

"별 일 없었는데, 왜요?"

최진란은 고민스러운 얼굴로 말했다.

"진욱이가 며칠 동안 직장도 안 나가고 밥도 안 먹으면서 시름시름 앓더라는 거야. 왜 그러느냐고 물어도 대답도 안 하고. 그래서 결국 오늘 병원에 실려갔다지 뭐니. 그런데 걔가 널 무척 마음에 들어하던 게 생각나서, 혹시 너와 무슨 일이 생겼는줄 알았어."

"별 일은 없고……그냥 내 처지가 누굴 사귈 입장이 아니라고만 말했는데……"

"그랬구나……"

"죄송해요. 혹시라도 저 때문이라면……"

"네가 죄송할 게 뭐 있니. 그럴 줄 알았으면 내가 애초에 소개를 시켜주지 말았어야 했는데."

그리고 최진란은 잠시 생각하는 듯 하다가 내게 말했다.

"윤희야, 네게 부담주고 싶지는 않지만, 그냥 위로라도 할 겸 진욱이 병문안을 한 번 가주지 않겠니? 만일 저러다가 큰 일이라도 나면 안 되잖아. 사귈 마음 없다는 네 심정은 충분히 이해를 하지만, 날 봐서라도 한 번 얼굴이라도 비치면 나아질 것 같아서말야."

그녀의 부탁이 아니더라도 나의 말 때문에 그 지경이 되었다면 모르는 척 할 수는 없는 일이었다. 문제는 최진욱의 병문안을 갔다가 또다시 그가 나에게 집착하게 되는 일이었다. 그렇더라도 일단 사람은 살리고 봐야 하기 때문에 최진란에게 병문안을 가겠노라고 대답했다. 이런 상황에 처하고 보니 여자 입장에서 진짜 싫은 남자가 포기하지 않고 대시를 할 때는 그 스트레스가 엄청날 것 같다는 생각이 들었다.

그래서 퇴근 후 최진욱이 입원해 있는 병원을 향했다. 진짜 가기 싫었지만 혹시라도 나 때문에 죽기라도 하면, 나 자신이 여자로 변신하는 장난을 쳤다가 사람을 죽였다는 죄책감이 평생 들 것이므로 가지 않을 수 없었다. 그건 그렇고, 단지 외모만 여자인 나에게 빠져 그 지경이 되었다고 생각하니 이상한 생각도 들었다. 사랑이라는 것도 결국은 이성의 외모에 반해서 생기는 판타지일 뿐인 것인가.

최진욱이 누워 있는 병실에 들어섰다. 최진욱은 나를 보고는 조금 놀란 표정을 지었다가 곧 고개를 창문쪽으로 돌렸다. 나는 그의 앞에 있는 간이의자에 앉아 차분히 입을 열었다.

"지난번에 내가 했던 말 때문에 충격받은 것 같은데, 그때 했던 이야기는 사실 지어낸 것이었어요."

나의 말에 최진욱은 시무룩히 대답했다.

"알고 있습니다. 윤희 씨가 그런 일을 겪었다고는 1퍼센트도 믿지 않았습니다. 그래서 더 괴롭습니다. 내가 얼마나 싫으면 그런 거짓말까지 했을까 하는 생각에."

첩첩산중이었다. 생각같아서는 당장 화장을 지워버리고 남자라는 걸 밝히고 싶었다. 하지만 그렇게 되면 최진란도 알게 될 것이고, 그러면 도서관의 모든 사람들에게 나의 정체가 드러날 것이므로 자제할 수 밖에 없었다.

나는 한 발 물러서기로 했다.

"제가 그렇게 마음에 든다면 우리 그냥 좋은 친구로 지내요."

"정말입니까?"

"네, 하지만 저의 생활을 방해는 하지 말아주세요."

"윤희 씨와 다정한 친구로 지내는 것만으로도 나는 만족할 수 있습니다."

"그럼 이제 식사도 하고 출근도 하시는 거예요?"

"알겠습니다."

대충 그 정도만으로도 안심이 되어 나는 바쁘다는 핑계를 대고 병실을 나왔다. 그런데 곰곰 생각해보니 내가 최진욱에게 걸려든 것 같은 생각이 들었다. 어쩌면 저 자식은 자신의 사촌누나인 최진란을 움직여 나를 병원까지 오게 만든 것인지도 모른다. 그렇다면 저 자식은 그냥 친구로 지내자는 나의 제안에 절대 만족 못 할 것이고, 어떻게든 자기 여자로 만들 궁리를 시작할 것이다. 그러나 그것은 헛된 노력이다. 나는 남자라고, 젠장……

집에 가기전에 오진수 커피전문점에 들렀다. 물론 여자로. 내가 들어서자 한승연은 쪼르르 달려오며 반겼다.

"언니, 어서와. 할 말이 있어."

나는 그녀가 권하는 자리에 앉아 물었다.

"무슨 일 있었어?"

"글쎄, 지난번에 언니가 말했던 것과 흡사한 남자를 만났다니까."

"그래?"

"나이는 28살이고 직업이 컴퓨터 프로그래머래."

나는 기분이 째질 것 같아 속으로 탄성을 질렀다. 나의 작전이 결코 어긋나지 않았던 것이다. 나는 아무 것도 모르는 듯한 표정을 짓고 그녀에게 말했다.

"자세히 좀 이야기 해봐."

"하필 언니랑 대화했던 그 다음날 어떤 잘생긴 남자가 들어와 차를 시켜놓고 일을 하는 것 같더라고. 그래서 내가 무슨 일을 하느냐고 물어보니까 직업이 컴퓨터 프로그래머이고, 나이는 28살이라는 거야."

"정말?"

"그렇다니까."

"그렇다면 그건 정말 대단한 인연인데? 내가 신비주의쪽의 공부를 많이 해봐서 아는데, 진실한 사랑은 늘 기묘한 우연에서 시작되는 법이야. 내가 네게 어울릴 법한 남자에 대해 이야기를 한 직후에 진짜 그런 스타일의 남자를 만났다면 그건 전생에서부터 이어져 온 인연일 수도 있어."

한승연은 순진한 여자다. 나의 거짓말을 들으며 눈물까지 글썽였다. 하지만 너무 단순한 작전은 위험하다는 생각에 나는 진지하게 그녀에게 말했다.

"하지만 너무 순진하게 생각하면 안 돼. 넌 그 사람이 어떤 사람인지 모르잖아."

"그건 그렇지만 좋은 사람처럼 보이기는 했어."

"물론 그럴 수도 있지만 남자를 무조건 믿으면 안 돼."

"언니 그 정도는 나도 알아."

"내가 아까 신비주의 공부를 했다고 했잖아?"

"응."

"그런데 여러 가지 중에 가장 믿을만 한 건 사주더라고."

"사주? 점 보는 거 말아?"

"내가 사주 공부를 해 보니 사주는 잘만 보면 정말로 미래를 알수 있고, 남녀간의 궁합도 볼 수가 있어."

"울엄마가 그딴 거 믿지 말라고 하던데."

"나도 처음에는 안 믿었는데, 막상 내가 사주를 배워보니 인생살이가 다 사주대로 흘러가더라고."

"그래?"

"그렇다니까."

"그럼 그 사람 사주하고 내 사주하고 맞춰보면 인연인지 아닌지도 알 수 있겠네?"

"물론이지."

"믿져야 본전이니까 그럼 그 사람 생년월일을 물어봐서 나와 궁합을 좀 봐야겠네."

나는 이번에도 작전이 먹혀들어 가고 있다는 생각에 흡족해 하며맞장구를 쳤다.

"잘 생각했어."

잠깐 대화를 더 나누고 커피전문점을 나온 나는 집으로 돌아오자마자 인터넷에 접속해서 사주와 궁합에 대한 공부를 시작했다. 물론 제대로 공부를 하는 것도 불가능했고, 제대로 공부를 할 필요도 없었다. 대충 한승연을 속여넘길 수 있을 정도의 정보만 얻으면 되었다.

그리고 잠자리에 들었는데, 가슴이 설레어 쉽게 잠들 수가 없었다. 궁합 때문은 아니었다. 그녀가 남자인 본래의 나에게 관심이 있다는 걸 그녀의 입을 통해 확인했기 때문이었다. 이건 꿈이 아니다. 그녀와의 로맨스가 현실로 눈앞에 다가오고 있는 것이다.

양심의
가책

도서관 일은 기대 이상으로 재밌었다. 물론 한 자리에 하루 종일 앉아 있는 건 곤욕이었으나 정독도서관의 홍보 도우미로 발탁되어 외부 활동을 하는 것이 나 자신의 적성에 맞았다. 주로 사회 저명인 사들을 찾아가 인터뷰를 하고 그들의 독서 활동을 소개하는 내용이었는데, 일주일에 3일 정도는 할애가 되었다. 촬영 내용은 국영방송을 통해 시청자들에게도 공개가 되었다.

내가 출연한 방송을 보다 보면 나 자신이 정말 여성스럽다는 생각이 들었다. 어쩌면 전생에 여성이었던 것인가. 아무리 외모를 그럴싸하게 꾸미더라도 남자의 본성이라는 게 있어서 이상하게 보일 법도 한데, 그런 게 전혀 느껴지지 않는 게 이상했다.

그건 나뿐 아니라 시청자들도 마찬가지였는지, 정독 도서관으로 이따금 팬레터가 날아오기도 했다. 물론 팬레터를 보내는 사람들은 모두가 남자였기 때문에 딱히 좋을 건 없었다. 팬레터 내용중에는 노골적으로 사귀고 싶다며 자신의 사진과 프로필까지 동봉한 남자들도 몇 있었다. 그걸 본 양미란은 내게 횡재했다고 말을 했다. 실제로 프로필을 보면 사회적으로 남부럽지 않은 사람들이었기 때문에 양미란의 말이 틀린 건 아니다. 다만 나는 그들과 같은 남자였다. 뭘 어쩌라는 것인가.

그날은 촬영이 없어 도서관에서 근무를 했다. 유독 따분한 하루였다. 양미란이 서고 정리로 바빠서 잡담 상대도 없었다. 사실 여자들과 경계심없이 자유롭게 대화를 나누는 것만으로도 내속의 성적인 욕구가 어느 정도 충족되는 경향이 있었기 때문에 양미란과 함께 있으면 재밌었다. 내가 여자로 변신했다고 모든 여자들과 허물없이 지낼 수 있는 건 아니다. 인간관계라는 측면은 여자나 남자나 마찬가지라서 서로 호의가 있어야 친해질 수 있는 것이다.

그런데 점심을 먹고 돌아오니 나를 찾는 전화가 왔다. 수화기를 들어보니 굵직한 바리톤의 남자 목소리가 건너왔다.

"장윤희 선생님이시죠?"

"그런데요."

"윤남진입니다."

첫 촬영 때 나를 이상형이라고 고백했고, 사람을 통해 1백만원을 보내준 남자였다. 이렇게 어정쩡하게 대처하면 복잡한 문제에 말려들 수 있다는 염려가 생기기는 했지만 1백만원이라는 거금을 받고 보니 냉대할 수가 없는 기분이었다.

"안녕하세요?"

"하하, 잘 지내시죠? 별일은 아니고, 어떻게 지내지나 궁금해서 연락 한 번 드렸습니다.”

“덕분에 잘 지내고 있습니다.”

“다행입니다. 나이가 마흔이 넘고 보니 사람은 서로 돕고 의지하며 살아야 된다는 생각이 들더군요.”

“네…….”

“장윤희 선생님처럼 참하고 얌전한 분이라면 제가 도움을 드리고 싶은 마음이 굴뚝같습니다. 한 마디로 후원자가 되고 싶다는 것이죠.”

“글쎄요. 제가 아직 누구 도움받을 일이 없어서……”

“세상은 항상 변하기 마련 아닙니까. 혹시 어려운 일이 생기면 저를 생각해주십시오.”

“아무튼 말씀은 고맙습니다.”

“네, 그럼.”

윤남진과 통화를 마치고 그의 스타일을 분석해보니 주먹 세계에서 크게 성공했다는 소문답게 통은 크다는 생각이 들었다. 내가 여자는 아니지만 남자건 여자건 현실적으로 도움이 되는 사람에게 끌리는 건 인지상정이 아닌가 싶었다. 만일 내가 여자라면 최진욱처럼 자기 순정을 알아달라고 애원하는 스타일보다는 윤남진처럼 현실적인 도움을 앞세우는 쪽을 선택할 것 같았다.

그러다 보니 남의 떡이 커보인다는 속담과 비슷하게, 내가 여자가 아니라서 윤남진의 도움을 받을 수 없는 점이 아쉽고 억울하게 생각되었다. 그 생각이 조금씩 확대되더니 머리를 잘 굴리면 내 현재 처지에서 도움을 받는 방법이 있을 것 같았다.

나의 원래 직업은 컴퓨터 프로그래머이다. 그 일로 유창수와 팀을 이뤄 엄청난 프로젝트를 구상하는 중인데, 문제는 투자를 못 받고 있다는 사실이었다. 그렇다고 윤남진에게 투자를 부탁하면 필시 이상하게 생각할 것이었다. 도서관 사서가 컴퓨터 관련 사업을 진행 중이라고 한다면, 아무리 자기가 좋아하는 여자라도 의심할 것이 백퍼센트 확실했다. 반면에 남자의 마음을 움직일 수 있는 요구를 한다면 가능성이 높을 것이다.

그러나 쉽지 않은 일이었다. 설령 그럴싸한 핑계를 대서 돈을 받아낸다고 하더라도 뒷감당이 문제였다. 윤남진은 필시 성적인 요구를 해 오거나, 혹은 결혼을 요구할 텐데, 그 과정에서 내가 남자라는 걸 알게 되면 폭력조직 보스 출신인 그는 나를 죽이려고 할 수도 있었다.

그 생각만으로도 으스스 몸이 떨렸다. 역시 무리한 시도였다. 나는 머리를 흔들어 공연한 생각을 털어버리고 업무에 집중한 하루를 보냈다. 그리고 집에 돌아왔는데, 유창수로부터 전화가 걸려왔다. 그는 우선 반가운 소식부터 전해 주었다.

"우리 프로젝트의 마케팅 조사를 해 봤는데, 반응이 대단해. 만일 제대로 제작해서 시장에 내놓으면 초반 6개월 내에 3백억 가까운 매출을 기록하는 것으로 나왔어."

"헉! 3백억?"

"그렇다니까 나도 반신반의했는데, 마케팅 조사 결과를 보고는 깜짝 놀랐다니까."

"그 조사 결과로 투자 요청할 사람 없어?"

"어려워. 요새 하도 이쪽이 어렵다 보니까 아예 설명을 듣지도 않고 손을 내젓는 정도라니까."

유창수의 이야기를 듣고 보니 억제된 욕구가 스멀스멀 기어올랐다. 나중은 어떻게 되더라도 윤남진을 속여 넘겨 몇 억을 뜯어내 그 돈으로 프로그램을 제작하면 된다. 그러나 이것은 순전히 나의 생각에 불과한 것이고, 윤남진이 그 정도로 나를 좋아하고 있을지 여부도 알 수 없는 점이었다. 아무리 여자가 좋더라도 몇 억이라는 돈은 만만치 않은 금액인 것이다.

그리고 양심의 가책도 느껴졌다. 이렇게까지 한다면 법적으로도 사기죄에 해당될 게 틀림없었다. 그러나 우리나라에 빌 게이츠나 스티브 잡스같은 걸출한 천재 사업가가 출현하기 위해서는 어쩔 수 없다는 현실론이 고개를 들었다. 여자로 완벽하게 변신해 생활하고 있는 나이므로 발각될 행동은 절대 하지 않을 자신이 있었다. 어찌 되었건 시도해 보자는 쪽으로 마음이 기울었다.

그건 그렇고, 잠들기 전에 인터넷 검색을 하다가 눈에 띄는 기사 하나를 발견했다. 어느 과학자가 돌고래와 대화하는 법을 연구했는데, 각고의 노력 끝에 돌고래가 주둥이로 물속의 특수한 키보드를 이용해서 관찰자와 대화를 주고 받게 되었다고 한다. 그런데 돌고래의 언어를 분석해 보니 '당신들의 정체는 무엇인가?'라는 질문이었다는 것이다. 나는 돌고래가 정말로 인간을 그런 눈으로 바라보고 있는지 의아하고 놀라워, 한동안 그 문제에 관해 생각하다가 잠자리에 들었다.

그 며칠 뒤 도서관에서 근무를 하고 있는데, 양미란이 걸려온 전화를 받아보고는 수화기를 손으로 막은 후 내게 말했다.

"남진복지재단의 윤남진 씨라는 데? 바꿔줄까?"

나는 수화기를 달라고 했다.

"여보세요?"

"안녕하십니까. 윤남진입니다."

"안녕하세요?"

"날씨 참 좋죠?"

"그러네요."

나는 친절하게 응대했다. 사실 윤남진으로부터 돈을 뜯어내면 좋겠다는 생각은 계속 했지만 실제로 실행에 옮길지 여부는 나 자신도 알 수 없었다. 그런데 그가 적극적으로 나오다보니 자연스럽게 나의 계획이 구체화되어 갔다.

"궁금한 게 있는데, 윤희 씨 음식 뭐 좋아해요?"

"호호호, 다 잘 먹어요."

"양갈비 드셔보셨어요?"

"아니요."

"내가 잘 아는 집에서 양갈비를 죽이게 하는데, 저와 한 번 가 보지 않을래요?"

"지난번에 보내주신 돈도 너무 과하다고 생각했는데, 그런 비싼 음식까지……."

나는 단번에 응하면 좀 이상할 것 같아 말꼬리를 흐렸다.

"하하, 오해 하지 마십시오. 지난번에 이야기 했던 대로 윤희 씨가 참 바르고 성실하신 분 같아 좀 친해지고 싶을 뿐입니다."

"아, 네······"

나는 부정하는 것도 긍정하는 것도 아닌 애매한 대답을 했다.

"이번주 금요일 저녁에 어떠세요?"

"별일은 없지만······"

"아, 그럼 금요일 오전에 윤희 씨 퇴근 시간에 맞춰 차를 보내드리도록 하겠습니다."

"정 그렇다면···."

"그럼 그날 뵙겠습니다."

"네······."

마음 같아서는 무조건 오케이를 하고 싶었지만 지금 내 신분이 여자임을 감안해서 거절하는 것도 아니고 오케이를 하는 것도 아닌 어정쩡한 말투로 통화를 마쳤다. 여자가 되는 게 어찌보면 쉽고 어찌보면 어려운 것 같았다.

내가 통화를 마치자 양미란이 내쪽으로 다가앉으며 물었다.

"뭐래? 만나자는 것 같은데? 아니야?"

"맞아."

"그래서?"

"저녁 먹기로 했어."

"우와!"

"언니 오해하지 마. 사적인 감정은 전혀 없어. 그냥 자꾸 부탁을 하기에 한 번 들어주기로 한 거야."

"호호호, 한 번이 두 번 되고, 두 번이 세 번 네 번 되고, 그러다가 합치는 거지!"

순전히 돈을 뜯어내려는 의도라는 걸 꿈에도 알 리 없는 양미란은 나와 윤남진 사이에 핑크빛 무드가 흐르는 것으로 이해한 것 같았다. 나도 그랬으면 좋겠다. 내가 볼 때 윤남진은 진짜 상남자다. 그러나 그것이 나와 무슨 상관인가. 나도 남자란 말이다.

　윤남진이 나를 여자로 알고 작업을 걸고 있듯이 나는 지금 한승연에게 작업 중이었다. 퇴근하고 전철역에서 본래의 나로 돌아가, 오진수 커피전문점을 찾았다. 나의 예상대로 그녀는 나를 반겼다.

　"오늘도 프로그램 작업 하러 오셨어요?"

　"네……이곳 분위기가 좋아서요."

　"고맙습니다. 가끔 혼자 와서 차 마시며 공부하거나 일하는 분들 보면 부러워요. 나도 그런 여유를 좀 갖고 싶어서."

　그녀가 남자인 나에게 이렇게 사담을 길게 건네는 건 처음이었다. 여자로 변신해서 그녀가 나에게 관심이 있다는 건 알아냈지만, 실제로 그녀의 호감을 접하니 구름 위에 뜬 것 같은 기분이 되었다.

　내가 말했다.

　"컴퓨터 프로그래머의 작업이라는 게 커피숍에서 혼자 작업하기 좋은 직업이죠. 물론 구체적인 작업에 들어가면 장비가 있는 사무실에서 해야겠지만 그 전까지는 이렇게 커피숍이나 카페를 전전하며 일을 한답니다. 보헤미안처럼."

　"그렇다면 역마살이라도 있으신 것 아니에요?"

　나는 한승연이 무엇을 원하는지 알아차리고 장단을 맞춰주었다.

　"역마살이요? 사주를 한 번도 보지 않아서 모르겠지만 아마 그런 게 있을 거예요. 혹시 사주볼 줄 아시면 좀 봐주실래요?"

"저는 그런 것 할 줄 몰라요. 그런데 저 아는 언니가 사주 팔자를 아주 잘 본다고 하더라고요. 원하신다면 그 언니에게 봐달라고 할 수는 있어요."

"그분이 정말로 잘 보시나요?"

"그럼요. 대한민국에서 열 손가락 안에 드는 실력파라고 하던걸요."

여자로 변신한 나를 지칭하는 것 같은데, 한승연은 거짓말을 잘도 지어내서 하고 있었다. 하지만 그녀의 거짓말조차 내게는 사랑스러워보였다.

"그렇다면 부탁 좀 드리겠습니다."

"여기에 생년월일시 좀 적어보세요."

나는 한승연이 내민 메모지에 생년월일시를 적었다. 그리고 조금 더 사담을 나누고 그녀는 자신의 자리로 돌아갔다. 나는 작전이 제대로 먹혀들어가고 있다는 생각에 흡족해졌다.

수옥살이라고?

　그 날 나는 집으로 돌아와 여자로 변신한 후, 다시 오진수 커피전 문점으로 갔다. 시각은 11시경으로 이곳이 한가할 때라는 걸 알기 때문에 이 시각을 택한 것이다.

　"언니, 마침 잘 왔어."

　"심심해서 커피 한 잔 마시고 가려고."

　나는 한승연의 심리를 뻔히 알고 있으면서도 태연하게 넉살을 떨었다. 손님이 거의 없는 시간이라 한승연은 내 커피와 자신의 커피, 두 잔을 가져 와서 테이블 위에 올려놓고 마주앉았다.

　내가 물었다.

　"왜? 무슨 일 있었니?"

　"언니가 전에 말했잖아. 사람은 사주 대로 산다고."

　"아, 그랬지."

　"그래서 궁합 좀 봐달래려고."

"생년월일시만 알면 볼 수 있어."

한승연이 내게 메모지를 내밀었다. 그런데 거기에는 당연히 있으리라고 생각했던 나의 생년월일시가 없었다. 그녀의 것과 다른 사람의 생년월일시가 적혀 있는 것이었다. 나는 영문을 몰라 어리둥절했지만 그런 내색을 할 수 없어 넌지시 물었다.

"이건 네 것인줄은 알겠는데, 이쪽건 누구 거니?"

"이 카페 사장."

"아항!"

그제서야 나는 한승연의 심리를 짐작할 수 있었다. 그녀는 사장에게도 관심이 있었던 것이다. 나는 잘됐다는 생각을 하며 스마트폰으로 사주를 보는 척 했다. 그리고 나서 굳은 얼굴로 고개를 갸우뚱했다.

"왜? 안 좋아?"

그녀의 질문에 나는 한숨을 내쉬며 대답했다.

"안 좋은 정도가 아니야."

"그래?"

나는 인터넷 검색을 통해 알아낸 정보를 대충 얼기설기 꿰어맞춰서 설명했다.

"너하고 사장 궁합에는 원진살이 들어 있어."

"그게 뭔데?"

"전생에 서로 원수였다는 거야."

"헉!"

"그런데 원진살이 있으면 처음에는 오히려 서로 끌리는 경향이 있다고 하더라. 한 마디로 악연이 되는 거지. 그래서 같이 살게되면 서로 원수처럼 으르렁거리게 되어 있어."

"어쩐지……"

"왜?"

"사장님하고 일 때문에 트러블이 생기는 경우가 종종 있거든."

"그건 아무 것도 아니야, 만일 이 사람과 결혼하면 하루하루가 지옥이 되고 말 거야."

"그렇지만 궁합이 백퍼센트 맞는 건 아니잖아. 예전에 궁합이 안 맞는다고 부모가 반대한 연인이 있었는데, 막상 결혼해보니 별 문제없이 잘 산대."

"그런 경우도 있기는 하지만 안 좋은 경우가 훨씬 더 많다고. 게다가 다른 건 몰라도 서로 원진살이 있는 건 최악이야."

"그렇구나."

실망한 표정의 한승연에게 나는 더 강력한 펀치를 날리기로 했다.

"어머? 이 사람 수옥살까지 있네?"

"수옥살? 그건 뭐야?"

나는 짐짓 고개를 설레설레 흔들었다.

"아니야. 이건 말 안하는 게 좋겠다."

"뭔데? 기왕 이야기를 시작했으니 다 말해줘."

"수옥살이라는 건 감옥에 갇힐 팔자라는 거야."

"감옥? 우리 사장님이? 그럴 사람은 아닌데……."

"지금까지는 별일 없었지. 하지만 적어도 5년 안에는 대형 사고를 쳐서 감옥에 갈 수 밖에 없는 팔자야."

“어쩐지 으스스하네.”

“하여간 사주는 그렇게 나온다는 거야.”

이번에는 한승연이 다른 메모지를 내밀었다. 그것은 내가 적어준 나의 생년월일시였다.

“이건 어떤지 좀 봐줘.”

“이 사람은 누구니?”

“전에 말했잖아? 우리 가게에 가끔 오는 컴퓨터 프로그래머가 있다고. 그 사람 꺼야.”

“어디보자……”

나는 속으로 회심의 미소를 지으며 사주를 분석하는 척 했다. 한승연은 내 입에서 무슨 말이 나올지 궁금해하며 나를 건너다보고 있었다. 나는 가끔 고개도 끄덕이고 혼잣말도 중얼거리며 진지하게 사주를 풀어보는 척 했다. 그리고 마침내 입을 열었다.

“인연이 깊은데?”

“정말? 어떻게 나오는데?”

“사주에 합이 많아.”

“그게 뭐야?”

“합이 많다는 건 서로 잘 어울린다는 뜻이야.”

“그럼 좋은 거네.”

나는 고개를 갸웃거리며 말했다.

“이렇게 궁합이 잘 맞는 경우도 드문데……어쩌면 전생에서부터 인연이 있을지 몰라.”

“우와!”

"어떠니? 이 남자 만나면 괜히 설레고 가슴이 뛰고 마음이 편안해지는 거 없었니?"

"글쎄……다른 건 모르겠고, 그냥 편하다는 느낌같은 건 있었던 것 같아."

"그 이상일텐데? 만일 이 사주가 맞다면."

나는 미친척하고 밀어붙였다. 나 스스로가 말을 해 놓고도 낯 간지러워 견딜 수 없는 기분이 되기는 했다.

"글쎄……."

"잘 생각해봐. 아마 언젠가 어디선가 본 듯한 느낌같은 것이 있었을 거야."

"그런 것도 같고……."

나는 너무 오버하면 이상하게 생각할 수도 있어 자제를 했다.

"사주상으로 그렇다는 거니까 너무 심각히는 생각할 필요 없어."

"그래도 궁합이 그렇게 잘 맞는다니까 그 남자를 다시 생각하게 돼."

"내가 운명을 믿는다고 했잖아? 그래서 인연인 사람은 어떻게든 인연이 되고, 아닌 사람은 어떻게든 안 된다고 생각해. 그러니 너하고 이 남자도 만일 진짜 운명의 연인이라면 잘 될 거야."

"나도 진짜 운명의 연인과 결혼하고 싶어."

"넌 운이 좋은 아이라 틀림없이 그렇게 될 거야."

"내가 운이 좋아?"

"물론이지. 아주 대박을 치는 건 아니지만, 큰 걱정없이 살 수 있는 사주야."

"이 남자는?"

"이 남자는 재능이 있고 양심적인 사람이라, 때가 되면 크게 성공할 수 있는 사주야."

"컴퓨터 프로그래머로?"

"그렇지!"

한승연은 흡족한 얼굴로 고개를 끄덕였다. 오늘은 이 정도만 해두기로 하고 나는 커피숍을 나왔다. 아마 그녀는 나를 새롭게 생각하고, 잠 못 들 것이다. 그 생각을 하자니 저절로 웃음이 터져, 나는 사람들의 시선도 개의치 않고 크게 웃음을 터트렸다.

화려한
만찬

　내가 사는 아파트 현관으로 들어서려는데, 1층 1009호의 거실 모습이 눈에 들어왔다. 그곳은 신혼부부가 살았는데, 거실 오른쪽 구석에서 여자가 무언가 하고 있었다. 나는 호기심에 걸음을 멈추고 안쪽을 살펴보았다. 자세히 보니 여자가 윗몸일으키기 운동을 하고 있었다. 그런데 옷차림이 속옷차림이었다. 누웠을 때는 안 보였지만 상체를 일으킬 때마다 속옷만 입은 반라가 눈에 들어왔다.

　이러면 안 되는 데 하면서도 그냥 가기가 어려워 나는 잠시 시선을 그곳에 두었다가 좀 더 가까이 가서 보고 싶다는 충동이 생겨, 화단을 넘어가서 거실을 엿보았다. 여자의 모습이 측면으로 보였는데, 탄력 있고 매끈한 몸을 보자니 저절로 흥분이 되었다. 나의 아랫도리는 순식간에 발기가 되었다.

　그때였다. 내가 넋놓고 거실을 엿보고 있을 때 갑자기 등뒤에서 누가 플래시를 비추며 소리질렀다.

"당신 뭐하는 거야?"

화들짝 놀라 돌아보니 경비원 아저씨였다. 경비원은 후랫쉬로 내 얼굴을 자세히 비춰보고는 누그러진 말투로 말했다.

"아, 여자분이시군요. 이곳에서 뭘 하시나요?"

나는 가슴을 쓸어내렸다. 내가 여자로 변신한 상태라서 이상하게 생각하지 않은 것이다. 만일 남자였으면 영락없이 현행범으로 붙잡혔을 것이다.

나는 경비원에게 말했다.

"이쪽으로 열쇠를 떨어뜨려서 찾고 있었어요."

"아, 그러시군요. 도와드릴까요?"

"아니에요. 방금 찾았어요."

"다행이네요. 요즘 안 좋은 사건들이 많이 일어나니 조심하세요."

"고맙습니다."

오늘은 유쾌한 경험만 연속으로 하게 되었다. 남의 여자를 실컷 엿보다가 들켜도 전혀 의심을 받지 않는 것은 내가 여자이기 때문이다. 그리고 보니 여자가 성범죄를 저질렀다는 이야기는 거의 들어보지 못한 것 같다. 아주 간혹 해외에서 그런 사례가 있다는 이야기는 접한 것 같은데, 그건 워낙 희귀한 사례라서 화제가 되는 것일뿐이었다. 남자는 아무리 핸섬해도 어딘가 음흉한 구석이 있을 것이라는 게 통념이고, 여자는 그런 것과 무관하다는 게 또한 통념이다.

그러다보니 괜찮은 여자가 성에 관해 적극적이면 그것도 매력이 되는 경향이 있다. 반대로 남자가 여자를 밝히면 사회적으로 지탄

받기 마련이다. 예전에 어느 남자 샐러리맨이 여자 상사가 자신의 엉덩이를 만져서 고민이라는 내용의 글이 인터넷에 올라온 적이 있는데, 남자건 여자건, 댓글을 단 사람들은 누구도 그것을 심각하게 생각하지 않았다. 그 남자가 부럽다는 댓글도 여러 개 있었다. 반대로 남자 상사가 그랬다면 난리났을 것이다.

다음날은 금요일이었다. 운명의 금요일!

윤남진이 차를 보내준다고 했던 그날인데, 아침부터 긴장이 되었다. 혹시 약속에 차질이 있을지도 모른다는 생각이 한 켠에 있었는데, 그는 어김없이 전화를 걸어와 오늘의 약속을 확인했다.

"오늘 저녁 약속 잊지 않으셨죠?"

"네……"

"그럼 약속대로 퇴근 시간에 맞춰 차를 보내드리도록 하겠습니다."

"네……"

나는 정말로 여자가 되어버리기라도 한 것처럼 자신 없고 소심한 목소리로 어정쩡한 대답을 했다. 그야말로 주사위는 던져진 셈이다. 내가 그를 만나는 이유는 단 한 가지, 돈 때문이다. 반대로 그가 나를 만나는 이유는 내가 매력적인 여성이라고 생각해서다. 나도 양심이라는 게 있기에, 만일 그가 내게 돈을 준다면 나도 그가 원하는 걸 주고 싶다. 하지만 그건 불가능하다. 나는 여자가 아니라 남자인 것이다.

정말 그에게는 미안한 마음이 들었다. 만일 그가 돈 좀 있다고 거들먹거리는 스타일이라면 돈을 뜯어내더라도 그다지 양심의 가책이 들지 않을텐데, 남자인 내가 보아도 윤남진은 그다지 형편없는 인간이 아니었다. 대체로 여자에게 대시 하는 방법이 남자의 본모습인 경우가 많은데, 윤남진은 단순하고 소박하게 내게 접근하고 있었다. 머리가 그다지 복잡한 인간형이 아니라는 것이기에, 그를 속여야 한다는 사실이 양심의 가책을 주고 있는 것이다.

하지만 내겐 더 큰 인생의 목표가 있었다. 유창수와 도모하고 있는 이번 프로젝트를 성공시키면 나 자신이 유명한 프로그래머로 이름을 날릴 수 있다는 것이다. 나는 나 자신을 빌 게이츠나 스티브 잡스에 버금가는 천재적인 능력의 소유자라고 생각한다. 그렇기 때문에 나의 성공이 곧 국익에도 보탬이 되는 것 아니겠는가.

나는 그렇게 나 스스로를 위로하며 초조히 퇴근 시간이 다가오기를 기다렸다. 마침내 퇴근 시간이 되었고, 나를 찾는 전화가 걸려왔다.

"윤 대표님의 지시에 따라 장윤희 씨를 모시러 왔습니다."

윤남진이 보낸 사람이었다. 나는 직원들에게 사정이 있어 먼저 간다고 알리고 도서관을 나섰다. 도서관 앞에는 커다란 중형차가 나를 기다리고 있었다. 내가 다가가자 젊은 남자가 쪼르르 달려와 고개를 90도 각도로 숙였다. 남들이 볼 때는 내가 재벌의 상속녀라도 되는 줄 알 것 같았다.

남자는 공손하게 차 문을 열어주었다. 나는 마치 늘 그래왔기라도 한 것처럼 자연스럽게 차 안에 올라탔다. 기왕 이렇게 된 마당이니 즐기자는 생각같은 것이 들었다.

차가 서서히 시내 쪽으로 미끄러져 갔다. 나는 창밖을 내다보며 윤남진에게 무슨 말을 해야 할지를 열심히 궁리했다. 일단 가족 가운데 한 명이 아파서 병원에 입원해 있다는 핑계를 대는 건 확실했다. 그러나 그 대상을 어머니로 할지, 아니면 아버지로 할지, 아니면 누나(언니)나 동생으로 할지는 아직 결정을 못하고 있었다. 아무래도 어머니로 해야 동정받기가 가장 쉽다는 장점은 있었지만 너무 정형적이라 이상하게 생각할 수도 있었다. 아무튼 최대한 불쌍하게 보여 그로부터 돈을 뜯어내는 게 목적이었다.

차는 도심 한복판에 있는 5성급 호텔 정문에 멎었다. 그러자 입구에서 대기하고 있던 호텔 종업원이 총알같이 달려와 나를 마중했다. 나는 그의 에스코트를 받고 엘리베이터에 올라탔다. 종업원은 9층을 눌렀다.

엘리베이터가 9층에서 멎고 문이 열렸는데, 복도나 로비도 없이 바로 레스토랑이었다. 창가 자리에 앉아 있던 윤남진이 반가운 얼굴로 나를 향해 손을 흔들었다. 나는 그를 향해 무심코 걸어가려다가 이상한 점을 발견했다. 레스토랑 안에 손님이라고는 윤남진과 나, 두 사람뿐이었던 것이다. 식당 종업원이 의자를 빼주기에 그 자리에 앉으며 나는 윤남진에게 물었다.

"저녁 시간인데 사람이 없네요?"

윤남진은 웃으며 대답했다.

"제가 통째로 빌렸습니다. 윤희 씨와 저만의 시간을 위해서."

우힉! 진짜 대단한 남자라는 생각이 들었다. 만일 내가 여자라면 감동을 먹고 그의 품에 안겼을지도 모른다는 생각이 들었다. 이렇게 정성을 들인 마당에 만일 내가 남자라는 걸 알면 윤남진이 어떻게 나올지 상상조차도 어려웠다. 다음날 인터넷에 28세의 컴퓨터 프로그래머가 강릉의 해안가에서 토막 사체로 발견되었다는 기사가 뜰지도 모른다.

윤남진은 함박웃음을 짓고 나를 지그시 바라보며 말했다.

"오늘따라 유난히 아름다우십니다."

전신에 닭살이 돋는 게 느껴졌으나 그런 내색을 일절 안하고 최대한 여성스럽게 웃으며 대답했다.

"윤 대표님도 멋있으세요."

"하하, 오늘 신경 좀 썼습니다."

진짜 신경 쓴 듯한 차림새였다. 상당히 고가임을 알 수 있는 정장에 목에는 붉은색 스카프까지 두르고 있었다. 아마 윤남진은 내가 자신의 저녁 식사 초대에 응했기 때문에 반 이상 넘어왔다고 생각하고 있을 것이다. 하기야 나라도 그렇게 생각할 것이다.

종업원이 주문을 받으러 왔기에 나는 윤남진과 같은 양갈비 정식을 주문했다. 이 긴장된 와중에도 한 번도 먹어보지 못한 양갈비가 어떤 맛일지 기대가 되었다. 점심을 일부러 적게 먹었기 때문에 배가 고프기도 했다.

윤남진이 감상적인 얼굴로 읊었다.

"그동안 정신없이 달려왔습니다. 정말 산전수전 다 겪으며 지금의 자리에 올랐다고 말 할 수 있을 것입니다. 그러나 막상 그토록 원했던 성공을 거머쥐자 허무해지더군요. 그렇습니다. 외롭고 허무했습니다. 그래서 이제라도 누군가, 나의 부족한 부분을 채워 줄 반려자를 만나 새로운 인생을 꾸려나가고 싶었습니다."

비장하게 말하는 그의 모습을 보니 진짜 미안해졌다. 하지만 내게는 큰 꿈이 있기 때문에 약해져서는 안 된다고 다짐하며 준비한 대사를 시작했다.

"윤 대표님처럼 훌륭하신 분이 저처럼 초라한 사람에게 관심을 가져주시니 몸둘 바를 모르겠네요. 사실 저는 여러 가지로 부족한 사람이에요. 집 안 사정도 너무나 어렵고…….."

나는 여기서 흑 하고 울음을 터트리며 손수건을 꺼내 눈물을 찍어내는 시늉을 했다.

"저도 맨 손으로 자수성가했기 때문에 이해합니다. 그런데 집 안 사정이 얼마나 어려우신지……"

"어머니가…….."

"어머니가 어떠신데요?"

"이상한 희귀병이 걸리셔서……."

"그래요?"

"수술을 받아야 하는데, 희귀병이라서 보험 적용이 안 된답니다. 그 문제 때문에 다른 문제는 신경 쓸 여유가 없어요. 윤 대표님의 저에 대한 배려는 눈물나게 고맙지만, 제게는 받아들일 여유가 없습니다."

윤남진은 나를 측은한 듯이 바라보다가 주머니에서 상자 하나를 꺼내 내 앞에 내밀었다.

"저의 마음의 선물입니다."

"저 주시는 거예요?"

"물론입니다. 열어보십시오."

나는 상자를 열어보았다. 빨간색 보석으로 치장된 반지였다. 그 런쪽에 문외한이었지만 윤남진이 가짜를 선물할 리는 없기 때문에 이것도 상당한 고가일 것 같은 생각이 들었다. 나는 감사인사를 연거푸하고 반지를 챙겨 화장실로 갔다. 그리고 화장실 안에서 스마트 폰으로 똑같은 반지를 검색해보았다. 루비 반지였는데, 만일 진품 이라면 1천만원에 이른다고 나와 있었다. 나는 기뻐서 다리가 후들 거릴 정도였다.

다시 자리로 돌아오니 윤남진이 나의 어머니 상태에 대해 자세히 물어보았다. 나는 준비한 대로, 외국에서 수술을 받아야 하는데, 비용이 1억 원가량 든다고 했다. 윤남진의 표정으로 보아서는 조만 간 해결을 해 줄 것으로 보였다.

거기까지는 진짜 잘 진행이 되었다. 그런데 엘리베이터 열리는 소리가 들리더니 누군가가 성큼성큼 우리가 앉은 자리로 걸어왔다. 나는 그의 얼굴을 올려다보고 기절할 듯이 놀라고 말았다. 그는 최 진욱이었다. 그는 내게 큰 소리로 물었다.

"윤희 씨, 이 사람입니까?"

"네?"

"이 사람이 윤희 씨에게 추파를 던지는 저질스러운 사람입니까?"

"아니, 그게 아니라……."

최진욱은 나의 말을 무시하고 윤남진을 향해 삿대질을 했다.

"나이도 먹을만큼 먹고 사회적인 유지인 채 하는 사람이 이게 뭐 하는 겁니까? 순진한 여자를 꼬셔서 뭘 어떻게 하겠다는 거냐고요!"

윤남진은 눈이 휘둥그레졌다.

"당신 뭐야?"

"난 이 여자의 보호자요!"

"보호자?"

"그렇소. 이 여자는 세상물정을 모르기 때문에 내가 보호해 줘야한다고!"

최진욱이 여길 어떻게 나타났는지를 순간적으로 생각해보니 아마 양미란이 최진란에게 이야기를 해서 그녀로부터 전해들었을 것이라는 생각이 들었다. 오늘의 이 자리를 알고 있는 사람은 양미란뿐이었기 때문이다. 아무튼 이 사람의 등장으로 산통이 다 깨지고 말았다.

최진욱은 테이블 위에 올려져 있는 루비 반지를 집어들었다.

"흥! 이런 걸로 여자를 유혹하려 해? 당신 정말 비겁한 사람이로군!"

그리고 루비 반지를 윤남진 앞에 팽겨쳤다. 그 순간 눈앞이 캄캄해졌다. 1천만원이 산산조각 나려 하고 있었다.

윤남진이 자리를 박차고 일어섰다.

"내가 누군줄 알고 행패야?"

"흥! 조폭 출신이라더니 나를 두들겨 패기라도 하겠다는 건가?"

그러자 윤남진의 얼굴이 창백해졌다.

"조폭 출신이라니? 누가 그래?"

"내가 다 알아봤다고!"

아마 윤남진은 조폭 출신이라는 것에 컴플렉스가 강하게 있는 듯했다. 그는 나를 바라보며 당황한 어조로 말했다.

"윤희 씨, 이 사람 말 절대 믿지 마세요. 내가 조폭 출신이니 어쩌니 하는 소문은 다 경쟁자들이 지어낸 악소문입니다."

최진욱이 윤남진을 노려보며 말했다.

"윤남진 씨! 그렇다면 28살의 여성에게 저녁 식사를 사고, 반지로 환심을 사려 한다는 걸 당신의 지역 주민들이 다 알아도 상관없다는 거죠? 이 반지도 아마 재단 비용으로 구입한 것이지요? 오늘 일을 지역 신문에 고발할 생각입니다."

윤남진은 캥기는 게 있는 얼굴로 안절부절 못하다가 반지를 다시 주머니에 챙겨 넣고 말했다.

"무슨 소리? 난 그냥 이분이 성실하시기에 개인적으로 후원을 해주려고 했을 뿐이라고."

1천만원 짜리 루비 반지가 다시 윤남진의 주머니로 들어가는 걸 보고 있자니 최진욱을 창밖으로 집어던져버리고 싶은 충동이 일었다. 아무튼 최진욱의 등장으로 모든 게 물거품이 되고 말았다. 최진욱의 추궁에 당황한 윤남진은 서둘러 자리를 떠났다. 물론 1천만원 짜리 루비 반지와 함께.

"큰일 날 뻔 하셨습니다. 괜찮으세요?"

최진욱은 나를 수렁에서 건진 딸 취급을 하며 다정하게 위로를 했다. 나는 딱히 반박할 의지도 생기지를 않아 한숨만 내쉬었다.

"저 사람 조폭 출신에다가 지금도 온갖 비리에 연루되어 있습니다. 절대 가까이하면 안 되는 사람입니다."

나는 최진욱의 설명을 듣는 둥 마는 둥 하고 앉아 있다가 일단 이 복잡한 상황을 벗어나야 한다는 생각에 자리에서 일어나 집으로 향했다. 힐끗 돌아보니 최진욱은 자신이 정의의 사도라도 되는 듯한 의기양양한 표정으로 나를 지켜보고 있었다.

그녀들의
딱한 사정

다음날은 더 엄청난 일이 나를 기다리고 있었다. 도서관으로 출근을 해서 근무 준비를 하는데, 조승희가 날 부르더니 잠깐 보자고 했다. 나는 그녀를 따라 서고로 들어갔다. 혹시 또 육탄 공격을 해 올지도 모른다고 생각했는데, 그건 아니었다.

"너 어제 남진복지재단의 윤남진 대표 만났다면서?"

아차 싶었다. 다른 사람이야 남녀간의 만남이니 이상하게는 생각하지 않겠지만 나를 레즈비언으로 알고 있는 조승희의 입장은 다를 것이었다.

나는 대충 넘어가기를 바라며 얼버무렸다.

"언니, 어제 만남은 사적인 게 아니었어. 지난번에 내가 우리 도서관을 대표해서 자신들을 홍보해 준 것에 대한 답례 차원이었다고."

조승희는 시무룩해졌다.

"그렇다면 다행이지만……"

그리고 그녀는 나를 바라보며 말했다.

"너 자신을 속이면 안 돼."

"그게 무슨 말이야?"

"너 자신의 성적 취향을 속이지 말라는 뜻이야. 나 역시 예전에는 남들처럼 살고 싶은 마음에 남자를 사귀어보기도 했어. 하지만 그건 부질없는 짓이었어. 나는 열리지 않았고 그 때문에 나나 상대방이나 심한 상처를 입고 헤어졌지."

"무슨 뜻인지 알겠어."

나는 한 시라도 빨리 이 불편한 자리를 떠나고 싶었지만 그녀의 나에 대한 충고는 더 이어졌다.

"아직도 모르겠니? 성적 취향이 독특한 너와 내가 왜 한 도서관에서 일을 하게 되었겠어?"

"글쎄?"

"너와 내가……바로 환상의 짝이라는 것 아니겠니?"

"하지만…….."

"물론 네가 아직 마음을 정하지 않았다는 것도 알고 있어. 또 아직은 남들처럼 정상적인 연애를 하고 싶은 갈망도 있을 테고. 하지만 현실을 똑바로 보렴. 널 진정으로 이해해줄 사람은 이 세상에서 나뿐이라고."

조승희는 눈물을 글썽이고 있었다. 적어도 그녀는 진심으로 내게 충고하는 것이었다. 나는 연기를 해서라도 그녀에게 고마움을 표해야 할 것 같아, 왈칵 우는 척을 하며 그녀에게 안겼다. 조승희는 나의 등을 두드려주었다.

"이해해."

그리고 나는 자연스럽게 그녀의 입에 내 입을 대고 혀를 밀어넣었다. 조승희와 딥키스를 나누고 보니 성적으로 흥분이 되었지만 이 이상은 안 되는 게 현실이기 때문에 그녀를 떨어뜨리며 말했다.

"오늘은 여기까지만……"

"그래……"

다행히 조승희도 나를 더 붙잡지 않아, 나는 서고를 나올 수 있었다. 자리에 앉아 일을 하는데, 조승희와 감미로운 키스를 나눈 향취가 입 안을 감돌았다. 그녀에게는 진짜 미안한 일이지만 일단 지금까지는 들키지 않으면서 적당히 즐기고 있었다.

그런데 점심시간 직전이었다. 복도 쪽에서부터 누가 쿵쾅거리는 큰 소리를 내며 다급히 이쪽으로 뛰어들어오더니, 문을 열고 들어와, 사방을 살펴보았다. 여자였다. 30대 중반으로 치렁치렁한 머리카락이 허리까지 늘어져 있고 구두나 핸드백은 누가 보더라도 최고급임을 알 수 있어 도무지 도서관하고는 어울리는 구석이 없는 여자였다.

그녀는 이쪽을 살펴보다가 나와 눈이 마주치자, 성큼성큼 걸어오더니 물었다.

"장윤희 씨?"

나는 영문을 몰라 어정쩡하게 일어섰다.

"그런데……누구신지?"

그 순간 그녀는 손으로 나의 뺨을 후려쳤다. 그것은 실로 충격적인 경험이었다. 그냥 가볍게 한 대 맞는 정도가 아니었다. 체중이 실린 그녀의 손바닥으로 왼쪽 뺨을 강타당하고보니 진짜 눈앞에서 별 몇 개가 반짝거리는 걸 볼 수 있었다. 나는 순간적으로 정신을 잃었다가 몇 초 후 깨어났다.

"아니, 왜 그러세요?"

양미란이 뛰어와 그녀를 붙잡았다. 양미란이 그 순간 나의 은인이었다. 양미란이 그녀를 제지하지 않았으면 아마 나는 다시 한 방을 더 맞았을 것이다.

긴 머리의 여인은 양미란과 다른 사서들에게 붙잡힌 채 나를 향해 손가락질을 하며 외쳤다.

"너 이년 남진 씨한테 왜 수작부리고 그래? 너 죽으려고 왔어!"

그제서야 모든 상황이 대충은 이해가 되었다. 이 여자는 윤남진의 애인인데, 내가 윤남진과 핑크빛이라는 정보를 입수하고 나를 찾아와 경고를 하고 있는 것이다. 긴 머리의 여인은 계속 떠들어댔고 나는 이 마당에 무슨 변명을 한다는 것도 이상하게 여겨져, 슬그머니 화장실로 도망쳤다. 거울에 얼굴을 비춰보니 왼쪽 콧구멍에서 코피가 흘러나오고 있었다. 화가 나기 시작했다. 윤남진으로부터 투자금을 뜯어내려는 계획은 엉망진창이 되고, 결국 일면식도 없는 여자에게 뺨을 강타당하는 일까지 벌어지고 말았다.

여기서 스톱을 해야 하는 게 아닌가. 더이상 여자 행세를 하다가는 엄청난 참변을 겪게 될 지도 모른다.

그런 생각을 하며 거울 앞에 우두커니 서 있는데 양미란이 들어왔다.

"괜찮니?"

"그냥…….."

"겨우 오해라고 달래서 돌려보내기는 했어. 그런데 이건 윤남진 그 사람 책임 아니니?"

그러면서 양미란은 내 어깨에 손을 올렸다. 그때…….이건 진짜 그녀를 여자로 보는 감정에서가 아니라, 실로 한심한 내 처지를 그녀에게 위로 받고 싶은 마음으로, 그녀에게 와락 안겨서 눈물을 터트렸다.

"언니!"

양미란은 나를 따뜻하게 포옹해 주었다.

"여자로 태어난 게 죄 아니겠니?"

그때 그녀와 나 사이에는 진짜 여자들이 아니면 알 수 없는 공감이 관통하고 있었다. 물론 나는 여자가 아니다. 하지만 여자로 변신해서 생활하다보니 여자들이 느끼는 고통을 피부로 체험할 수 있었기 때문에 여자로 태어난 게 죄라는 그녀의 말이 가슴 깊이 와 닿았던 것이다.

오후에 양미란이 느닷없이 나이트클럽에 가는 게 어떻겠느냐고 내게 물었다. 내가 뺨을 맞은 사건으로 의기소침한 듯 보이자 기분 전환이라도 시켜주려는 의도 같았다. 내가 오케이를 하자 양미란은 문학실과 디지털실로 쪼르르 달려가 한혜숙과 조승희까지 꾀서서 4명의 멤버가 나이트클럽을 가기로 합의가 되었다.

막상 그렇게 되고 보니 슬그머니 걱정스러워졌다. 술 마시는 일은 그냥 자리에 앉아있기만 하면 되기 때문에 그다지 큰 부담이 없었지만 스테이지에서 춤을 추는 일이 과연 가능할지 의문이 들었던 것이다. 물론 춤이라면 나도 어느 정도는 할 수 있다. 문제는 남자로서가 아니라 여자로서 음악에 맞춰 몸을 흔드는 건 한 번도 해 본적이 없고, 준비도 없었다는 것이다.

그렇더라도 예쁜 여자 세 명과 나이트클럽에 가서 노는 것은 즐거운 일이라는 생각이 들었다. 아니, 사실은 조금이라도 그녀들과 더 오래 있을 수 있다면 나이트 클럽이건 그 어느 곳이건 나는 무조건 오케이였다.

내가 양미란에게 물었다.

"그런데 사서들도 나이트클럽 같은 곳에 자주 가?"

"자주는 아니지만 가끔 가지."

"사서들은 고고하게 사는 줄만 알았어."

"너도 아다시피 이 직업이 장난 아니게 지루하잖아. 그러니 그런 곳에서라도 스트레스를 풀어야지."

"호호호, 그건 그래."

퇴근 시간이 되었을 때 양미란, 조승희, 한혜숙 그리고 나, 이렇게 네 명의 여자, 아니, 세 명의 여자와 한 명의 여장남자는 상기된 얼굴로 모여서 도서관을 나섰다. 양미란이 사서들도 스트레스를 풀기 위해 나이트 클럽에 간다고 했지만 그 말이 자주 간다는 뜻은 아니었고, 1년에 한 번 정도 갈까 말까한 정도라고 한다.

아무튼 네 명은 우선 도서관 앞의 고깃집에서 삼겹살로 저녁을 먼저 먹었다. 그 자리에서의 화제는 내가 오늘 봉변당한 일이었다. 세 명은 나를 한껏 위로했는데, 그녀들이 말하는 폼새로 미루어, 그녀들 역시 살아오며 여자이기 때문에 남에게 밝힐 수 없는 수모를 한 두 번씩은 겪은 것 같다는 생각이 들었다. 내가 남자이다 보니, 삼각관계에 얽혀, 여자로부터 뺨을 한 대 맞은 일이 아주 심각하게 상처 받을 일은 아니라는 생각을 하고 있었다. 하지만 그건 엄연히 내가 여자가 아닌 남자이기 때문에 가능한 너그러움이었다. 여자의 입장에서는 만인이 보는 앞에서 그런 일을 당했다는 게 평생 잊기 어려운 상처가 될 수도 있는 듯 했다. 여자로 변신해서 여자의 입장을 알 것 같다고 앞에서 밝히기는 했지만, 그렇더라도 그녀들을 제대로 이해할 수는 없는 것이었다.

양미란이 자신이 아는 괜찮은 나이트 클럽이 있다기에 그곳으로 가기로 했다. 신흥 유흥가인 연신내에 있다는데, 택시로 30분 거리였다.

"오늘 우리 남자는 거들떠보지도 말기로 해."

양미란이 택시의 앞자리에서 뒤를 돌아보며 나머지에게 말했다. 그러자 뒷자리에 앉은 나머지도 이구동성으로 동의를 했다.

"오케이. 우리는 순전히 스트레스를 풀려는 게 목적이라고. 그러니 남자들이 집적거리지 못하게 해야 해."

그런 다짐으로 시작해서 택시가 달리는 30분 동안 남자들에 대한 험담이 계속 이어졌다. 대충 남자는 믿을 수 없고, 여자들보다 간교한 구석이 많으며, 괜찮은 남자는 가뭄에 콩나는 비율보다 적다는 식이었다. 여자로 변신해서 남자에 대한 비방에 동조를 해야 하다 보니 내가 마치 스파이라도 되는 듯한 기분이 되었다.

택시에서 내려 5분가량 걸어가 보니 성인 나이트클럽이 눈에 들어왔다. 변두리 유흥가치고는 꽤 현대적인 건물이었다. 나를 포함한 네 명이 들어서자 샤프한 외모의 젊은 종업원이 고개를 90도로 숙여 인사를 하고, 우리를 안내했다.

모두가 자리를 차지하고 앉았을 때 내가 일어선 자세로 말했다.

"언니들, 오늘 비용은 내가 계산할게!"

조승희가 눈을 반짝이며 물었다.

"정말? 너 계탔니?"

"그게 아니라, 실은 윤남진 씨가 회식비에 쓰라고 돈을 좀 줬거든."

양미란이 이제야 생각난다는 듯 말했다.

"아, 그때 그 백만원?"

한혜숙의 눈이 휘둥그레졌다.

"백만 원씩이나 줬어? 그 사람 배짱있다!"

"오늘 그런 봉변을 당했고, 개인적으로는 관심 없지만, 사람은 쿨한 것 같아."

나의 말에 양미란이 한 마디 했다.

"요즘 그런 사람 찾기 힘든데."

"그럼 언니한테 소개시켜 줄까?"

"헉! 나도 너처럼 뺨 맞으면 어쩌라고?"

양미란의 말에 폭소가 터졌다. 좋은 분위기가 되고보니 역시 나이트클럽에 오기를 잘했다는 생각이 들었다. 여자들과 재잘거리는 일은 늘 즐겁다. 그렇다고 남자들과 노는 게 재미없다는 건 아니고, 일장일단이 있다는 것이다. 확실히 남자들에 비해 여자들은 아기자기하게 사는 맛이 있었다.

아직 7시 30분밖에 안 되었기 때문에 나이트 클럽 안은 한산한 편이었다. 그래도 차츰 사람이 불어나기 시작하는 모양새였다. 댄스 음악이 흐르고 있었고 스테이지에서는 서너 명의 남녀가 춤을 추고 있었다. 양미란이 나가자고 제안해서 네 명이 스테이지로 나가 몸을 흔들었다. 나는 어차피 여성스럽게 춤을 추는 건 불가능하다는 생각에, 아예 춤을 못 추는 여자가 되어 가볍에 팔과 다리만 흔들었다. 사실 그건 다른 세 명의 여성도 비슷해서, 그녀들도 제대로 춤을 추기보다는 가볍게 음악에 맞춰 몸만 흔드는 정도였다.

그리고 음악이 블루스 곡으로 바뀌어, 무심결에 자리로 돌아가려는데, 조승희가 내 손목을 잡았다. 나는 양미란과 한혜숙을 쳐다보았다. 그녀들은 대수롭지 않게 생각하는 표정이었다. 하기야 나이트 클럽에서 여자들 끼리 블루스를 추는 건 그다지 어색한 일은 아니었다. 또, 여자들 끼리 손을 잡고 다니는 모습도 흔히 볼 수 있는 광경이었다.

조승희와의 블루스는 감미로웠다. 그녀와 나는 부둥켜안은 채 음악에 맞춰 춤을 추었다. 나의 오른손은 그녀의 엉덩이를 붙잡고 있었는데, 손바닥으로부터 야릇한 감각이 전해져 오고 있었다. 그녀 역시 흥분한 기색이 역력해서, 거친 숨소리를 내고 있었다.

이윽고 블루스 곡이 끝나서 나와 조승희는 자리로 돌아왔다. 그러자 기다리고 있던 두 명의 여자는 환호하며 박수를 쳤다. 8시가 넘어가자 나이트 클럽 안은 사람들로 붐비기 시작했다. 내가 주도해서 술과 안주를 풍족하게 주문했다. 물론 윤남진의 금일봉 덕분이었다.

그때 양미란이 우리가 앉은 곳의 반대편 자리를 손가락으로 가리켰다.

"저 사람 좀 봐. 탤런트 이창민 아니니?"

이창민은 30대 초반의 톱탤런트로 여성들에게 인기 만점의 연예인이었다. 나를 비롯한 세 명은 양미란이 가리키는 남자를 쳐다보았다. 하지만 그는 이창민은 아니었다. 비슷하기는 했지만 다른 사람이었던 것이다. 무엇보다 그런 톱탤런트가 이런 변두리 성인 나이트 클럽에 올 리는 없었던 것이다.

"이창민은 아니더라도 멋지기는 하다."

양미란은 계속 그를 주시하고 있었다. 아무래도 반한 얼굴이었다. 나머지 여자들은 마음에 들면 부킹을 해 보라고 권유를 했지만 양미란은 손사래를 쳤다. 그런데 텔레파시가 통하기라도 했는지, 얼마후 그 남자가 우리들쪽으로 오더니, 하필 양미란에게 블루스를 신청했다. 나머지는 환호하며 박수를 쳤고, 양미란은 못 이기는 척 그 남자를 따라갔다. 다정히 블루스를 추는 두 사람을 보며 한혜숙이 중얼거렸다.

"아무래도 쟤들 오늘 사고치겠는 걸?"

애인이 있는 양미란이 과연 이창민을 닮은 남자와 어디까지 갈지 나도 궁금해졌다. 양미란이 외향적인 성격이기는 하지만, 기본적인 정조 관념은 투철해서 애인을 두고 외간 남자와 원 나잇 스탠드를 하지는 않으리라고 생각했다. 하지만 사람 마음은 알 수 없는 것이고, 여자들의 마음은 더욱 알 수 없는 것이었다. 나는 슬그머니 초조해졌다. 혹시라도 양미란이 이창민을 닮은 남자와 오늘밤 무슨 일이 생기기라도 하면 엄청난 데미지를 입을 것 같았다. 나는 나머지 두 명의 여자와 시끌벅적하게 대화를 나누었지만 신경은 스테이지에서 블루스를 추는 두 사람에게 집중되어 있었다.

그런데 그때 예상치 않은 사건이 터졌다. 한혜숙이 갑자기 얼굴을 감싸며 흑 하고 울음을 터트린 것이다. 사실 그녀는 여느 때와 달리 자리에 앉자마자 연속해서 맥주를 들이켰었다. 그냥 술이 잘 들어가나보다 정도로 생각했으나, 그게 아니라 무슨 사정이 있었던 듯 했다. 나와 조승희가 그녀의 양옆에 앉아 왜 그러냐고 한참을 달래자, 그녀가 사정을 털어놓았다.

"나 사실은 지금 남편과 별거중이야."

"왜?"

조승희가 의아한 듯 묻자 한혜숙이 고백했다.

"남편이 바람 피웠어."

"헉! 정말?"

"회사 여직원하고 강릉까지 놀러갔다왔다는 거야. 남편 휴대폰에 이상한 문자가 와서 닦달을 하니 털어놓더라고. 그래서 내가 나가겠다고 하니까 자기가 나가겠다면서 시댁으로 갔어."

"어느 정도 관계라는데?"

내가 진짜 궁금해서 묻자 한혜숙이 대답했다.

"남편은 아무 관계가 아니라고 하는데, 강릉까지 가서 하루를 묵었으면 아무 관계 없을 리가 없잖아?"

"그건 그렇지."

"내가 느끼는 배신감 너희들은 알 수 없을 거야."

한혜숙은 다시 맥주를 들이켰다. 심상치 않았다. 벌써 그녀의 목소리는 풀려 있었다. 나는 그녀로 하여금 술을 그만 마시고 좀 쉬도록 했다. 한혜숙은 소파에 옆으로 기대어 잠을 자기 시작했다. 한혜숙을 진정 시키고 잠을 자도록 조치한 후 건너편을 보니 조승희가 자리에 없었다.

잠시 화장실에 간 거라고 생각하고, 나 역시 요의가 느껴져 화장실쪽으로 갔다. 그런데 화장실 가는 길의 비상계단 입구에서 조승희를 발견했다. 그녀는 누군가의 손에 이끌려 비상계단 안 쪽으로 빠르게 사라지고 있었다. 비상계단은 평소에 사용을 안 하는 듯, 맥주 박스가 쌓여 있었는데, 그녀는 누군가와 그걸 넘어서 안쪽으로 몸을 숨긴 것이다.

야릇한 호기심과 궁금증이 생겨, 나는 일단 화장실에서 볼 일을 보고 나와, 조심스럽게 비상 계단쪽으로 가 보았다. 도둑고양이처럼 살금살금 2층 쪽으로 올라가보니 인기척이 들렸다. 나는 구석으로 몸을 최대한 숨기고 위쪽을 살펴보았다.

그러자 두 사람이 벽쪽에 포개져 있는 게 눈에 들어왔다. 한 명은 조승희였고, 다른 한 명은 모르는 여자였다. 대충 짐작이 되었다. 조승희는 이곳에서 레즈 파트너를 만난 것이다.

"아, 미칠 것 같애……"

조승희가 탄성을 지르며 상대 여성에게 키스를 했다. 두 명의 여자는 서로의 혀를 탐닉하며 손으로는 서로를 애무하고 있었다. 여자끼리 레즈를 하는 걸 직접 목격하는 건 물론 난생 처음이었다. 조승희가 나에게 육탄 돌격을 했을 때도 흥분이 되기는 했지만 지금은 그때보다 훨씬 흥분감이 강했다. 관음욕구라는 것이 성욕과는 다른 욕구라는 걸 새삼 실감했다.

나는 그녀들의 레즈 플레이를 잠시 엿보다가 한혜숙이 걱정되어 다시 자리로 돌아왔다. 한혜숙은 소파에 머리를 옆으로 기대고 자고 있었다. 그녀의 자는 모습을 보니 슬그머니 딴 생각이 들기 시작했다. 나는 지금 여자다. 여자이면서 이 여자의 직장 동료이다. 그러므로 만취한 한혜숙을 보호한다는 이유를 대고 어딘가로 데려가도 이상하게 생각할 사람은 아무도 없다. 그렇게만 된다면 며칠 전 양미란의 집에서 그녀에게 했던 음란행위를 다시 할 수가 있을 것이다. 그 생각을 하는 것만으로도 아래가 뻐근해지고 설레임이 느껴졌다.

양미란이 어디에 있는지 궁금해서 나이트클럽 안을 둘러보니 그녀는 이창민을 닮은 남자와 구석 자리에 나란히 앉아 밀어를 속삭이고 있었다. 질투심이 솟구쳤지만 내게는 한혜숙이 있었으므로 자제가 되었다.

나는 일단 양미란과 조승희에게 한혜숙을 모텔로 데려가 재워야겠다는 내용의 문자를 보냈다. 한참 바쁜 두 사람은 내게 미안하다는 답장을 보내왔다. 나는 한혜숙을 부축해 일으켜 세우고 나이트클럽을 빠져나왔다.

나이트클럽과 맞닿은 거리에 모텔이 하나 있었다. 나는 한혜숙을 데리고 그곳으로 들어가서 방을 하나 얻었다. 3층에 있는 침대방이었다. 나는 우선 한혜숙을 침대에 눕혀놓았다. 그리고 침대 끝에 앉아 길게 한숨부터 내쉬었다. 여자로 변신해서 여자다운 행동을 하면서 받았던 스트레스가 일시에 몰려오는 듯 느껴졌다.

그리고 돌아다보니 한혜숙은 세상모르고 뻗어 있었다. 그녀는 새근새근 숨을 들이쉬고 내쉬며 미동도 하지 않고 잠을 자는 중이었다. 나는 슬그머니 그녀쪽으로 가까이 다가갔다. 귓가에 그녀의 숨소리가 들리니 서서히 흥분감이 고조되기 시작했다.

이제 이곳에는 이 여자와 나뿐이고, 이 여자는 잠이 들면 절대 깨어나지 않는다는 걸 알고 있다. 그 생각을 하자니 저절로 입가에 미소가 지어졌다.

그런데 그때였다. 갑자기 창 밖에서 '꺅!' 하는 여자의 외마디 비명이 날아들었다. 아무래도 그 소리가 낯익게 생각되어 나는 후다닥 일어나 창밖을 내다보았다. 모텔 입구에 여자와 남자가 실갱이를 하고 있었는데, 자세히 보니 여자는 양미란이었고 남자는 이창민을 닮은 남자였다. 언뜻 보았지만 상황이 대충 짐작이 되었다. 모텔로 끌고 가려는 이창민을 닮은 남자와 거부하는 양미란 사이에 시비가 붙은 것이다.

"날 못 믿는다는 거야?"

"왜 이래요?"

남자가 강제로 끌고가려 하고 있었고, 양미란은 필사적으로 저항하고 있었다. 주변의 사람들이 말리려고 하자, 남자는 이 여자가 자기 애인이라며 상관말라는 투로 말을 했다.

"이 사람 내 애인 아니에요!"

양미란이 사람들에게 설명을 했지만 사람들은 그래도 남의 일이라고 생각해서인지 바라보기만 하고 있었다.

나는 갑자기 도서관에서 근무할 때 봉변을 당한 나를 위로해줬던 양미란의 모습을 떠올렸다. 그러자 양미란이 위기에 처한 모습을 그냥 두고 볼 수는 없다는 의협심이 타올랐다. 나는 부리나케 객실을 나가 모텔 앞으로 달려갔다.

그때는 상당히 위급한 상황이라 남자가 손을 머리위로 치켜들고 양미란에게 폭력을 행사하기 직전이었다. 나는 전속력으로 달려가서 이단 옆차기로 남자의 등을 찼다. 양미란을 한 대 때리려던 남자는 휘청거리더니 양미란을 지나쳐서 벽에 처박혔다.

"언니, 괜찮아?"

나는 재빨리 양미란에게 다가갔다.

"윤희야, 정말 고마워. 너 아니면 큰일 날 뻔 했어."

양미란은 눈물을 글썽이며 내 손을 잡았다. 양미란을 괴롭힌 남자는 벌떡 일어나서 나를 노려보았다. 나는 휴대폰을 들어보이며 말했다.

"누가 잘못했는지 경찰 불러서 따져볼까요?"

가뜩이나 성추행 문제가 사회 문제로 대두된 시기이기 때문에 남자는 아무래도 불리하다고 생각한 듯, 투덜거리며 사라졌다. 나는 양미란을 데리고 한혜숙이 혼자 있는 객실로 올라갔다. 계단을 올라가면서 양미란이 호들갑스럽게 내게 물었다.

"그런데 윤희야, 너 태권도 했니?"

"아니."

"그런데 어떻게 단 한 방에 건장한 남자를 쓰러뜨릴 수가 있니?"

"상황이 위급하다보니 초인적인 힘이 생겼나봐."

"아, 그렇구나. 아무튼 넌 대단한 아이야!"

속으로 혹시라도 양미란이 내 정체를 의심하지는 않을까 염려했지만 다행스럽게도 그런 건 느낄 수가 없었다.

객실로 들어온 양미란은 침대에 털석 주저앉아 분통을 터트렸다.

"그 자식 그렇게 나올 줄은 꿈에도 몰랐어."

"어땠는데?"

"처음에는 매너 있게 분위기를 잡다가 갑자기 돌변하는 거야. 완전 늑대처럼."

"그러게 남자는 다 똑같다잖아."

"맞아, 남자는 정말 믿을 수 없는 존재라니까."

"언니, 애인도?"

"그 자식도 똑같아."

그리고 양미란은 내게 말했다.

"넌 애인같은 거 사귀지말고 결혼도 하지 마."

"하지만 어딘가에는 정말 괜찮은 남자가 있지 않을까?"

"그딴 건 없다고."

양미란의 단호한 표정을 보니 살아오면서 남자의 실체를 똑똑히 체험한 것 같았다. 하기야 나도 여자들 외모 따지고 어떻게든 즐겨보려는 마음이 가득한 건 부인할 수 없는 사실이었다. 그렇게 생각하자니 괜스레 죄책감이 생겼다.

양미란은 피곤한 듯, 뒤로 잠시 눕더니 곧장 곯아 떨어졌다. 선 자세로 내려다보니 침대 위에서 한혜숙과 양미란, 두 명의 여자가 무방비 상태로 잠에 빠져들어 있었다. 어쩌면 이건 하늘이 내린 기회일지도 모른다고 생각했다. 두 명의 여자를 밤새도록 탐닉해도 된다는 생각을 하자니 하늘을 나는 듯 기분이 들떴다.

하지만 다음 순간, 그녀들의 곤히 잠든 얼굴이 예사롭지 않게 느껴지기 시작했다. 한혜숙의 얼굴에서는 집안과 회사 생활을 동시에 유지해야 하는 중년 여인의 피로감이 보였고, 방금 남자로부터 봉변을 당할 뻔한 양미란의 얼굴에서는 그동안 겪은 세상풍파가 얼굴에 고스란히 묻어나는 듯 했다. 물론 그녀들은 누가보더라도 예쁜 얼굴이다. 하지만 그것은 그녀들의 외형일 뿐이고, 내면에는 남자들이 알 수 없는 상처가 무수히 잠재해 있으리라는 생각이 느닷없이 들기 시작한 것이다.

나는 도저히 그녀들을 탐할 수가 없었다. 하지만 두 명의 예쁜 여자들 사이에서 아무렇지도 않게 잠을 잘 수도 없을 것 같았다. 그래서 나는 메모지에 사정이 있어 먼저 간다는 메모를 남기고 모텔을 나왔다.

중2 때
처음 해봤다고?

도서관에 출근해보니 방송국 촬영팀이 기다리고 있었다. 일주일에 세 번은 도서관 홍보 도우미로 촬영을 하는 날이었다. 별 어려움은 없고, 오히려 생활에 활력이 되는 재밌는 일이었다. 그런데 촬영팀을 통솔하는 손피디가 뭔가 캥기는 듯한 얼굴로 나를 비롯한 촬영팀에게 설명을 했다.

"남진복지재단을 한 번 더 촬영해야겠어."

조연출이 의아한 듯 물었다.

"왜요?"

"윤남진 대표가 한 번 더 촬영을 하고 싶다더군. 주민들의 반응이 좋았다면서."

"안돼요!"

내 입에서 나도 모르게 터져나온 말이었다. 윤남진의 속셈은 뻔한 것이었다. 촬영을 핑계로 나를 어떻게 해 보려는 것이다. 물론 나는 윤남진이 나쁜 놈이라고는 생각 안하지만, 문제는 내가 여자가 아닌 남자라는 사실이다. 지난번에도 그 일로 대소동을 겪었는데, 또다시 복잡한 일에 말려들고 싶지는 않았다.

나는 절박한 얼굴로 항의를 했다.

"똑같은 인물을 두 번 촬영하는 건 형평성에 어긋나는 일입니다."

다른 스텝들도 내 의견에 동조를 해서 조감독과 구성 작가들도 똑같은 인물을 두 번이나 촬영하는 건 잘못되었다는 의견을 냈다. 그러자 손피디는 상당히 어정쩡한 얼굴로 그건 그렇다고 하더니, 윤남진에게 전화를 걸어 양해를 부탁하는 듯 했다.

그런데 전화를 거는 그의 폼이 예사롭지가 않았다. 무언가 캥기는 게 있는 듯한 얼굴로 머리까지 조아리며 사정을 하고 있었다. 하지만 윤남진이 고집을 꺾지 않고 계속 촬영을 주장하는 듯 하자, 손피디는 알겠다고 대답을 하고는 전화를 끊은 후, 촬영팀 쪽으로 왔다.

"남진복지재단의 윤남진 대표를 한 번 더 촬영하는 건 분명히 일관성 없는 일인 건 맞지만, 그분이 지역 사회에 기여한 공로도 무시를 할 수가 없어. 그러니 오늘 촬영을 한 번 더 하는 것으로 결정을 하자고."

나를 비롯한 촬영팀은 피디의 결정이므로 더이상 이의를 제기할 수가 없었다. 나는 아무래도 손피디가 수상쩍다는 생각을 했다. 그가 윤남진에게 저자세가 되는 이유가 반드시 있을 것 같았다. 아마 윤남진은 내게 루비 반지를 주려고 했던 것처럼, 손피디에게도 무언가 선물을 주었을 것이다.

결정권이 있는 피디가 남진복지재단을 다시 촬영하기로 결정했다면 나머지는 그대로 따르는 수 밖에는 없었다. 나는 촬영팀과 함께 차를 타고 남진복지재단을 향했다. 윤남진의 느끼한 시선을 다시 접해야 한다는 사실이 끔찍했지만 달리 빠져나갈 방법이 없었다. 또한 어쩌면 이번 재촬영이 계기가 되어 윤남진으로부터 돈을 뜯어내려는 계획을 다시 실행할 수 있을지 모른다는 기대가 생긴 것도 사실이었다. 지난번에 그와 관련된 두 건의 대형 사고, 즉, 최진욱의 등장과 윤남진 내연녀의 등장으로 일단 계획을 포기했었는데, 막상 재촬영이 결정되고 보니 돈 욕심이 고개를 들기 시작했다.

남진복지재단 앞에 도착해보니 1차 촬영 때와는 달리 조용했다. 플랭카드도 걸려 있지 않고 직원들의 도열도 없었다. 직원 한 명이 우리를 마중하고 안내할 뿐이었다. 윤남진의 생각이 달라져 상당히 검소하고 조용하게 두 번째 촬영을 하려는 것이라고 생각했는데, 그것은 착각이었다.

사무실에 촬영팀이 들어서자 윤남진은 양팔을 크게 벌리고 우리를 맞았다.

"어서들 오십시오. 지난번 반응이 너무 좋아서 말입니다. 저의 무례한 재촬영 요구를 받아들여 주셔서 감사드립니다. 이번 촬영은 지역 주민들의 뜻을 받들어 좀 규모 있게 하려고 합니다. 자, 저와 직원들이 아이디어를 내서 밤새 준비한 것들이 있으니 좀 봐주십시오."

윤남진이 밤새도록 준비한 게 있다는 것에서부터 이상한 예감이 들었다. 하지만 손피디가 윤남진에게 받아먹은 게 있으므로 윤남진의 의도대로 촬영은 흘러갈 것이었다.

윤남진을 따라 로비로 내려가보니 어느새 나타난 직원들이 엘리베이터 앞에 도열해 있었다. 윤남진이 열정적인 모습으로 설명했다.

"엘리베이터 문이 열리면 내가 책을 들고 나타납니다. 그러면 장윤희 씨가 나를 맞고, 그래서 우리 두 사람은 나란히 걸어오며 책에 대한 대화를 나누는 것입니다."

윤남진은 유치한 3류 쇼를 자랑스럽게 설명하고 있었다. 그러나 누구도 이의를 제기하지 않았다. 그냥 귀찮아서 빨리 끝내고 싶은 마음만 있을 뿐이었다. 나는 직원들이 건네준 의상을 화장실에 가서 갈아입었다. 의상을 입고 거울 앞에 섰다가 놀라서 쓰러질 뻔했다. 그들이 내게 입힌 옷은 중세시대의 공주 복장이었다. 윤남진의 정신세계가 대충 이해되는 듯 했다.

화장실을 나와 촬영팀쪽으로 가려는데, 직원 한 명이 다가오더니 윤남진 대표가 잠깐 보자고 한다는 사실을 알렸다. 나는 손해 볼 건 없다는 생각에 그렇게 하기로 했다. 사무실에 들어서니 윤남진은 눈물까지 글썽이며 말했다.

"오! 뷰티풀! 정말 어울리시는군요. 윤희 씨는 옛날에 태어났으면 틀림없이 공주로 태어났을 겁니다."

나는 속이 거북한 느낌이 들었지만 미소를 띠며 답례했다.

"감사합니다. 이렇게 멋진 의상을 입게 될 줄은 꿈에도 몰랐어요."

사실이었다. 미치지 않고서야 내가 이런 몰골로 사람들 앞에 서리라고는 꿈에도 생각해본 적이 없었다. 나는 그가 가리키는 소파에 그와 마주 앉았다. 윤남진은 겸연쩍은 얼굴로 말했다.

"부하 직원에게 들으니, 이상한 여자가 윤희 씨를 찾아가 나를 들먹이며 행패를 부렸다고 하는데……."

"네, 윤 대표님 애인이라는 분이……."

"거짓말입니다. 나는 완전한 솔로입니다. 이런 직책에 있다 보니 여러 가지 골치 아픈 문제들이 생기고는 한답니다. 널리 이해를 부탁드립니다."

"그랬군요. 저도 지난 주말 식사 때 저를 따라다니는 남자가 나타나 행패를 부린 것 사과드리겠습니다."

"하하, 괜찮습니다."

그리고 윤남진은 잠시 뜸을 들이더니 주머니에서 뭔가를 꺼냈다. 그것은 지난번에 내게 주려다가 만 루비 반지였다. 그것이 내 눈에 들어오는 것과 동시에 나는 다시 활력을 찾았다. 최진욱의 등장으로 루비 반지가 눈 앞에서 사라진 후, 나는 며칠 우울증을 앓았을 정도였다. 이제 그게 다시 내 손에 들어오게 되었다는 사실에 나는 흥분했다.

"그날 전해주었어야 하는데……."

윤남진은 루비 반지를 꺼냈다. 그런데 하필 그때 사무실 문이 열리며 손피디가 들어왔다. 윤남진은 화들짝 놀라서 루비 반지를 다시 주머니에 집어넣었다. 그 순간 나는 손피디를 죽이고 싶어졌다.

"대표님, 촬영 시작해야 합니다."

"아, 알았습니다."

윤남진은 루비 반지를 주머니에 넣은 상태로 손피디를 따라서 사무실을 나갔다.

촬영은 거창했다. 엘리베이터에서 내린 윤남진은 거의 우주인같은 기괴한 복장을 하고 나타나 공주 복장의 나와 손을 마주잡았다. 그러자 양쪽에 일렬로 도열한 직원들이 꽃가루를 뿌렸다. 흡사 왕궁의 결혼식 같은 분위기였다. 루비 반지도 손에 들어오지 않았고 돈 이야기를 할 기회도 없었다. 오직 윤남진의 원맨쇼만 촬영한 하루였다.

촬영팀의 버스를 타고 다시 정독 도서관으로 돌아왔다. 몇 시간가량은 근무를 하고 퇴근해야 할 것 같아, 옷을 갈아입고 복도를 걸어오는데, 맞은 편에서 조승희가 걸어오고 있었다. 그런데 그녀의 표정이 여느 때와 달랐다. 나를 외면한 건 아니었지만 어딘가 불편한 표정으로 나를 바라보며 억지로 미소를 짓는 듯 했던 것이다.

"안녕하세요?"

내가 밝게 인사를 건네자 그녀는 '그래, 내가 지금 좀 바빠서……' 라고 허둥지둥 대꾸를 하고는 나를 지나쳐 가버렸다. 나는 그녀가 왜 그런지 이유를 알 수 없어 싱숭생숭했는데, 잠시 후 그녀로부터 문자가 왔다.

'윤희야, 나 좋아하는 사람이 생겼어. 네게는 정말 미안해. 어쩌면 상처를 받았을지도 모르겠구나. 하지만 나로서는 인연을 만났기 때문에 좋게 생각해 주었으면 좋겠어. 이제 우리 함께 일하는 동료로 잘 지내자. 정말 미안해.'

나는 그녀의 문자를 받고 어제 나이트 클럽에서 목격한 광경을 떠올렸다. 그때 조승희는 레즈 상대와 뜨거운 애무를 주고 받고 있었던 것이다. 그렇다면 그녀가 말하는 인연이란 바로 어제 만난 레즈 파트너를 말하는 게 틀림없었다. 그래서 조금전 나를 만났을 때 허둥지둥 피했던 것이다. 그녀로서는 나에게 미안한 마음이 생겨 그랬을테지만, 나로서는 사실 홀가분했다. 물론 그녀가 싫은 건 전혀 아니었지만 여자가 아닌 내가 그녀에게 해줄 수 있는 건 분명히 한계가 있었던 것이다. 대충 관계를 끌어가고는 있었지만 깊은 관계까지 갈 수 없는 상황이라서 내심 부담감이 있었는데, 천만다행으로 그녀가 다른 레즈 파트너를 구해 문제가 해결된 셈이었다. 나는 조승희의 문자를 받고 안도의 한숨을 내쉬었다.

그런데 퇴근 무렵 피아노 학원의 임미숙으로부터 전화가 걸려왔다. 오늘은 강의가 없는 날이기 때문에 무슨 일인지 궁금해 하며 나는 그녀의 전화를 받았다.

"오늘 바쁘니?"

사실 어제 늦도록 나이트 클럽에서 놀았기 때문에 오늘은 좀 쉬고 싶은 마음도 있었다. 하지만 임미숙의 목소리를 듣는 순간, 지난번에 그녀와 야한 대화를 나누었던 일이 떠오르며 나도 모르게 흥분이 되었다.

"아니, 별 일 없어."

"그럼 나 하고 차나 한 잔 마시자고. 지난번에 나와 함께 갔던 카페에서 오붓하게 차 한 잔 어떠니?"

"오케이."

"그럼 그곳에서 만나자."

나는 임미숙과 통화를 마치고 오늘은 어떤 방법으로 그녀의 내밀한 이야기를 끌어낼지 궁리하기 시작했다. 나는 임미숙을 비롯한 여러 여자들과 친해지면서 그녀들의 은밀한 욕구가 남자들은 도저히 찾아내기 어려울 정도로 깊숙한 곳에 감추어져 있다는 사실을 알게 되었다. 그것은 양파껍질처럼 여러겹으로 포장이 되어 있어, 사고방식이 단순하고 1차적인 남자들로 서는 찾아내기가 어려운 것이었다. 여자로 변신해서 그것을 확인할 수 있다는 사실만으로도 엄청난 행운이었다.

임미숙이 말한 카페는 그녀의 친한 언니가 운영하는 곳이었다. 하지만 언니라는 여자는 일주일에 한 두 번 찾는 정도이고, 보통은 지배인이 운영을 하고 있었다. 임미숙이 사장과 친하다는 걸 알기 때문에 지배인과 종업원들은 극진한 서비스를 제공하고 있었다.

우리에게는 주문한 커피와 함께 푸짐한 다과가 제공되었다.

"나 언니하고 굉장히 친해진 느낌이 들어."

나의 말에 임미숙은 의아한 듯 물었다.

"왜?"

"몰라서 물어? 지난 번에 서로 은밀한 대화를 나누었기 때문이지."

임미숙은 입을 가리며 웃었다.

"호호호, 그건 그래. 그런데 그것도 중독이 되나봐. 너하고 그런 대화를 나누고 보니 또 그러고 싶은 욕구가 생기는 거 있지?"

나는 속으로 쾌재를 부르며 말했다.

"언니도 그랬어? 나도 그랬다니까."

"우리가 야한 대화 나누는 걸 남자들이 알면 어떨까?"

나는 뜨끔하는 기분으로 대답했다.

"어떻긴? 엄청 흥분하겠지."

"호호호, 맞아, 맞아."

천진스럽기까지 한 임미숙을 보니 음흉한 흉계를 가지고 여자로 변신해 그녀에게 접근한 나 자신이 너무 사악하다는 자책이 들었다. 하지만 어쩔 수 없다. 여자들에게 별로 인기가 없는 내가 여자들과 가까워지고, 그녀들을 속속들이 알 수 있는 방법은 여자가 되는 길 뿐이었다. 나 자신이 남자였을 때, 만일 여자들이 나를 좋아했다면 이런 치사한 방법은 결코 쓰지 않았을 것이다. 결국…….모든 것은 여자들 책임이다!

임미숙이 내게 물었다.

"그런데, 윤희야. 너 정말 섹스 경험 없니?"

"어떨 것 같아?"

"글쎄, 아직 애인 사귄 경험이 없다면서? 그러면 아직까지 처녀일 수도 있다는 생각이 들어서."

"실은…….대학교 1학년 때……."

"무슨 일 있었어?"

"학교 선배에게……"

나는 일부러 침울히 말했다. 그러자 임미숙이 놀란 얼굴로 물었다.

"강제로 당했어?"

"비슷해."

임미숙은 내 손에 자신의 손을 포개고 위로했다.

"미안. 아픈 상처가 있었구나."

나는 기회다 싶어서 재빨리 물었다.

"언니는 첫 경험이 어땠어?"

나의 질문에 임미숙은 찻잔을 들고 잠시 생각하는 듯 하다가 입을 열었다.

"사실은……좀 빨랐어."

"언제?"

"놀라지 마…….중학교 2학년 때……"

"헉! 정말?"

임미숙은 그때를 떠올리는 듯 입가에 미소를 머금고 말했다.

"지금 생각하면 꿈같아."

"자세히 듣고 싶어."

"그때 좋아하는 오빠가 있었어. 내가 다닌 중학교의 상급 고등학교에는 야구부가 있었는데, 그가 야구부원이었어."

"와! 멋지다! 야구선수!"

뭔가 그럴듯한 스토리가 나올 것 같아 내가 탄성을 지르자, 임미숙은 부끄럽다는 듯 웃으며 말했다.

"사실 철이 없었지. 그런데 콩깍지가 씌이기라도 했는지, 그때는 진짜 반해서 엄청나게 애를 태웠다고. 그 사람 시합하는 건 빠짐없이 관람을 하고, 연습하는 모습도 훔쳐보고는 했어."

"그 사람은?"

"그런데 그 사람은 굉장히 핸섬한 사람이라 나 말고도 좋아하는 여학생이 많았어."

"저런⋯⋯."

"그 사람도 날 싫어한 건 아니었지만 나만을 사랑한 것도 아닌 어정쩡한 관계가 되었어. 그냥 밥이나 같이 먹으면서 수다 떠는 정도랄까."

"그래서?"

"그래서 이런 방식으로는 안 되겠다고 생각하게 되었지. 아무래도 그때는 내가 어렸던 거야. 지금이라면 그렇게 무모하지 않을텐데⋯."

"어떻게 했는데?"

"그는 지방 출신이라 서울에서 자취를 했는데⋯⋯자취방으로 찾아갔지."

"헉! 언니 성격에?"

"내가 보기보다 당돌한 구석이 있거든."

나는 그녀의 말을 들으며 속에서 부글부글 끓어오르는 질투심에 안절부절 못했다. 내가 남자로서 접근했을 때는 따뜻한 인사 한 마디 안하던 그녀가 좋아하는 사람의 자취방에 자기 발로 찾아가다니⋯⋯.그런 한편으로 다음에 전개될 상황에 대한 기대감에도 젖었다.

"그래서 어떻게 됐어?"

"하필 그 날은 비가 오는 날이었어. 아무리 철없는 중학생이라지만 여자가 남자의 자취방에 제 발로 찾아가는 게 쉽지는 않잖아?"

"당연하지."

"그래서 하루 종일 고민을 했어. 그러다가 교회에 먼저 갔지."

"교회에는 왜?"

"호호호, 하나님께 물어보려고. 그때 나는 교회를 다닐 때였는데, 과연 좋아하는 남자에게 몸을 허락하는 게 나쁜 일인지 아닌지 기도를 해서 응답을 들어보려고 했던거야."

"그랬는데?"

"내가 간절히 기도를 올리는 도중, 천정의 형광등 하나가 툭 하고 꺼져버리더라고."

"그래?"

"그런데 그때 나는 그걸 하나님의 응답으로 받아들였어. 그러니까 좋아하는 사람에게는 몸을 줘도 괜찮다고 하나님이 내게 신호를 보낸 거라고 생각했던 거야."

"그건 그냥 언니가 좋을 대로 해석한 것 같은데?"

"아무튼 그때는 그렇게 생각을 했어. 하나님으로부터 동의를 받았다고 생각하니까 마음이 한결 편안해지는 거 있지?"

"그랬겠지."

"비가 오는 날이었다고 했잖아? 난 우산도 쓰지 않고 그 사람의 자취방을 향해 걸었어. 아, 정말 여러 가지 생각들이 들더구나. 나의 소중한 것을 누군가에게 준다는 생각, 그리고 드디어 좋아하는 사람에게 안긴다는 것에서 오는 설레임, 또, 과연 내가 몸을 허락하면 그 사람은 어떻게 나올지 등 등 정말 여러 가지 생각들이 머릿속에 떠돌았어."

확실히 남자와 여자는 다르다. 아마 남자라면 그 상황에서 떠오르는 생각은 단 한 가지뿐일 것이다. 빨리 하고 싶다는 것……

임미숙의 고백은 계속 이어졌다.

"드디어 그의 집 앞에 도착했어. 그는 2층 양옥집의 2층에 세 들어 살았는데, 올려다보니 불이 켜져 있더라고. 나는 잠시 망설이다가 초인종을 눌렀어. 그랬더니 그의 목소리가 건너왔어. 누구냐고 묻기에 나라는 걸 밝히니까 웬일이냐고 물었어. 그래서 오빠가 보고 싶어서 왔다고 대답했지. 그때 내 목소리가 무척 처량했을 것이기 때문에 아마 그도 내 심정을 충분히 이해했을 거야."

"하지만 중학교 2학년이라면 아직 어리기 때문에 타일러서 돌려보냈어야 한다고."

"호호호, 그 말도 맞지만 그도 이제 겨우 고등학교 2학년에 불과한 걸. 둘 다 어렸다고 해야겠지."

내가 문제 제기는 그렇게 했지만 그런 상황에서 여학생을 좋게 타일러 돌려보낼 남자가 과연 몇이나 될지 의아했다. 나만 하더라도 지금 이 순간 임미숙의 고백에 서서히 흥분이 되고 있지 않은가.

"아무튼 그래서?"

"그가 뛰어나와서 문을 열어주었어. 그때는 빗줄기가 제법 거세어졌을 때라 나도 젖었고 그도 좀 젖은 상태였어. 우리는 문을 사이에 두고 잠시 마주보았지. 누구도 입을 열지 않았지만 서로를 바라보는 것만으로도 서로가 무엇을 원하는지 알 수 있었어. 이윽고 그가 나의 손을 잡고 자신의 방으로 데려갔어."

임미숙은 말을 잠시 끊고 비스킷을 손으로 집어서 입으로 가져갔다. 나는 그 다음 장면이 궁금해서 조바심이 났다. 하지만 재촉하면 이상하게 생각할 수도 있을 것 같아 기다렸다.

"그의 방은 남자 방 치고는 청결한 편이었어. 나는 어린 마음에도 괜히 시간을 끌어서 좋을 게 없다는 걸 알았고, 또 기왕 결심을 하고 찾아왔으니 솔직해지기로 했어."

"어떻게?"

"그의 방에 들어서니 그가 음료수라도 갖다 주겠다고 하더라고. 그래서 나는 괜찮다고 제지했어. 그 다음에는 똑바로 서서 옷을 벗기 시작했어."

"정말로?"

"호호호, 그렇다니까."

"지금의 언니로 봐서는 도저히 믿어지지가 않는 걸?"

진짜였다. 매정하고 조신하기가 이루 말할 수 없는 임미숙에게 그런 과거가 있다는 게 믿기지 않았다. 그래서 여자의 속마음은 헤아리기가 어렵다고 했던 것인가.

"사실은 나도, 내게 그런 일이 있었다는 게 믿어지지 않아."

나는 스토리가 딴 방향으로 흘러갈까봐 염려하며 임미숙을 채근했다.

"그래서? 그 다음에는 어떻게 됐어?"

"남자라는 게 희한하더라고. 평소에는 나를 가지고 싶어 안달하던 그 사람, 막상 자기 눈앞에 내가 옷을 벗고 서 있으니까 벌벌 떨면서 말도 제대로 못하는 거야. 그래서 내가 또 적극적으로 나섰지. 그의 손을 잡아서 나의 가슴에 얹었어."

"우와!"

"그랬더니 그제서야 그 사람이 나를 포옹하더라고."

"좋았어?"

"물론이지. 그의 손길이 닿을 때 마다 짜릿짜릿했어. 그 사람은 천천히 포옹을 풀고 나를 내려다보다가 천천히 입을 맞췄지…….그 후의 이야기를 다 하기는 좀 그렇다. 윤희야, 대충 알아서 상상하렴."

"상상이 안 돼. 난 제대로 연애를 한적이 없어서."

"그럼 질문받을게. 궁금한 거 물어 봐."

"남자의 그게 들어올 때 어땠어?"

"음, 내가 평소에 상상했던 것과는 좀 달랐어."

"어떻게?"

"난 남자의 페니스라는 게 딱딱하기만 한 줄 알았어."

"그런데 아니야?"

"딱딱하기도 했지만 반면에 부드러운 느낌도 있었어."

"그럼 페니스가 언니의 그곳을 막 왔다 갔다 할 때는 어땠어?"

"남자가 왕복운동을 한다고 바로 쾌감이 느껴지는 건 아니었어. 나도 노력을 해야해. 집중을 해야 한달까? 그러다 보면 조금씩 쾌감이 느껴지는데, 그게 점점 증폭되더라고."

그녀의 말을 듣고 있자니 손에 땀이 배이면서 서서히 흥분감에 젖어들기 시작했다. 만일 내가 남자로서 이 자리에 있다면 당장 그녀를 끌어안았을 것이다. 그럴 수 없는 입장의 나는 마음을 식히려 세면장으로 가서 찬물로 얼굴을 씻고 다시 돌아왔다.

나는 또 궁금한 걸 물어보았다.

"그럼 그때 오르가즘도 느꼈어?"

임미숙은 펄쩍 뛰었다.

"말도 안 돼. 첫 섹스에서 오르가즘을 느끼는 여자는 없을 걸."

"그래도 좋았다 이거지?"

"호호호, 쾌감보다는 좋아하는 사람과 하나가 되는 것에서 오는 만족감이 더 컸다고 할 수 있지."

"그럼 그 후에는 어떻게 됐어? 그 야구선수라는 사람하고?"

"그 후는 좋지 않았어."

"왜?"

"내가 그토록 선망했던 사람이었지만 실제로 사귀면서 생각 못했던 면들이 보였던 거야."

"어떤 면이?"

"글쎄, 딱 잘라서 이렇다 저렇다 말할 수 있는 건 아니고, 그냥 여러 가지 면에서 내가 절박하게 매달릴 만큼 대단하다는 생각이 안 들었어. 그래서 6개월 정도를 사귀다가 결별했지. 하지만 막상 내가 그만 만나자고 하니까 정말 끈질기게 구애를 해 오더라고. 하지만 나는 이미 마음의 정리를 한 상태였기 때문에 흔들리지 않았어."

"대충 어떤 상황인지 알 것 같아."

"그렇더라도 첫 섹스 상대이기 때문에 잊을 수가 없어."

임미숙은 아득한 과거에 젖은 얼굴로 잠시 말이 없었다. 나는 복잡했다. 우선 그녀의 경험담에 흥분을 했고, 그녀가 적극적으로 좋아하는 남자에게 대시 했다는 것에서 오는 질투심도 느꼈으며, 과연 이 여자를 공략하려면 어떻게 해야 좋을지에 대해서도 궁리를 하고 있었다. 임미숙이 대충 어떤 여자인지는 감을 잡을 것 같았다.

그녀 자신이 좋아하는 남자가 아니면 관심이 없다는 사실이다. 만일 이 여자를 내 여자로 만들려고 한다면 줄기차게 집적거리는 것으로는 안 되고, 그녀 스스로 마음의 문을 열게 해야 한다는 생각이 들었다.

그때였다. 발자국 소리가 들려 무심코 뒤를 돌아보니 남자 한 명이 우리 쪽으로 걸어오고 있었다. 정장을 입은 30대 중반의 남자였다.

"안녕하십니까?"

그는 나와 임미숙 사이에 서서 미소를 띠고 인사를 해 왔다.

"무슨 일이죠?"

나의 질문에 그는 머리를 손으로 만지며 대답했다.

"두 분이 멋지다고 생각해서요. 저하고 친구하고 둘이 왔는데, 좀 더 재밌는 시간을 보내려면 합석하는 게 어떨까요?"

그가 가리키는 곳을 보니 창가의 테이블 앞에 다른 한 명의 남자가 더 있었다. 그도 지금 이 사람과 비슷하게 핸섬하고 매너 있어 보이는 남자였다. 핸섬하고 매너 있는 남자의 합석 제의……물론 즐거울 것이다. 하지만 난 여자가 아니라 남자다. 그냥 미안할 따름이다.

"죄송합니다. 저희는 곧 가봐야 해서요."

"잠깐도 안 되겠습니까?"

"죄송합니다."

내가 딱 잘라서 대답했는데, 임미숙이 말했다.

"10분가량은 괜찮을 것도 같은데……"

그러면서 그녀는 내게 괜찮지 않느냐는 듯한 시선을 주었다. 그녀는 나와 다른 것이다. 그녀는 여자다.

임미숙이 긍정적인 태도로 나오자 남자는 반색을 하며 우리를 자신들의 자리로 안내했다. 나란히 앉은 두 남자는 언뜻 보더라도 사회의 엘리트임을 쉽게 알 수 있었다. 옷이나 가방 같은 것들이 해외의 유명메이커라는 것 말고도, 말투라거나 행동거지에서 세련된 인상이 물씬 풍기고 있었다.

"두 분이 대화 나누는 모습이 참 정답게 보여서 실례를 무릅쓰고 합석을 제안했습니다."

오른쪽에 앉은 안경을 낀 남자가 웃으며 말을 했다. 왼쪽에 앉은 남자는 머리를 노란색으로 염색하고 있었는데, 아무래도 일반적인 샐러리맨은 아닌 것 같았다.

임미숙이 두 사람에게 물었다.

"실례지만 두 분은 무슨 일을 하시나요?"

노랑머리가 대답했다.

"저희들은 유쥬얼 컴퍼니라고, 프랑스 회사의 한국지사에 근무중입니다."

그 순간 나는 놀라서 소리를 지를 뻔했다. 임미숙은 처음 들었겠지만 나는 유쥬얼 컴퍼니에 대해 익히 알고 있었다. 그들은 웹 프로그램으로 엄청난 돈을 벌어, 지금은 각국의 재능 있는 IT 인력들에게 투자를 하고 있었다. 나는 일초라도 빨리 이 자리를 탈출할 궁리만 하다가, 앞의 두 사람이 유쥬얼 컴퍼니 소속이라는 말을 듣고는 솔깃해서 그들에게 집중했다. 물론 그 이유는 내가 참여하고 있는 프로젝트와 관련된 것이다. 투자를 받는 건 두 번째고, 이들과의 만

남으로 평소에는 얻기 힘든 정보를 얻을 수 있다고 생각했기 때문이었다.

"유쥬얼 컴퍼니라면……지금 세계 IT업계에서 가장 활발한 회사인데……"

내가 아는 척을 하자 안경남이 반색을 하며 말했다.

"아, 잘 아시는군요. 현재 승승장구 하는 중이죠. 특히 투자업에서 큰 성공을 거두고 있습니다. 로봇산업과 로켓 분야까지 투자 영역을 확대하고 있죠. 한국지사는 근래에 설립되었는데, 목적은 한국의 IT산업에 투자를 해 보려는 것입니다."

나의 머릿속에 반짝하고 전구가 켜졌다. 이것은 엄청난 정보다. 유쥬얼 컴퍼니가 한국에의 투자처를 물색하고 있다면 한 시라도 빨리 움직여야 한다. 만일 이들의 투자를 끌어낼 수 있다면 대박은 시간문제다.

"두 분은 어떤 일을 하십니까?"

노랑머리의 질문에 임미숙이 대답했다.

"저는 피아노를 치고 있고 이 친구는 도서관에서 근무중이에요."

"멋지시네요. 피아노 연주자와 도서관 사서! 저희들은 늘 바쁘다 보니 두 분처럼 여유가 있는 직업을 가진 분을 만나면 무척 부럽습니다."

나는 슬쩍 임미숙의 눈치를 살폈다. 첫눈에 반했다거나 그런 기색은 전혀 없었지만 호의적인 건 분명해보였다. 특히 노랑머리에게 관심이 있는 것 같았다. 하기야 내가 보더라도 노랑머리는 이국적인 매력이 풍기는 남자였다.

맥주를 마시며 이런저런 대화를 나누다가 안경남이 제안을 했다.

"바쁘시지 않으면 자리를 옮겨서 한 잔 더 할까요? 내가 잘 아는 곳이 있는데……."

임미숙은 나를 쳐다보았다. 나는 순전히 유쥬얼 컴퍼니에 대한 정보를 더 주워듣고 싶은 마음에 고개를 끄덕였다. 노랑머리가 앞장서더니 우리가 먹은 것까지 모두 계산을 해 주었다. 우리는 차가 없었으므로 안경남의 차를 타고 이동하기로 하고, 그들의 차에 올라탔다. 젊은 사람에게는 다소 어울리지 않는 최고급 중형차였다.

그런데 묘했다. 내가 분명히 남자임에도, 재력 있는 남자들의 푹신한 중형차 뒷자리에 앉고 보니, 마치 여자라도 되는 양 안정감이 느껴지는 것이었다. 나는 머리가 혼란스러웠다. 여자로 변신한 생활을 너무 오래하다 보니 머리가 어떻게 된 것은 아닐까 싶어진 것이다. 남자인 내가 이 정도라면 여자 입장이 어떠한지 충분히 짐작이 되고도 남았다. 남자로부터 이런 대우를 받으면 확실히 여자는 녹아나게 되어 있는 것이다.

차는 거의 아무런 소음도 내지 않으며 미끄러지 듯이 주차장을 빠져나가기 시작했다. 운전을 하고 있는 안경남이 음악을 켰다. 감미로운 발라드 풍의 노래가 흘러나왔다.

그런데 그때였다. 차가 주차장을 빠져나가려는 순간, 갑자기 정면에서 다른 차가 끼어들더니 우리가 타고 있는 차를 막아섰다. 그 때문에 안경남은 급정거를 했다. 나는 무슨 일인가 하고 전방을 주시했는데, 우리 차를 막아선 차에서 남자 한 명이 내리더니 이쪽을 향해 걸어왔다. 나는 그가 가까이 다가왔을 때야 그가 내가 아는 사람임을 알아차렸다. 그는 최진욱이었다.

최진욱은 뒷 도어를 열고 차 안에 있는 내게 소리쳤다.

"윤희 씨, 이 시간에 이 사람들 하고 대체 어디를 가려는 겁니까?"

나는 당황해서 외쳤다.

"아니, 뭐하시는 거예요?"

"이 사람들이 어떤 사람들인 줄 알고 만나자마자 따라가시느냐고요?"

"뭐라고요?"

나는 느닷없는 최진욱의 등장으로 멍해있다가 다소 정신을 차렸다. 도대체 이 자식이 왜 이 순간에 등장을 한 것인가. 만나자마자 따라나가느냐고 말을 하는 것으로 보면 나를 어디선가 지켜보고 있었다는 것이다. 그렇다, 이 자식은 나를 미행해서 카페 어딘가에 숨어 있다가 두 명의 남자를 따라가는 걸 보고 불쑥 끼어든 것이다. 스토커……지독한 스토커였다.

앞의 두 남자가 차에서 내리더니 최진욱을 양편에서 에워쌌다.

"당신 누구야?"

안경남이 묻자 최진욱은 나를 가리키며 말했다.

"나, 이 여자 보호자야."

"뭐? 보호자?"

애인도 아니고 남편도 아닌 보호자라는 말이 이해가 안 되는 듯, 안경남은 나를 쳐다보며 물었다.

"이 사람 아는 사람입니까?"

"네…….알긴 아는데 아무 관계는 없어요"

만일 내가 모르는 사람이라고 했다면 주먹다짐이라도 할 기세였던 안경남과 노랑머리는 나의 애매한 대답에 어떻게 대처해야 좋을지 헷갈리는 표정이 되었다.

최진욱이 오히려 당당히 두 사람에게 물었다.

"당신들은 누구야?"

"그건 알아서 뭐하게?"

노랑머리의 대답에 최진욱이 눈을 가늘게 뜨고 노려보며 말했다.

"보나마나 외국계 기업에 근무한다고 했겠지. 연봉은 몇 억쯤 된다고 했을 거고."

그리고 최진욱은 우리가 타고 있는 중형차의 타이어를 발로 툭툭 차며 말을 이었다.

"이 차 어디서 빌렸어? 렌턴한 거지? 아니면 훔친 거 아냐?"

그러자 안경남이 최진욱을 막아섰다.

"이 자식이 누굴 사기꾼으로 몰려고 해!"

"왜? 정체가 들통나는 게 겁나나?"

"뭐가 돌통나?"

그리고 안경남은 나와 임미숙을 보며 말했다.

"이 자식 미친놈입니다. 혹시라도 지금 이 자식이 했던 말을 믿는 거 아니죠?"

그런데 뭔가 이상했다. 최진욱의 폭로 직후부터 안경남과 노랑머리는 뭔가 캥기는 게 있는 것 같은 얼굴로 변했다.

최진욱이 두 사람에게 말했다.

"내가 일찌감치 너희들 정보 다 파악했어. 외국계 기업 들먹이며 카페 같은 곳에서 여자들 후리는 게 너희들 하는 일이잖아."

최진욱의 추궁에 물론 두 사람은 어이없어 했다. 하지만 애초의 매너 있고 핸섬한 모습은 사라지고 없었다. 그런데 최진욱은 이들의 정보를 어디서 파악했다는 것인가. 아마 차 번호라거나 하는 것을 단서로 친분이 있는 공적기관 직원에게 의뢰해서 알아냈을 것이다. 물론 그것은 어찌 보면 고마운 일이기는 하지만, 카페에서 줄곧 나를 지켜보며 상대방의 뒷조사를 했다는 것은 무서운 일이기도 했다.

나와 임미숙은 차에서 내려 세 사람이 실갱이 하는 것을 내버려 두고 도망치듯 그 자리를 빠져나왔다. 한참을 걸어와서 뒤를 돌아다보니 두 명의 남자는 차를 타고 떠나고 최진욱 혼자 서서 이쪽을 쳐다보고 있었다.

임미숙이 내게 물었다.

"저 사람 도대체 누구야?"

"스토커."

"스토커라고?"

나는 고개를 설레설레 흔들었다.

"내가 볼 때는 스토커지만 자기는 나의 보호자래."

"그건 그렇고, 저 사람이 했던 말 뭐지? 그 두 남자가 사기꾼이라고 했잖아. 사실 나는 그 말이 마음에 걸려서 재빨리 빠져나온 거야."

"저 사람 스토커지만 거짓말은 잘 안 하는 사람이기 때문에 맞을 수도 있어."

"하여간 남자들은 믿을 수가 없다니까."

그건 대충 맞는 말인 것 같았다. 사실 남자인 나도 같은 남자는 잘 믿지 않는다. 다 그렇다는 건 아니지만 간교한 남자들도 적지 않은 게 사실이기 때문이다. 그건 그렇고 최진욱이 신경쓰였다. 나를 보호해야 한다는 사명감으로 무장한 그가 계속 나를 스토커한다면 언젠가는 나의 정체가 탄로날 수도 있었기 때문이었다.

그녀의 마음이
내게로

다음날 출근해서 근무를 하다가 인터넷에서 깜짝 놀랄 기사를 하나 읽었다. 바로 까마귀에 대한 것이다. 흔히 기억력이 나쁜 사람에게 '까마귀 고기를 먹었나?'라고 힐난을 하는 경우가 많은데, 사실은 까마귀가 동물 가운데 가장 지능이 뛰어나다는 것이다. 기사에는 그 예를 몇 가지 들었는데, 영국에서 유리관 속에 먹이를 넣어두고 철사를 던져주었더니 까마귀가 입으로 철사를 구부린 후, 그걸 도구로 사용해서 먹이를 꺼내 먹었다고 한다.

또 어느 까마귀 무리는 호두를 물어와 아스팔트위에 던져두고 신호가 빨간불에서 파란불로 바뀌기를 기다린다고 한다. 신호가 바뀌면 차들이 달려와 호두를 밟고 지나가는데, 이때 까마귀는 다시 신호가 빨간불로 바뀌기를 기다렸다가, 신호가 바뀌면 도로가 텅 비므로 그때 호두의 알맹이를 쪼아 먹는다는 것이다.

기사에는 까마귀의 지능이 어린아이 5살 정도에 이른다고 했지만, 사실 위에 예를 든 것들은 성인인 나도 금방 생각해내기 어려운 것들이었다.

그건 그렇고, 오늘은 한승연을 찾아갈 생각이었다. 여자로서가 아니라 본래의 나 자신인 남자로 찾아갈 것이다. 이미 사전 작업은 완전무결하게 해 두었다. 그녀와 여자로서 친해져, 내가 그녀에게 안성맞춤의 배필이라는 것을 세뇌시켜 놓은 것이다. 아마 그녀는 나에 대해 진지하게 생각하고 있을 것이다.

나는 퇴근 후, 상큼한 한승연으로부터 호의적인 대우를 받을 것을 기대하며 이진수 커피전문점을 찾았다. 하지만 그녀의 반응은 나의 기대를 산산조각 내는 것이었다. 나는 다른 날보다 유난히 밝게 인사를 건넸으나, 그녀는 무심하게 고개를 한 번 끄덕이고 말았을 뿐이었다.

테이블에 앉았을 때 그녀가 다가와 메뉴판을 건넸는데, 나는 시종 그녀의 눈치를 살폈으나, 나를 진지하게 생각하는 구석은 눈꼽만큼도 발견할 수가 없었다. 그렇다고 나를 냉대한 건 전혀 아니었지만, 수많은 손님 가운데 한 명으로 대하는 것 이상도 이하도 아니었다.

나는 좌절감을 감추고 여느 때처럼 노트북과 컴퓨터 서적을 꺼내서 업무에 전념하는 척했다. 시선은 모니터에 두고 있었지만 머릿속으로는 온갖 부정적인 생각들이 떠돌았다. 이게 도대체 어떻게 된 것인가. 내가 여자로 변신해 그녀에게 했던 말들을 다 잊어버린 것인가. 아니면 여자의 마음은 원래 겉과 속이 다르므로 관심이 없는 척을 하는 것인가. 그도 아니면 그동안 다른 남자에게 넘어가 버렸을까. 사장이 추근댄다고 하더니 내가 안 나타난 동안 사장이 그녀를 어떻게 해 버렸을지도 모른다. 사장은 한승연에게 맥주 한 잔을 사주며 온갖 감언이설로 그녀를 설득해서 여관에 데려갔을지도 모른다. 순수한 그녀가 늙다리 사장 앞에서 옷을 벗었을 생각을 하니 질투심이 부글부글 끓어올랐다.

혹시 시간이 지나면 달라질지 모른다는 생각으로 기다려 보았지만 내가 들어온지 20분이 지나도록 그녀는 나에게 눈길조차 주지 않았다. 더이상 죽치고 있으니 그냥 가버리는 게 나을지 모른다는 생각을 하다가, 어쩌면 한승연은 내가 좀 더 적극적으로 나오기를 기다리는 것인지도 모른다는 생각이 퍼뜩 들었다.

그래서 화장실을 갔다오는 길에 일부러 그녀가 앉아 있는 곳으로 가서 먼저 말을 걸어보았다.

"안녕하세요? 저 기억하시죠?"

나의 목소리는 살짝 떨리고 있었다. 확실히 여자로 변신했을 때와는 달랐다. 그녀가 냉대하면 진짜 죽을 맛이겠다는 염려가 있었는데, 다행히 그녀는 밝게 응대했다.

"안녕하세요?"

"여전히 아름다우시네요."

그렇게 말을 하고 나 스스로도 놀랐다. 여자에게 예쁘다느니 아름답다느니 하는 말은 살아오면서 한 번도 해본적 이 없었기 때문이었다. 여자로 변신해 그녀가 내게 호감을 갖고 있다는 걸 알게 되니 용기가 생긴 것 같았다.

"정말요?"

"물론입니다."

그녀가 좋아하는 모습을 보고 여자들의 심리에 대해 나도는 말들이 틀린 게 아니라는 걸 실감했다. 여자들은 자신의 외모를 칭찬하는 걸 진짜 좋아한다는 것이다. 우스갯소리지만, 여자들은 감옥에 있더라도 거울만 있으면 행복할 수 있다고 한다.

일단 이 정도만으로도 큰 진전이라는 생각에 나는 살짝 인사를 하고 다시 나의 자리로 돌아왔다. 그리고 잠시 후 놀라운 일이 일어났다. 한승연이 한가한 시간이 되자 내쪽으로 걸어오더니 내 옆자리에 앉는 것이 아닌가.

그녀는 모니터를 바라보며 말했다.

"프로그램 만드시는 거예요?"

"그렇습니다."

"프로그래머로 발표하신 것도 있어요?"

"그럼요. 한 번 보여드릴까요?"

한승연이 그렇게 해 달라고 하기에 나는 인터넷을 검색해서 내가 예전에 다니던 회사에서 만든 게임을 보여주었다.

"와! 이걸 직접 만드셨다고요?"

"물론 나 혼자 만든 건 아닙니다. 다만 중요한 참여자 가운데 한 명이었다는 거죠."

"대단하시네요."

나는 아무것도 모르는 듯한 태연한 얼굴로 그녀에게 물었다.

"그건 그렇고, 지난번에 누가 사주를 잘본다고 하셔서 생년월일 시를 적어가신 것 같은데, 결과가 나왔나요?"

"아 그거요? 내가 그 언니에게 물어봤더니, 사주는 그냥 평범하대요."

이번에도 한승연은 귀여운 거짓말을 하고 있었다.

"착하게 살면 복받는 사주라던가⋯⋯아무튼 그런식으로 말씀을 해 주더라고요."

"아, 그렇군요. 나는 원래 착하게 사는 편이니까 잘 되겠네요."

그리고 한승연이 일어서려고 했는데, 나는 기회를 놓치면 안 된다는 생각에 얼른 그녀에게 말했다.

"아무튼 사주까지 봐주셔서 감사한데, 언제 제가 식사라도 대접하면 어떨까요?"

"글쎄요."

그녀의 표정은 애매했다. 하지만 내가 여자로 변신했을 때 그녀가 내게 호감이 있다는 걸 들었기 때문에 나는 용기를 내서 밀어붙였다.

"우선 연락처라도 좀 알았으면 합니다."

그녀는 잠깐 망설이는 듯 하다가 메모지에 자신의 휴대폰 번호를 적어 내게 밀어주었다. 나는 고맙다고 말하고 메모지를 소중히 주머니에 챙겼다. 그리고 다시 내 작업을 하는 척하며 한승연을 살펴보았더니, 그녀는 여느 때로 돌아가 자신의 일을 열심히 하고 있었다.

오늘은 이 정도로 마무리하는 게 좋다는 생각이 들어, 나는 테이블을 정리하고 커피전문점을 나왔다. 여자로 변신해서 그녀가 내게 관심이 있다는 걸 알아냈다고 해서 일이 다 풀린 건 전혀 아니었다.

그녀와 실제로 맺어지게 만드는 것은 남자인 본래의 나 자신이 해야 할 일이었다.

요즘 유행하는 말 가운데 하나가 '썸녀 썸남'이라는 것이었다. 연인이 될 가능성이 있는 상대를 그렇게 부르는 것 같은데, 내가 바라보는 한승연에게 딱 들어맞는 표현이었다. 아직 그녀가 나를 연인으로 점찍은 건 아니었지만 호감이 있는 걸 분명히 알고 있고 또 연락처까지 직접 적어주었으니 가능성은 상당히 높았다. 그렇다, 한승연은 나의 '썸녀'였다.

내게는 썸녀를 둔 다른 남자들과는 다른 결정적인 장점이 하나 있었다. 그것은 내가 여자로 변신해 그녀의 마음을 확인해 볼 수 있다는 사실이었다. 나는 집으로 돌아와, 부리나케 여자로 변신하고 다시 오진수 커피전문점을 찾아갔다.

"언니 오서오세요."

내가 일부러 한가한 시간에 찾아갔기 때문에 한승연은 나를 무척 반기며 나를 테이블로 이끌었다. 나는 딴청을 피웠다.

"여기 커피 중독되나봐. 이곳에서 커피를 마시고 나니 다른 집 커피는 못 마시겠는 거 있지?"

"울 사장님이 고급 원두를 사용해서 그런 듯."

"어쩐지."

나는 커피를 한 모금 입 안에 넣고 음미하는 표정을 지었다. 하지만 사실은 아무 것도 느낄 수 없었다. 나는 원래 커피맛을 전혀 모른다.

아무래도 한승연이 자발적으로 오늘 있었던 일을 털어놓을 것 같지가 않아, 내가 슬쩍 먼저 물어보았다.

"잘 돼?"

"뭐가요?"

"지난번에 내가 사주 봐줬던 남자……컴퓨터 프로그래머라고 했던가?"

"아, 그분이요?"

"그래, 그 뒤로 만나봤어?"

"실은 오늘…….'

"오늘 찾아왔어?"

"네."

"이야기 좀 해 보지 그랬어. 사주를 보니 두 사람은 궁합이 잘 맞던데."

"그말은 맞는 것 같아요. 몇 번 만나지도 않았는데, 편하게 느껴지기는 하더라고요."

"그렇다니까."

한승연은 내쪽으로 상체를 내밀고 비밀스럽게 말했다.

"실은 오늘 내 연락처를 알려줬어요."

"정말?"

"호호호, 내가 오늘 일부러 아는 척을 안했거든요. 그러니까 그 사람 애가 닳아서 나한테 오더니 아름답다느니 하는 말을 하는 거 있죠?"

"일부러 아는 척을 안 했어?"

"그래야죠. 여자가 먼저 대시하면 남자들이 우습게 보잖아요."

"그건 그렇지."

"그래서 내가 그 사람 옆에 살짝 앉았더니 그때부터 엄청 떨더라고요?"

그 말은 백퍼센트 사실이었다. 나는 그녀가 내 옆에 앉았을 때 말을 제대로 할 수 없을 정도로 당황했었다. 나 나름대로는 그런 감정을 숨긴다고 숨겼음에도 그녀는 다 알고 있었던 것이다.

"아무튼 승연씨도 그 사람에게 연락처를 알려줬다면 마음은 정했다는 거네?"

"그건 아니에요."

그녀의 단호한 대답에 내 가슴이 철렁 주저앉는 것 같았다.

"왜? 마음에 안 들어?"

"분명히 그 사람이 편하게 느껴지는 건 있지만 사랑의 감정은 아닌 것 같아서요."

"아, 그렇구나."

그리고 한승연은 고개를 왼쪽으로 기울이며 중얼거렸다.

"만일 사장님과 그 사람을 딱 반반씩 섞어 놓으면 딱 내 이상형인데."

"사장님? 그럼 승연 씨는 아직 사장을 정리하지 않은 거야?"

"그게요. 사장님은 아무래도 나이가 있어서 그런지, 나를 다정다감하게 대해 주시거든요. 반면에 그 사람은 순수하고 편한 점이 장점이고요. 그래서 둘의 장점을 딱 섞어놓으면 좋겠다는 뜻이에요."

대충 한승연의 생각을 알 것 같았다. 내게 호감을 느끼는 건 분명하고, 사귈 의사도 있기는 하지만, 어딘가 2퍼센트 부족하다고 느끼고 있는 것이다. 그건 맞는 말 같았다. 내게는 여자들이 좋아할 요소가 분명히 있지만 결정적인 한방이 부족했다. 여자를 확실히 사로잡는 기술이 없는 것이다. 그녀의 속마음을 알았으니 이제 대책을 세워 공략할 차례였다.

나는 마지막으로 정말 궁금한 걸 물어보았다.

"그런데 승연아, 연락처 알려줬다면서?"

"네."

"만일 연락 오면 만날 거야?"

"글쎄요."

한승연은 애매한 표정을 지었다가 내게 물었다.

"어떻게 할까요?"

나는 잠시 생각하는 척을 하고 나서 대답했다.

"어차피 결정은 네가 하는 것이겠지만 사람이란 기회가 왔을 때 빨리 쟁취해야 해. 만일 그 사람에게 끌리는 점이 있다면 인연이 있기 때문 아니겠니? 그러니 현명하게 잘 생각해서 결정해."

"고마워요, 언니."

"난 이만 갈게."

나는 일어서서 조진수 커피전문점을 나왔다. 한승연의 입장이 애매한 게 아쉽기는 했지만 그래도 지금까지는 작전이 잘 먹혀들어가고 있다는 생각이 들었다.

첫 통화

확실히 심리적인 면에서 남자와 여자는 다르다는 생각이 들었다. 내가 남자라서 그런지는 모르겠지만, 나는 좋으면 이것저것 생각할 것 없이 대시를 하게 되는데, 여자는 연애에서도 여러 가지를 복잡하게 생각하는 경향이 있는 것 같았다. 여자로 변신해서 한승연과 대화를 해 보았지만 그녀의 의사를 확실히 확인하지는 못했다. 싫은 건 절대 아니지만 그렇다고 확 끌리지도 않는다는 것인데, 그녀의 태도가 애매하다 보니 내가 그녀에게 다가가는 방법도 제한적일 수밖에 없었다. 그 점은 그녀의 속마음을 전혀 모를 때와 별반 차이가 없었다. 내가 싫은 건 아니라는 것 정도는 남자로 접근했을 때도 충분히 알 수 있는 면이었다.

그런 생각을 하는 도중 우연찮게도 인터넷을 검색하다가 남녀의 차이에 대해 기록해 놓은 내용을 읽게 되었다. 남녀의 차에 대해 여러 가지를 늘어놓았는데, 눈에 띄는 내용 하나는 '남자란 감정을 직설적이고 폭발적으로 발산하는 것이 큰 단점.' 이라는 것이었다. 그에 반해서 여자는 느리고 완만하게 감정에 반응한다고 쓰여 있었다. 그걸 읽고 나니 한승연을 비롯한 여러 여자들의 성향이 이해되는 것 같았다. 하지만 머리로 이해했다고 곧장 성공적인 결과를 끌어낼 수 있는 건 전혀 아니다. 여자가 대충 어떻다는 걸 알았어도, 근본적으로 나는 여자가 아니라 남자이므로 완전히 이해하고 그녀들에게 대처하는 일은 불가능한 것이다.

한승연이 직접 전화번호를 적어준 메모지를 소지하고 있는 나는, 세상의 모든 남자가 이런 상황에서 겪는 것과 똑같은 감정을 겪고 있었다. 내가 데이트 신청을 해서 그녀가 어떻게 나올지 알 수 없어 초조한 것이다.

다음날 도서관에서 근무를 하는 내내 과연 어느 타이밍에 그녀에게 전화를 하는 게 좋고, 과연 어떤 방법으로 그녀에게 데이트 신청을 해야 할지를 궁리하다가, 갑자기 생각하지 못한 문제가 하나 있음을 알게되었다. 나는 여자로 변신한 상태에서 한승연과 연락처를 교환했던 일이 있는데, 만일 내가 똑같은 번호를 이용해 전화를 건다면, 당연히 그녀가 황당하게 생각할 것이라는 점이다. 그녀가 바보가 아니라면 여자로 변신한 나와 남자인 내가 휴대폰 번호가 같은 것에 대해 의심할 것이 확실하다.

생각이 거기까지에 이르니 성급하게 연락을 하지 않은 게 천만다행이다 싶었다. 이 문제를 해결하는 방법은 간단하다. 휴대폰을 하나 더 구입해서 그걸로 그녀와 통화를 하면 되는 것이다. 나는 근무가 끝나자마자 부리나케 휴대폰 매장으로 가서 가장 저렴한 구형 폴더폰을 하나 새로 구입했다.

이제 모든 준비는 끝났다. 운명의 시간이다. 더 늦출 수는 없다. 내가 바보처럼 머뭇거리는 사이 사장이 그녀를 차지할지 모른다. 나는 집으로 돌아와 휴대폰을 눈앞에 꺼내놓고 노려보았다. 그리고 심호흡을 몇 번 한 후, 그녀의 번호를 또박또박 눌렀다. 긴 신호음에 이어 마침내 그녀의 목소리가 건너왔다.

"여보세요?"

나는 떨리는 목소리로 인사를 건넸다.

"안녕하세요? 어제 대화 나눈 컴퓨터 프로그래머입니다. 기억하시죠?"

다행히 그녀는 밝은 인사를 건네왔다.

"안녕하세요?"

"전화 목소리 좋으시네요?"

"호호호, 목소리 안 좋은 편인데……."

"아닙니다. 쟁반위에 옥구슬 굴러가는 듯 합니다."

어디선가 주워 들은 말을 인용한 것인데, 불행히도 그녀는 전혀 이해를 못했다.

"쟁반위에 뭐가 굴러간다고요?"

"쟁반위에 옥구슬이……."

"옥구슬은 쟁반에 담는 건가요?"

나는 진땀이 흘렀다.

"그냥 목소리가 그만큼 좋다는 의미로……."

"그러니까요. 목소리 이야기 하시다가 갑자기 쟁반에 옥구슬 담는 이야기를 하셔서………."

"그냥 넘어가죠."

"그래요."

"그건 그렇고, 이번주 주말에 어떠세요?"

나로서는 대단한 용기를 내어 데이트 신청을 했는데, 아쉽게도 그녀가 바쁜 듯했다.

"죄송해요. 지금 손님이 많이 있어서 통화하기가 좀………한가해지면 제가 연락드리면 안 될까요?"

"그러세요."

통화를 마치고 생각해보니 확실히 그녀는 내게 호감이 있는 게 분명했다. 물론 아직 데이트를 성공시킨 건 아니지만, 가능성은 훨씬 높아졌다. 뭐든지 앞질러 생각하는 나의 머릿속으로 그녀와 연인이 되어 밀어를 주고 받는 상상이 떠올랐다. 아니, 솔직히 말하면 나의 상상 속에서는 벌써 그녀와 키스를 나누고, 그 이상의 뜨거운 관계를 맺는 영상들이 흘러가고 있었다.

그런데 그때 휴대폰이 울렸다. 두 개의 휴대폰을 소지하고 있는 나는 잠시 헷갈려하다가 지금 울리고 있는 휴대폰은 여자로 변신한 나의 휴대폰임을 알고 다소 실망했다. 그런데 휴대폰에 찍힌 번호가 낯익었다. 그것은 한승연의 번호였다. 다시 말해서 그녀는 나와 통화를 마치고 여자로 변신한 나에게 전화를 건 것이다.

나는 잽싸게 음성 변조기를 부착하고 그녀의 전화를 받았다.

"여보세요?"

"언니, 나에요."

"아, 승연이구나?"

"바쁘세요?"

"안 바뻐."

"상의드릴 일이 있어서."

"뭔데?"

"그 프로그래머 이야기에요."

"그래? 나도 그 이야기 궁금하니까 하고 싶은 말 마음대로 해."

"조금 전에 그 사람에게 전화가 왔는데, 아무래도 이번주에 만나자고 할 것 같아요."

"연락처 적어 갔으면 당연한 거 아닐까?"

"그렇기는 한데, 어떻게 하면 좋을까요?"

"네 마음은 어떤데?"

"좋은 사람이라고 생각하고, 관심도 분명히 있지만, 한 번에 오케이를 하면 날 쉽게 생각하지 않을까요?"

"그건 그렇지만, 그 사람이 순수한 사람이라 만일 거절을 하면 다시 연락을 안 할 수도 있잖아."

"정말 그럴까요?"

"그럴지도 모른다고. 예전에 영화를 봤는데, 두 남녀가 너무 순수해서 사소한 것으로 영원히 헤어지게 되었어. 그런데 수 십 년이 지난 다음 만나서 그때를 돌이키며 뼈져리게 후회를 하더라고. 두 사람이 늘그막에 만난 곳이 요양원이었는데, 정말 비참하고 쓸쓸해 보였다고."

"호호호, 언니, 그 정도는 아니에요."

"물론 그 정도는 아니겠지만 사소한 자존심 때문에 운명의 짝을 잃을지도 모른다고 생각해봐."

"그러면………"

"하여간 나중에 후회하지 않도록 현명하게 대처해."

"알겠어요."

그리고 통화를 마쳤는데, 내가 조언을 해줬다고 한승연이 그대로 따르리라는 보장이 있는 건 아니었다. 당장 그녀로부터 연락이 안 올 수도 있었다. 하지만 그녀의 마음을 실시간으로 확인할 수 있다는 사실은 큰 도움이 되었다. 그녀의 마음 상태가 어떤지를 알고 보니 심각하게 초조해지지 않았다.

거의 1시간이 지난 후 한승연으로부터 연락이 왔다.

"죄송해요. 갑자기 바빠져서 늦었어요. 아까 무슨 말씀 하셨죠?"

역시 이번에도 그녀는 귀여운 거짓말을 하고 있었다.

"주말에 시간이 어떠신지……."

"아, 주말에요?"

"네…….."

"토요일이 쉬는 날이라 잠깐은 시간을 낼 수 있을 것 같아요."

"감사합니다. 어디가 좋을까요?"

"인사동 어떠세요?"

"괜찮습니다."

나와 한승연은 인사동에서 토요일 오후 4시에 만나기로 약속을 정하고 통화를 마쳤다. 가슴이 심하게 뛰었다. 데이트 경험이 전혀 없는 건 아니지만, 한승연 급의 여자와는 처음이었다. 뭐든지 앞질러 생각하는 성향의 내 머릿속으로는 그녀와 잘되는 상황이 영상으로 꾸며져 무한정 흘러가고 있었다. 그동안 멋진 여자를 애인으로 만들었을 때 꼭 해 보고 싶은 것들이 여러 가지 있었는데, 이제 그것들이 눈앞에서 현실화되기 직전에 이른 것이다.

나의
썸녀

한승연과 단 둘이 데이트를 하게 되었다는 설레임에, 그냥 잠자코 앉아 있게 되지가 않았다. 그렇다고 누구에게 자랑 할 만 한 일도 아니었기 때문에 혼자 산책이라도 하며 달콤한 기분을 음미하고픈 마음에 외출을 했다. 이번에는 여자로 변신해서가 아니라 본래의 나 자신인 남자로 돌아가서였다.

하루의 대부분을 여자로 변신해서 생활하다가 가끔 남자로 돌아가 생활을 하면 날아갈 듯한 해방감이 느껴졌다. 그것은 단순히 남자가 더 자유롭기 때문이 아니라, 내가 여자가 아니라 남자이기 때문인 것이다. 원래 나 자신의 성으로 돌아가니 훨씬 자연스러워질 수 있는 것이다. 다만 남자로 돌아가면 여자들과는 쉽게 친해지기가 어렵다. 그래서 나는 여자로의 생활을 계속하고 있는 것이다.

"안녕하세요?"

누군가 나를 불렀다. 나는 걸음을 멈추고 뒤를 돌아다보았다. 놀랍게도 나를 부른 것은 피아노 학원 원장인 임미숙이었다.

"언니!"

나는 반사적으로 그녀를 향해 외쳤다. 그러자 임미숙의 얼굴이
의아하다는 듯한 표정으로 변했다. 그제서야 나는 실수를 했음을
알아차렸다. 나는 지금 여자가 아니라 남자인 것이다. 나는 머리를
긁적이며 얼버무렸다.

"죄송합니다. 방금 드라마를 보다가 나와서 말실수를 했네요."

"아, 네."

임미숙은 조용히 웃었다. 그런데 그녀의 나에 대한 태도는 여느
때와 달랐다. 일단 거리에서 나를 부른 것 자체도 평소와는 다른 것
이었고, 나를 향해 부드러운 미소를 짓는 것은 더욱 생각해 보지 못
한 일이었다. 그녀는 부드럽게 내게 물었다.

"아직도 피아노 배우고 싶으세요?"

"배우고 싶은 마음은 있는데, 원장님이 하도 야박하게 거절을 하
셔서……."

"그때는 내가 좀 바쁠때라서 그랬어요. 나중에 생각하니 미안해
지더라고요. 혹시 아직도 배우고 싶은 마음 있으시면 언제 한 번 학
원으로 찾아오세요."

"알겠습니다."

임미숙은 나를 향해 다시 한 번 미소를 띠고 자신의 학원쪽으로
갔다. 나는 잠시 멍하니 서 있었다. 이것은 또 무슨 운명의 장난이
라는 말인가. 임미숙에 대해서는 여자로 변신해 허물없는 사이가
되기는 했지만 남자로서 접근하는 일은 거의 포기 상태였다. 내가

남자였을 때 너무나 차갑게 대했기 때문이었다. 그런데 조금 전의 그녀는 마치 다른 사람처럼 나를 향해 부드러운 웃음을 지으며, 학원을 방문해 달라고 부탁을 하고 있었다.

나는 갑자기 싱숭생숭해졌다. 한승연과 데이트를 앞두고 있음에도 다른 여자의 호의에 혹하는 마음은 모든 남자의 공통점일까. 그러나 다음 순간 정신을 차리자는 자각이 생겼다. 두 마리의 토끼를 잡으려다가는 한 마리도 못 잡게 된다는 속담이 있다. 지금은 한승연에게 집중해야 할 때다, 라고 생각하며 나는 머리를 흔들었다.

한승연과 데이트가 있는 토요일은 근무가 없는 날이었다. 나는 잠에서 깨자마자 오늘은 여자로 변신을 하지 않아도 된다는 걸 알고 만세라도 부르고 싶은 심정이 되었다. 그만큼 여자로 생활하는 게 쉽지 않다는 것의 반증이었다.

오후 4시까지는 아무 할 일이 없어, 느즈막한 시간에 유창수 사무실을 찾아갔다. 유창수를 비롯한 몇 명이 열심히 프로그램 작업 중이었다. 그들이 보여준 샘플링을 보니 감탄사가 절로 나왔다. 지금까지 나왔던 어떤 채팅 프로그램보다도 참신했고, 퀄리티도 높았다.

"당장 몇 억만 있으면 좋겠는데, 이건 만들기만 하면 무조건 대박이야."

유창수가 아쉽다는 얼굴로 내게 토로했다. 내가 도움을 주기를 바라는 뉘앙스가 느껴졌지만 나로서도 방법이 없었다. 윤남진을 잘 구슬리면 투자를 받을 수도 있겠다는 생각은 하고 있었지만, 그건 나 자신을 속여야 하는 일이기 때문에 그다지 내키는 방법이 아니었다. 또 설령 내가 그를 속이자고 마음 먹고 달려든다고 하더라도 일이 성사되리라는 보장이 있는 것도 아니었다.

유창수 사무실에서 시간을 보내다가 3시가 조금 넘었을 때 한승연과의 약속장소인 인사동의 찻집으로 향했다. 전철을 타고 가는 내내 가슴이 설레었다. 오늘은 여자로서 여자를 만나는 게 아니라, 남자로 서 여자를 만나는 것이었다. 실로 오랜만이었다.

약속장소인 찻집에 들어섰을 때는 마침 4시 정각이었다. 혹시 그녀가 마음이 바뀌어 안 나올지도 모른다고 걱정하고 있을 때 한승연이 찻집으로 들어섰다. 그녀는 여신이었다. 찻집 안에는 많은 여자들이 있었지만 그녀가 가장 아름다웠다. 가장 아름다운 그녀가 오직 나를 만나기 위해 걸어오고 있다는 사실에 나는 감격했다. 내가 중세의 기사라면 그녀의 손에 입을 맞추고 무릎을 꿇는 예를 표했을 것이다.

하지만 현실의 나는 허둥지둥 대며 떨리는 목소리로 인사를 건넸다.

"어서 오세요. 만나서 반갑습니다."

"안녕하세요?"

"오늘따라 유난히 멋지시네요."

"오빠도 괜찮으신데요?"

"아, 네."

나는 히죽이 웃으며 대답했지만, 속으로는 구름위에 뜬 기분이 되었다. 한승연은 방금 나를 오빠라고 불렀다. 오빠…….이 얼마나 아름다운 호칭인가. 아마 경험해 보지 않은 사람은 죽어도 모를 것이다. 좋아하는 여자가 나를 오빠라고 불러줄 때의 감동을…….

그런데 이상하다. 여자로 변신해서 한승연을 만났을 때는 진짜 스스럼없이 말도 잘하는데, 남자로 돌아가서 만나니 왜 이렇게 입이 안 떨어지는 걸까. 그건 한승연도 마찬가지였다. 내가 여자였을 때 그녀는 정말 애교도 많고 말도 잘했는데, 내가 남자로 돌아가니 입을 꽉 다물고 딴청만 피우고 있었다. 나는 이렇게 어정쩡하게 시간을 보내다가 헤어질 수는 없다는 생각에 입을 열었는데, 내가 듣기에도 이상하게 느껴질 만큼 목소리가 떨려서 나왔다.

"커피숍에서 열심히 일하는 모습보고 진짜 반했어요."

"그래요? 고맙습니다. 하지만 반했다고 하시니 부담도 살짝……."

"내가 너무 진도가 빠른가요?"

"좋은 분이라고 생각하지만 아직 서로에 대해 모르잖아요."

"그건 그렇지만……"

만일 평상시에 상대방으로부터 이런식의 말을 들었다면 나는 크게 실망했을 것이다. 오빠라고 부른 건 분명히 좋은 징조였지만 부담된다고 하고 아직 서로에 대해 모른다는 식으로 말하는 한승연의 마음은 진짜 짐작조차 불가능했다. 하지만 나는 이미 여자로 변신해 그녀가 내게 호감을 갖고 있다는 걸 알고 있었기 때문에 작은 장애에 굴복하지 않고 밀고 나갈 수 있는 자신감이 생긴 것이다.

나는 용기를 내어 말했다.

"승연 씨에게 내가 어떻게 보일지는 모르겠지만, 나는 무언가 큰일을 할 사람입니다. 그저 그런 보통 남자들과는 다르죠."

"컴퓨터 프로그래머로요?"

"그렇습니다. 지금 내가 참여하고 있는 것이 제대로 만들어지기만 하면 엄청난 히트를 할 거라고요. 페이스북의 창업자가 얼마나 많은 돈을 벌었는지는 알고 계시죠?"

"대충……."

"물론 그 정도까지는 장담할 수 없지만, 적어도 대한민국 수준에서는 최고가 될 수 있습니다."

"자신감이 대단하시네요."

"오늘이 나에게나 승연 씨에게나 중요한 순간이 될 수 있어요."

나의 자신감 있는 태도가 어느 정도 효과를 본 듯 했다. 한승연은 빙그레 웃으며 나를 다시 한 번 쳐다보았다.

나는 내친김에 계속 밀어부치기로 했다.

"저를 더 잘 알고 싶으시다면 제가 일하는 곳을 한 번 구경하실래요?"

나는 유창수의 사무실을 떠올리고 있었다. 이렇게 어정쩡하게 시간을 흘러보내는 것보다는 그곳에서 사람들과 어울려 일하는 모습을 보여주는 게 낫다고 생각한 것이다.

"여기서 멀어요?"

"택시 타면 10분밖에 안 걸립니다."

한승연도 좋은 생각이라고는 생각하지만 선뜻 동의하기가 뭣한 듯 휴대폰으로 시계를 보며 말했다.

"잠깐 들를 시간은 있을 것 같네요."

택시를 타고 유창수 사무실로 가 보니 유창수 혼자 사무실을 지키고 있었다. 그는 소파에서 컵라면을 먹다가 내가 웬 아리따운 여자를 데리고 들어오자 눈이 휘둥그레졌다.

"이분은 누구신지……?"

나는 대충 한승연을 소개했다.

"그냥 아는 후배야."

한승연과 유창수는 어색하게 인사를 교환했다. 유창수는 한승연의 외모에 압도된 얼굴이었다. 무엇보다 이 정도 여자를 내가 데리고 왔다는 것에서 상당히 놀라고 있는 것 같았다. 이 사무실에도 여자가 없는 건 아니었다. 유창수의 후배 가운데는 여자도 두 명 있기는 했지만 도통 여자다운 구석이 없어 여자가 없다는 느낌으로 출입을 했었다.

"컴퓨터 프로그램 작업하는 걸 좀 보여주려고 데려왔어."

"아, 그래. 잘 했어."

유창수가 컴퓨터를 켜서 근래에 작업중인 프로그램을 보여주었다. 나는 한승연을 의자에 앉혀 놓고 알기 쉽게 프로그램에 대한 설명을 했다. 한승연이 프로그램을 조작해 보는 사이, 유창수가 나를 따로 부르더니 한승연을 눈짓으로 가리키며 물었다.

"누구야?"

"썸녀."

"진짜?"

"그러니까 좀 도와주라."

"오케이."

유창수는 한승연에게 프로그램을 보여주며 이 프로그램이 얼마나 대단한 것인지, 그리고 이 프로그램의 제작에 내가 얼마나 중요한 역할을 맡고 있는지를 자세히 설명해주었다. 거기까지는 진짜 좋았다.

나는 이 정도면 한승연에게 나의 위상을 충분히 어필했을 것이라고 생각하고, 이제 단 둘이 만나 본격적인 공략을 할 생각으로 한승연에게 그만 나가자고 했는데, 유창수가 따라나서며 말하는 것이었다.

"내가 잘 아는 호프집이 있어."

나는 당황해서 말했다.

"넌 일해야 되잖아."

"아니야. 오늘 할 일은 다 끝내놓았어."

그의 표정을 보니 죽어도 함께 가기로 작정을 한 듯 했다. 이게 아닌데 하면서도 나는 어쩔 수 없이 그를 따라나섰다.

그래서 셋이 호프집에 마주앉았는데, 가장 말이 많은 사람은 유창수였다. 물론 그는 시종 나를 치켜세웠다. 그러나 그 정도가 지나치다보니 진짜 나를 위한 것인지 의문이 들기 시작했다.

"동규하고는 쭉 일을 함께 해왔기 때문에 아주 잘 알고 있습니다. 성실하고 의리 있고 인간성 좋은 친구죠. 프로그램 실력도 뛰어납니다. 아직 부족한 부분이 있지만, 그건 내가 잘 컨트럴을 해 주면 극복할 수 있는 부분이죠."

내 칭찬을 하는 것처럼 들리지만 잘 곱씹어 들어보면 내 실력도 뛰어나지만 자기 실력이 더 뛰어나서 내가 자신의 지도를 필요로 하기라도 한 것처럼 말을 하고 있었다. 그 뒤로는 더 가관이었다.

"동규에게 옥의 티가 있다면 사회성이 부족한 부분입니다. 그리고 자신의 생각을 체계화시키는 것이 조금 부족해 보여요. 그리고 또 하나는 잘 참다가 갑자기 감정을 폭발시키는 성격입니다. 그리고 마지막으로 너무 개인적인 성격이라 집단 작업을 할 때 오해를 살 수 있다는 것입니다…….그리고 또 하나는…….아니, 이건 프라이버시와 관련된 거니까 그만 두겠습니다. 하여간 동규는 몇 가지를 제외하면 나무랄 데가 없습니다.”

유창수는 옥의 티라고 하면서 여러가지를 나열했는데, 그의 말대로라면 나는 정신적으로 문제가 있는 인간으로 보일법했다. 그건 그렇고, 유창수는 호프집에 들어온지 2시간이 지났음에도 일어설 기미조차 보이지 않고 있었다. 게다가 한승연을 바라보는 그의 눈길이 예사롭지 않았다. 나는 서서히 초조해지기 시작했다.

나의 심정을 아는지 모르는지 유창수의 수작은 더욱 심해졌다. 그는 생맥주를 연속으로 몇 잔 들으키더니, 느닷없이 자신이 결혼 후에 살 집에 대해 털어놓기 시작했다.

“흔히 여유 생기면 전원주택을 마련하겠다는 사람이 많은데, 저는 아예 미국에 가서 살 생각입니다. 이 나라에서 집 짓고 사는 돈이면 그쪽에서도 충분히 가능하거든요. 미국의 샌프란시스코 같은 곳은 정말 대단합니다. 대략 100평가량의 땅을 먼저 구입해서 평소에 꿈꾸었던 집을 직접 설계하는 겁니다. 물론 아내와 상의를 해야 겠죠.”

그리고 그는 인테리어며, 가구 배치 따위의 전문적인 설명을 늘어놓고, 스마트폰으로 자신이 계획하고 있는 집과 근사치의 집이라며 사진을 찾아 한승연에게 보여주었다. 천만다행이었던 건 한승연이 유창수의 수작에 전혀 넘어가는 기미가 보이지 않았다는 사실이다. 그녀는 건성으로 응대를 하고 있었다. 나는 더이상은 안 되겠다는 생각에 유창수의 말을 자르고 말했다.

"승연 씨 집에 가야 할 때라 이만 술자리는 정리를 해야겠다."

"그래? 8시밖에 안됐는데?"

"승연 씨가 학교도 다니고 오후에는 아르바이트도 하는 처지라 좀 일찍 들어가야해서."

유창수는 나를 야속하다는 듯한 눈길로 노려보고는 어쩔 수 없다는 듯 일어섰다. 도대체 이 마당에 내가 왜 이놈에게 미안해 해야 하는지를 도무지 이해할 수가 없었다. 그렇다고 유창수가 나쁜 인간이라고는 생각하지 않는다. 친구의 의리를 지키기에는 한승연이 너무 예뻤을 뿐이다.

유창수를 보내는 것도 쉽지 않았다. 내가 한승연을 바래다주겠다고 하자 갑자기 놀란 얼굴로 변하더니 요새는 밤길이 위험하다며 남자 둘이 배웅을 해야 한다고 나서는 걸 억지로 제지하고 돌려보냈다.

밤길을 한승연과 나란히 걷게 되었다. 거리에는 수많은 여자들이 있었지만 그 누구도 한승연의 미모를 따라가지 못한다고 생각했다. 그렇게 생각하자니, 그녀와 단 둘이 걷고 있는 지금 이 상황만으로도 꿈을 꾸는 것처럼 행복했다.

한승연이 전철을 타겠다고 해서 전철역을 향해 걷고 있었는데, 전철역이 눈에 들어오는 거리에 이르렀을 때 내가 용기를 내어 그녀에게 말했다.

"어디가서 차 한 잔 더 하고 가지 않을래요?"

한승연은 걸음을 멈추고 휴대폰으로 시간을 보며 말했다.

"너무 늦었는데……."

"10분 정도만……."

"그 정도라면……."

그녀가 나의 부탁에 순순히 응하는 모습을 보니 가슴이 심하게 뛰기 시작했다. 어쩌면 오늘 만리장성을 쌓는 기적이 일어날 수도 있다. 첫 데이트 날 좋아하는 여자를 함락하는 것은 모든 남성들이 꿈꾸는 로망 가운데 하나이다. 데이트를 하러 나올 때만 하더라도 오늘 그녀를 어떻게 해 보겠다는 생각은 전혀 없었고, 기대도 하지 않았는데, 막상 그녀가 늦은 시간까지 나와 함께 있어 주니 슬그머니 음흉한 생각이 머릿속에 가득차기 시작한 것이다.

나는 지하에 있는 커피숍을 앞장서 들어간 후, 일부러 후미진 곳으로 그녀를 안내했다. 커피숍 자체가 지하에 있는데다가 으슥한 구석에 앉고 보니 비밀스러운 밀담을 주고받기 적당하다는 생각이 들었다.

한승연이 커피는 피하고 싶다고 하기에 둘 다 음료수를 시켰다. 카페는 다른 가게와 비교하면 상당히 좁은 편이었고, 사장으로 보이는 30대의 여성과 종업원인 듯한 20대의 젊은 여성, 둘이 운영을 하는 것 같았다. 사장인 30대 여자는 내가 알고 있는 여느 여성들과는 전혀 다른 분위기를 풍기고 있었다. 마치 무용을 하는 여자처럼 머리가 단정히 길러져 있었고 표정이 도드라지게 차분했다. 나는 속으로, 어쩌면 돈 많은 유부남을 애인으로 두었는데, 그의 도움으로 이 카페를 차린 것인지도 모른다는 식으로 생각했다.

그나저나 이제 진짜 중요한 시간이 되었다. 이 세상의 모든 수컷들을 최고로 설레고 흥분되게 만드는 것, 그것은 여자에게 무언가 고백을 할 때다. 그것은 마치 태아가 자궁을 박차고 세상으로 나오는 것처럼, 마음속에 웅크리고 있는 욕망을 밖으로 꺼집어내는 일이다. 그래서 원하는 결과를 얻게 되면 승자가 되는 것이고, 그렇지 못하면 패자가 되는 것이다.

한승연은 유창수의 사무실을 방문해서 느낀 점들을 이야기 했고, 나는 그녀의 말에 맞장구를 쳐주었다. 그러면서 나는 계속 기회를 엿 보고 있었다. 그러다가 음악이 갑자기 센치한 곡으로 바뀌었다. 존 레논의 곡이었는데, 음악에 대해 문외한인 나로서는 제목을 알 수 없는 곡이었다. 음악이 센치해지자 그녀가 갑자기 입을 다물었다. 조용한 음악이 흐르는 가운데 그녀는 음료수 잔을 들고 빙글빙글 돌리고 있었다. 그 순간 나는 지금보다 더 좋은 기회는 오지 않을 것이라고 생각했다.

"승연 씨………"

진지한 말을 하려하니 목소리가 이상해지는 것 같았다. 내 입에서 나온 소리가 아니라, 어디 다른데서 흘러나온 소리처럼 이질적으로 느껴졌다. 한승연은 음료수 잔을 내려다보다가 시선을 들어 나를 똑바로 쳐다보았다.

"승연 씨를 처음 본 순간 '바로 이 여자다'라는 느낌이 들었습니다. 승연 씨라면 나의 모든 것을 바쳐도 아깝지 않다고 생각했습니다."

여기까지의 대사를 읊고 한승연의 표정을 살펴보았다. 일단 나의 고백에 감동받은 건 아니었다. 그녀는 무표정에 가까운 얼굴로 나를 뚫어지게 쳐다보고 있었다. 아무래도 오늘은 어려울 것 같다는 판단이 섰지만 여기서 멈추면 더 이상해진다는 생각에, 끝까지 밀어부쳐보기로 했다.

"승연 씨, 사랑합니다. 오늘 저와 함께 있어 주지 않으시렵니까?"

그러면서 나는 그녀의 손에 나의 손을 포갰다. 그러자 그녀는 내 손을 밀어내며 말했다.

"어떻게 처음 데이트를 한 날 그런 말을 할 수 있죠?"

"첫 데이트지만 내 마음은 이미 정해졌습니다."

"나도 오빠를 모르고 오빠도 나를 모르잖아요."

"그건 그렇지만……."

"정말 실망했어요."

그녀는 진짜 실망한 표정으로 가방을 챙기더니 일어섰다. 나는 머릿속이 하얗게 변하는 것 같은 느낌을 받으며 그녀를 쫓아나갔다. 커피숍을 나온 그녀는 횡하니 전철역을 향해 종종걸음을 했다. 나는 환상이 깨진 자의 전형적인 모습으로 터덜터덜 걸어서 전철을 탔다. 전철안의 빈자리에 멍하니 앉아 있는데, 느닷없이 휴대폰이 울렸다. 그런데 소리가 나고 있는 휴대폰은 남자용이 아니라 여자용이었다. 발신인은 한승연이었다. 나는 재빨리 음성 변조기를 착용하고 휴대폰을 받았다.

"여보세요?"

"언니, 나예요."

"아, 그래. 승연아. 잘 됐니?"

"휴, 큰일 날 뻔 했어요."

"왜?"

"그 사람 나를 산적 소굴 같은 으슥한 커피숍으로 데려가더니 글쎄 오늘밤 함께 있자는 거예요."

"그래서?"

"그래서 딱 자르고 헤어졌죠."

"그 사람이 진심으로 이야기한 것일 수도 있잖아."

"진심인 것 같기는 했어요. 그리고……."

한승연은 잠시 머뭇거리다가 말했다.

"그 사람이 진심으로 나를 원하는 것 같아서 마음이 흔들리기는 했어요."

나는 귀가 번쩍 뜨였다.

"어쩌면 그 사람이 몇 번 더 요구를 했으면 허락을 했을지도 모르겠는 걸요."

"그래?"

"그런데 그 사람은 딱 한 번 고백을 하고 말더라고요. 내가 혼자 전철을 타러 가는데 붙잡지도 않았어요. 어쩜 그렇게 무책임할 수가 있죠?"

나는 한승연과 통화를 마치고 어안이 벙벙했다. 아까 한승연의 차가운 표정은 그녀의 진심이 아니었던 것인가. 만일 내가 좀 더 적극적이었다면 그녀와 잘 수 있었다는 것인가. 그렇게 생각하자니 갑자기 혼란스러워졌다. 역시 여자는 거대한 미스테리인 것인가.

납치

　다음날은 일요일이었지만 근무가 있는 날이었다. 나는 출근을 하자마자 한승연에게 문자를 보냈다. 만일 여자로 그녀와 통화를 하지 않았다면 그녀 마음을 알 수 없어 다시 시도하기가 쉽지 않았을 텐데, 그녀가 나를 싫어하는 게 아니라는 걸 알고 있었기 때문에 어느 정도 자신감이 있었다.

　'어제 잘 들어가셨어요?'

　한승연이 잠시 후 답장을 보내왔다.

　'어제 실망했어요.'

　나는 정중히 사과를 했다.

　'정말 죄송했습니다. 승연 씨가 너무 마음에 들다보니 그랬던 것 같네요.'

　'초면에 그런 말을 하는 남자를 어떻게 믿을 수 있겠어요?'

　'다시는 안 그러겠습니다.'

'아무튼 사무실 구경도 잘 했고 저녁도 잘 얻어먹어서 좋기는 했어요.'

'아, 다행입니다.'

대충 그 정도로 마무리를 하고 나는 안도했다. 한승연의 말투로 미루어 나와 인연의 끈을 계속 이어가고 싶은 건 분명해보였다. 하지만 여자의 마음이란 갈대처럼 늘 흔들린다는 게 문제였다. 설령 내가 여자로 변신해 그녀에 대해 속속들이 안다고 하더라도, 항상 변하는 그녀의 마음을 온전히 내 것으로 만들기는 쉽지 않은 일이었다.

한승연 문제는 일단 조급하지 않게 접근하자는 쪽으로 정리를 하고 다시 근무에 집중하려는데, 옆자리의 양미란이 내 옆구리를 쿡쿡 찔렀다. 내가 고개를 돌리자 그녀는 눈짓으로 열람실 안으로 들어오는 한 남자를 가리켰다. 그는 낡은 정장 차림의 전형적인 실업자 분위기였다. 내가 의아한 표정을 짓자 양미란이 설명했다.

"변태야."

"왜?"

"서고 사이에서 이상한 짓을 한다고 사서들 사이에서 소문이 쫙 났어."

"무슨 이상한 짓?"

"여기 있는 책 가운데 좀 야한 책들이 있는데, 그걸 보면서 마스터베이션을 한다는 거야."

"헉!"

"그러니 절대 가까이 가지 말도록 해."

도서관이라는 곳이 누구에게나 개방된 곳이다 보니 정신적으로 문제가 있는 사람이 적지 않게 있었다. 혼자 이상한 소리를 한다거나, 갑자기 소리를 지른다거나 하는 일들이 드물지 않게 일어나고는 했다. 그렇더라도 야한 책을 보며 마스터베이션을 한다는 남자는 처음이었다. 내가 여자라면 그냥 그런가 보다 하고 넘겼을 수도 있지만, 나 자신도 남자이다보니 양미란의 말을 듣는 순간부터 수치심이 생겼다. 사실 여자로 변신을 한 나 자신이 어쩌면 변태 행각을 벌이고 있는 것인지도 몰랐다.

　그리고 점심시간이 지나 서고 정리를 하려고 서고 사이를 걷는데, 등 뒤에서 이상한 소리가 들려 자연히 그쪽으로 돌아보게 되었다. 그곳에는 양미란이 말한 변태 남자가 등을 돌리고 있었다. 거친 신음 소리를 내며 몸을 흔드는 것이, 언뜻 보더라도 그가 지금 무슨 행동을 하고 있는지 알 수 있었다. 그런데 그는 내 인기척이라도 느꼈는지 문득 나를 돌아보았다. 나와 눈이 마주친 그는 부끄러워하는 기색은 전혀 없었고, 오히려 이상한 웃음을 지었다.

　보통의 여자라면 이런 상황을 빨리 피하는 게 당연하겠지만, 나는 여자가 아닌 남자였으므로 한심하다는 눈길로 그를 쳐다보았다. 그러자 그는 대담하게도 나를 향해 돌아섰다. 바지를 엉거주춤하게 내리고 성기를 손에 쥔 그의 모습은 전형적인 변태 성욕자의 모습이었다. 내가 여자라서 저렇게 나온다고 생각하니 화가 끓어 올라, 나는 성큼성큼 다가가 그의 뒤통수를 후려쳤다.

　"야 이 자식아! 할 짓이 없어서 이딴 짓을 하고 있냐?"

　내가 예상 외의 태도로 나오자 그는 갑자기 움츠러들었다.

"왜 때려? 왜 때려?"

"맞을 짓을 했으니까 때리지!"

나는 북을 치듯 그의 뒤통수를 계속 후려쳤다.

"아 씨, 그만 때려!"

"니 엄마나 누나 앞에서 그런 짓 해봐라!"

그리고 나는 열람실 한가운데로 그를 끌고 나왔다.

"왜 이래? 왜 이래?"

성기를 드러낸 그가 끌려나오자 사람들의 시선이 일시에 그에게 쏠렸다. 그제서야 수치심이라도 느꼈는지 그는 서둘러 바지를 끌어올리려 했지만 나는 그의 손목을 잡고 제지한 후, 양미란쪽을 향해 외쳤다.

"언니! 경찰 불러주세요! 이 사람이 이상한 짓을 했어요!"

"아니, 왜 죄없는 사람을 가지고 이래."

그는 계속 발버둥을 쳤지만 내가 억세게 목덜미를 붙잡고 있었기 때문에 꼼짝달싹할 수가 없었다. 양미란은 다급히 남자 직원들을 데리고 달려왔다. 두 명의 남자 직원이 달려와 증거용 사진을 찍고 그를 데리고 나갔다.

지난번 나이트 클럽 사건 때의 일도 그렇고, 이번에도 용감하게 변태남을 응징한 나에게 양미란은 대단하다고 칭찬을 연발했다. 그녀뿐 아니라, 다른 사서들도 마찬가지였다. 정독 도서관의 오랜 골칫거리를 간단하게 해결한 나는 미모와 용기를 함께 갖춘 히어로가 되었다.

군시절 훈련소에서 배운 군가가 하나 있다. '보람찬 하루 일을 끝내노라면~' 이렇게 시작하는 군가였는데, 훈련을 마치고 복귀하면서 이 노래를 부르면 고된 하루 일과가 끝났다는 홀가분함에 가슴이 벅찰 정도로 감격적이었다.

도서관 근무라는 게 지루하기 짝이 없는데, 그 와중에 다른 사서들로부터 칭찬 받을 일을 하나 하고 퇴근을 하려니 내 입에서 저절로 '보람찬~'이라는 군가의 앞 소절이 흥얼거려졌다. 오늘만은 진짜 여자이고 싶었다.

그런 흥겨운 기분으로 벚꽃나무들이 도열해 있는 정독 도서관 길을 따라 걸어나갔는데, 도서관 앞에 낯익은 중형차가 한 대 정차해 있는 게 눈에 들어왔다. 언젠가, 어디선가 본 듯한 차였는데, 바로 생각이 안나 유심히 쳐다보기만 하면서 지나치려는데, 느닷없이 차 문이 열리더니 두 명의 사내가 뛰어나와 나를 차 안으로 밀어 넣었다.

차 안으로 밀어 넣어지는 불과 몇 초 사이에, 내 머릿속으로는 그동안 인터넷에서 보았던 적이 있는 흉악 범죄들이 영화 필름처럼 흘러갔다. 납치, 살해, 암매장…….정말 인간의 뇌는 놀라운 것이었다. 그 짧은 순간에 그동안 내가 보았던 거의 모든 흉악범죄들이 떠오른 것 같다.

그리고 나는 반사적으로 나를 밀어 넣고, 양 옆으로 올라타는 두 명의 사내를 향해 주먹과 발을 내질렀다. 두 명의 사내는 비명을 지르며 고개를 숙였고, 나는 그 틈에 차 문을 열려고 도어 손잡이를 잡았다. 그때 오른편에 있는 사나이가 나를 제지하며 말했다.

"선생님, 오해하지 마십시오. 저희는 선생님을 모시고 가려는 것입니다."

납치범 치고는 너무나 정중한 목소리라서 나의 불안은 순식간에 가라앉았다. 오른쪽의 사나이는 나의 발길질에 걸어채인 복부를 손으로 감싼 자세로 내게 말했다.

"윤남진 대표님이 장윤희 선생님을 모셔오라고 말씀 하셨습니다. 사실대로 밝히면 거절할 것 같아서 결례를 무릅쓰고 일단 차에 태운 것입니다."

"윤남진 대표님이요? 왜요?"

그렇게 묻기는 했지만 이유는 뻔한 것이었다. 그는 내게 반한 것이다. 데이트 신청을 해서 승락받을 자신이 없으니 부하들을 시켜 강제로 데려오게 했을 것이다. 그리고 보니 나로서도 기회가 될 수 있었다. 지난번에는 최진욱의 개입으로 물거품이 되었는데, 그를 잘 구슬리면 억대의 투자를 받을 수가 있다는 계산이 섰다.

"대표님께서 장윤희 선생님께 긴히 드릴 말씀이 있다고 하십니다."

"아무리 그래도 그렇지, 다짜고짜 차에 태우는 법이 어딨어요?"

"죄송하게 됐습니다."

오른쪽의 사나이는 정중하게 사과를 하고 내 눈치를 보며 말했다.

"그런데 장 선생님 여자치고는 발차기가 대단하시네요."

그는 내게 걸어차인 복부를 계속 만지고 있었다. 왼쪽에 있는 사나이는 내게 얻어맞은 턱을 매만지고 있었다. 나는 속으로 그들에게 좀 미안한 마음이 생겼다.

"아, 예. 내가 호신술을 좀 배워서……."

나를 강제로 차에 태우기는 했지만 차에 탄 사나이들은 나에게 깍듯한 예의를 지켰다. 그것으로 미루어　윤남진이 어둠의 세계를 주름잡고 있는 것은 확실한 것 같았다. 보통의 샐러리맨들이라면 이 정도까지 회사 대표에게 충성하지는 않을 것이었다. 하여간 여자로 변신해서 별 희한한 경험을 두루한다는 생각이 들었다.

　20분 후 남진복지재단에 도착한 나는 두 사나이의 호위를 받으며 윤남진의 사무실로 들어갔다. 내가 들어서자 윤남진은 과장되게 양팔을 활짝 벌리며 환영 인사를 했다.

　"어서 오십시오. 저의 부하 직원들이 결례를 하지는 않았나요?"

　"다짜고짜 차 안에 밀어넣기에 납치라도 하는 줄 알았어요."

　나의 말에 윤남진이 두 명의 사나이를 노려보며 인상을 썼다.

　"어떻게 했기에 이 가녀린 아가씨가 납치라고 오해를 했다는 건가?"

　"죄송합니다."

　윤남진은 나를 향해 깍듯이 고개를 숙였다.

　"제가 대신 사과드리겠습니다."

　"지금은 괜찮아요."

　"다행입니다. 자, 이리로 앉으시죠."

　나는 윤남진이 가리키는 소파에 앉았고, 나를 호위한 두 명의 사나이는 사무실을 나갔다. 드디어 김남진과 나는 단 둘이 되었다. 윤남진은 나를 어떻게 한 번 해 보려는 것이 목적이고, 나는 그의 돈을 어떻게 좀 해 보려는 게 목적이었다.

　윤남진은 배시시 웃으며 말했다.

"이제 우리들만의 시간입니다."

"네……그런데…….."

"뭐죠?"

"마음이 편치 않네요."

"아니, 왜요?"

"어머니 때문에…….."

"아…….."

"어머니의 치매 증상이 좀처럼 나아지지를 않고 있어요."

나는 최대한 불쌍해 보이도록 흑 하고 우는 척을 하며 고개를 숙였다. 그런데 윤남진은 나를 위로하려다가 갑자기 고개를 갸웃하며 물었다.

"지금 치매라고 하셨나요? 제가 지난번에 듣기로는 희귀병이라고 하신 것 같은데…….."

나는 아차 싶었다. 윤남진이 머리 회전은 빠르지 않지만 바보는 아닌 것이다. 나는 당황해서 얼버무렸다.

"치매나 희귀병이나 다 비슷한 거래요."

"아, 그런가요?"

"요즘은 다 비슷하게 취급한다더라고요."

윤남진은 심각한 얼굴로 말했다.

"윤희 씨처럼 아름답고 마음 씨 고운 분에게 그런 어려움이 있었다니, 정말 당장이라도 도와주고 싶지만, 제가 여러가지 벌린 일들이 있어서 당장 도움을 줄 수 없는 게 안타깝네요."

"마음만이라도 고마워요."

"윤희 씨에게 도움이 될 수 있는 방법을 생각해 보겠습니다."

"감사해요. 그런데……."

"네?"

"지난번에 제게 선물 하려고 했던…….그 반지…….""

"아, 루비 반지 말이죠?"

"우선은 그거라도 좀……."

"아, 깜박할 뻔 했군요."

윤남진은 테이블로 가서 서랍을 열고 루비 반지가 들어 있는 듯한 네모난 상자를 꺼냈다. 드디어 1천만원은 족히 되는 루비 반지가 내 손에 들어온다는 생각에 나는 설레 였다. 그런데 윤남진이 다시 소파로 돌아와 앉았을 때였다. 갑자기 사무실 밖이 소란스러워졌다.

"글쎄 사무실 안에는 윤 대표님 혼자 계시다니까요."

비서인 듯한 남자의 목소리에 이어 여자의 날선 목소리가 날아왔다.

"웃기지 마! 그년 들어가는 것 봤다는 사람이 있어!"

"여사님, 그건 오해예요!"

"그럼 내 눈으로 확인 할 테니 비켜!"

"지금은 안 됩니다!"

여자의 목소리를 듣는 순간 윤남진의 표정이 180도 바뀌었다. 아마 덫에 걸린 사슴이 지금 윤남진과 비슷한 표정일 것이다. 그는 금방이라도 울 것 같은 얼굴로 안절부절못했다. 그러다가 나를 일으켜 세우고 말했다.

"윤희 씨, 죄송합니다. 진짜 죄송하지만, 잠시만 몸을 피하셔야 할 것 같습니다."

그리고 그는 사무실 뒷쪽에 있는 문을 열었다. 놀랍게도 그곳은 비상 계단으로 이어진 출입구였다.

"잠시만 여기 계십시오."

윤남진은 나를 그곳으로 밀어넣고 문을 닫았다. 문틈으로 공간이 있어 그곳을 통해 안을 들여다보니 윤남진은 허둥지둥 어찌할 바를 모르고 있었다. 바로 그때 사무실 문이 와락 열리며 조금 전에 비서와 말다툼을 벌인 여자가 뛰어들어왔다. 나는 그녀를 보고, 그녀가 누구인지 알게 되었다. 내가 윤남진과 데이트를 했던 다음날 도서관으로 찾아와 내 뺨을 때린 여자였다. 즉, 그녀는 윤남진의 내연녀였던 것이다. 윤남진이 왜 사색이 되어 안절부절 못하는지가 이해되었다.

"그년 어딨어?"

내연녀는 기세등등한 모습으로 윤남진을 다그쳤다. 가관인 것은 윤남진의 태도였다. 그는 고양이 앞의 쥐라도 되는 듯이 어찌할 바를 모르고 있었다.

"도대체 누굴 말하는 거야? 난 혼자 일하고 있었다고."

"흥! 여자가 이 안으로 들어가는 걸 봤다는 사람이 있어. 난 지금 제보받고 달려온 거라고!"

"그건 연희와 나 사이를 이간질하려는 놈의 계략이라고!"

"정말 혼자 있었어?"

내연녀의 표정이 갑자기 부드러워졌다. 그녀의 눈길에서는 윤남진에 대한 사랑의 감정이 가득 들어 있었다.

"그렇다니까."

내연녀는 얼굴을 가리고 울음을 터트렸다.

"난 자기 아니면 못 산단말야."

"그건 나도 마찬가지야."

"자기가 다른 여자 만나면 난 죽어버릴꺼야."

"절대 그런 일 없을 거라고."

윤남진은 다정하게 내연녀를 안아주었다. 아니, 그건 그렇고 내 루비 반지는 어떻게 되는 건가? 사무실 안을 살펴보았더니 루비 반지는 테이블 위에 놓여져 있었다. 상황 돌아가는 것으로 봐서는 오늘도 루비 반지를 손에 넣기는 글러버린 것 같았다.

그건 그렇고, 여긴 어떻게 빠져나간다? 내연녀가 사라지기를 기다리고만 있을 수는 없었다. 주위를 둘러보니 사용하지 않는 비상 계단이라 입구가 막혀 있었다. 다만 아래의 계단은 정상적으로 연결이 되어 있어서 한 층만 내려갈 수 있다면 빠져나갈 수가 있었다. 나는 철구조물에 올라서서 손으로 난간을 잡고 아래로 두 다리를 뻗었다. 그때 아래쪽에서 함성 소리 같은 게 들렸다. 내려다보니 몇 명의 남자가 내쪽을 바라보며 환호를 하고 있었다. 늘씬한 여자가 난간을 타고 내려가고 있으니 그들의 반응도 이상한 건 아니었다. 나는 철봉을 하는 것처럼 다리를 앞뒤로 흔들다가 아래로 점프를 했다. 나는 아랫층 계단으로 무사히 착지를 하고 나를 향해 환호를 하는 몇 명의 남자들을 향해 손을 흔들어주었다. 건물을 빠져나오며 별 꼴을 다 겪는다고 생각했다.

타락천사

'안녕? 잘 지내지? 이번 연휴 때 제주도에 놀러 갔는데, 그때 찍은 사진이야.'

조승희로부터 문자가 왔다. 위의 문자 내용 아래 사진이 첨부되어 있었다. 조승희가 미모의 다른 여인과 어깨동무를 하고 찍은 셀카였다. 미모의 여인은 조승희의 레즈 파트너가 분명하다는 생각이 들었다. 그런데 정작 문제는 그녀가 왜 내게 이런 사진을 보냈느냐는 것이다. 그녀가 레즈 파트너를 사귀건 말건 그건 나와 하등 관계가 없는 일이다. 내가 진짜 여자라도 마찬가지다.

다음 순간 그녀가 내게 이런 사진을 보낸 이유가 짐작이 되었다. 조승희는 나의 질투심을 촉발시키고 싶은 것이다. 그녀의 열렬한 구애에 대해 시종 뜨뜨미지근한 반응을 보였던 내게 그녀는 불만이 있는 게 확실했다. 그렇기 때문에 다른 레즈 파트너와 다정하게 지내는 사진을 일부러 보여 주어 나를 자극하고 싶은 것이다.

만일 내가 진짜 여자이고, 레즈비언이라면 조승희의 작전은 어느 정도 성공할 수 있을 것이다. 하지만 나는 남자이기 때문에 입장이 전혀 다르다. 그녀가 다른 여자와 사귀는 것은 나를 자극하지 못한다. 만일 그녀가 다른 남자와 사귄다면 다를 것이다. 나는 반드시 질투했을 것이다.

그런데 양미란이 심상치 않았다. 여느 때라면 친언니라도 되는 듯이 내게 다정하게 말을 걸었을 그녀가 오늘은 단 한 마디도 사담을 건네오지 않았다. 내게 불만이 있는 것 같지는 않았다. 그녀는 나뿐 아니라 다른 사람에게도 말을 걸지 않았다. 단지 말을 걸지 않는 것뿐 아니라, 표정이 굳어 있어서 무슨 심각한 문제가 있는 것처럼 보였다.

점심시간이 되어 직원 식당에 갔을 때, 마침 양미란이 혼자 밥을 먹고 있기에 그 앞에 앉으며 말을 걸어보았다.

"언니, 별 일 없지?"

"응."

짧은 대답을 하고 그녀는 묵묵히 밥을 먹고 있었다. 나는 괜히 꼬치꼬치 캐물었다가 면박이라도 당하면 어쩌나 하는 우려 때문에 그녀를 그냥 내버려두고 나 역시 묵묵히 밥을 먹었다. 그러자 그녀는 수저를 내려놓고 물을 한 모금 마신 후 입을 열었다.

"실은……."

"응, 무슨 일 있어?"

"남자 친구랑 헤어졌어."

"헉!"

"내가 차였어."

"이유가 뭐래?"

"여러 가지 핑계를 대는데, 아무래도 다른 여자가 생긴 것 같아. 얼마 전부터 대충 눈치는 채고 있었어."

"아니, 언니 같은 여자를 도대체 왜 찼대?"

빈말로 한 게 아니었다. 양미란은 누가 보더라도 참하고 양순한 여자였다. 그녀의 남자친구가 어떤 남자인지는 모르겠지만 진짜 이해가 안 되었다.

"나보다 더 좋은 여자가 생겼겠지."

"아무리 그래도 그렇지. 진짜 의리 없는 자식이네."

"개새끼. 내가 용돈 주고 밥사주고……몸까지 원없이 줬는데……"

"그런 자식은 잊어버려."

"쉽지 않아."

양미란은 길게 한숨을 내쉬었다. 이런 면도 여자들의 이해할 수 없는 면이다. 세상에 널린 게 남자인데, 어디에 내놓아도 꿀리지 않을 양미란이 왜 그런 시시한 남자에게 집착하는 것일까. 나는 당장이라도 남자로 돌아가 그녀의 손목을 잡고 '걱정마, 내가 지켜줄게.'라고 말해주고 싶은 충동을 간신히 억눌렀다.

그날 오후 근무 때 양미란이 몇 시간 동안이나 자리를 비웠다. 나는 이상한 생각에 서고 쪽으로 가보았는데, 문앞에 서보니 여자 울음소리가 들리고 있었다. 직감적으로 양미란이라는 생각이 들어 문을 열고 들어가보니 역시 그녀가 한쪽에 웅크리고 앉아 울고 있었다.

그 모습을 보자니 마음이 쓰라렸다. 단순히 그녀를 좋아하는 감정 때문만은 아니었다. 적지 않은 시간 동안 여자로 변신해 함께 생활하다보니 그녀의 아픔이 남의 일처럼 느껴지지 않았던 것이다. 마치 친누나가 슬퍼하는 모습을 보는 듯한 느낌이 들었다.

"언니, 그만 울어."

나는 그녀의 곁에 앉아, 그녀의 등에 손을 얹고 위로를 했다. 하지만 그녀는 울음을 그치지 않았다. 이럴 때는 정말 남자로 돌아가고 싶었다. 남자로서 그녀를 위로하고 안아주고 싶은 마음이 굴뚝같아졌다.

울음을 그친 그녀는 손등으로 눈가를 훔치고 말했다.

"억울해."

"뭐가?"

"3년 동안 한눈 팔지 않고 그 새끼만 바라보며 일부종사했는데, 이런 꼴이 됐잖아."

"언니라면 훨씬 더 좋은 남자 나타날꺼야."

나의 위로를 듣는 둥 마는 둥 한 그녀는 정면을 바라보며 말했다.

"복수해야겠어!"

"복수? 어떻게? 설마 칼이라도 들고 그 자식을 찾아가겠다는 건 아니지?"

"누군가에게…….몸을 주겠어."

"헉! 그게 무슨 말이야?"

"오늘 당장, 나를 원하는 남자가 있다면 몸을 줘버리겠다고!"

이건 홧김에 서방질이다. 양미란은 3년 동안 일편단심했던 게 억울해서 누군가에게 아무렇게나 몸을 주겠다는 것이다. 나는 다급해졌다. 이젠 그녀가 안스러워서 그녀를 위로하는 게 아니라, 질투심이 솟구쳐 그녀를 말려야 하는 입장이 되었다. 양미란이 아무 남자와 자게 된다면 도대체 나는 뭐란 말인가. 그런 생각이 순식간에 들기에 나는 절박하게 그녀를 달랬다.

"언니, 그러지 마. 만일 그랬다가는 틀림없이 후회하게 될 거라고. 언니 심정은 이해하지만 그래도 참아야 한다고."

"이 세상은 더러워. 그러니 나도 타락하는 수밖에 없어. 고고하게 살면 나만 손해라고!"

"그렇다고 아무 남자와 자겠다는 건 말이 안 돼!"

"나도 이제 즐기며 살 거야."

"언니 제발 참아."

양미란은 나의 손을 뿌리치고 벌떡 일어서서 서고를 나갔다. 이제는 내 문제가 되었다. 만일 내가 진짜 여자라면 어느 정도의 설득으로 내 할 일은 다했다고 생각하고 포기했을 것이다. 하지만 나는 그녀에게 호감을 가지고 있는 어엿한 남자다. 그녀가 생판 모르는 남자와 자는 걸 눈 뜨고 볼 수만은 없다.

나는 퇴근 후 혼자 도서관을 나가는 양미란을 쫓아갔다. 그녀가 걸어가는 뒷모습을 보니 뭔가를 단단히 결심한 의지가 엿보였다. 진짜 오늘 사고를 한 번 칠 것 같은 예감이 들었다. 나는 그녀를 따라잡고 나란히 걸으며 물었다.

"언니 어디 가는 거야?"

"홍대 클럽."

"나도 따라 갈게."

"따라와도 상관없지만 날 막지는 마. 아마 막을 수도 없을 거야."

"나도 언니 따라 누군가와 잘 거야."

"뭐라고?"

"언니가 그렇게 한다면 나라고 못 할 거 없잖아."

"나는 그럴 만한 이유가 있지만 넌 아니잖아."

"하지만 언니 혼자 악의 소굴에 빠져드는 걸 보고 있을 수만은 없어."

내가 생각해도 진짜 멋진 핑계를 댄 것 같았다. 사실 양미란이 아무 남자와 잔다고 그게 꼭 큰 문제가 되는 건 아닐 것이었다. 나는 오직 질투심 때문에 그녀를 붙잡고 늘어지는 중이었다. 내가 아닌 다른 남자에게 행운이 돌아가게 할 수는 없었다.

정독 도서관 앞에서 나와 양미란은 택시를 잡아탔다. 택시가 삼청동 골목을 지나 4차선 도로로 접어들 때 운전수가 백미러로 우리 쪽을 보며 말을 걸었다.

"정독 도서관에 근무하시나봐요?"

운전수는 40대 중반쯤으로 보였다. 젊은 여성 두 명이 나란히 앉아 있으니 괜히 말이라도 붙이고 싶어 하는 심리인 것 같았다. 보통 이럴 때 여자들은 냉담하게 무시하는 경우가 많은데, 의외로 양미란이 말상대를 해 주었다.

"어떻게 아셨어요?"

"기사 일을 오래하니까 대충 감이 잡힙니다."

"어머, 대단하세요."

양미란이 함박 웃음까지 지으며 상대를 해 주니 운전수는 신이나
서 말했다.

"그리고 보통 사서들은 미모가 뛰어난 편이더라고요. 도서관에서
외모 순으로 채용을 하는지는 몰라도……허허허."

"호호호."

양미란은 주책없는 여자처럼 입을 가리며 웃었다. 평소의 그녀를
생각하면 도저히 이해할 수 없는 행동이었다. 운전수는 얼굴을 붉
히며 말했다.

"제가 지금은 택시나 몰고 있어도 젊을 때는 대단했습니다."

"어떻게요?"

"건설 회사를 크게 했어요. 막판에 다 말아먹기는 했지만. 그때만
하더라도 여자들에게 인기도 좋았습니다."

"지금도 멋지신 걸요?"

"정말입니까?"

"네."

나는 잠자코 있었지만 아무래도 심상치 않다는 생각에 긴장이 되
었다. 양미란은 운전수가 오해하기 딱 좋은 태도를 취하고 있었던
것이다. 운전수는 양미란의 반응에 고무되어 자신의 잘 나가던 젊
은 날을 길게 회상하기 시작했다. 그때 양미란이 내게 귓속말을 했
다.

"이 남자 어떠니?"

"운전수 아저씨?"

"응."

"뭐가?"

"하룻밤 상대로."

"헉!"

아무래도 양미란이 제 정신이 아니라는 생각이 들었다. 평소에 그토록 수수하고 조신하던 그녀가 40대의 말 많은 택시 기사와 하룻밤을 잘 생각을 하다니…….남자친구에게 차인 충격이 이 정도였다는 말인가.

운전수가 드디어 본색을 드러내기 시작했다.

"어떻습니까? 오늘 손님도 없어서 따분하던 참인데, 어디 가서 간단히 한잔할까요?"

양미란이 무언가 긍정적인 말을 하려는 것 같아, 나는 다급히 그녀를 제지하고 운전수에게 말했다.

"아저씨, 손님에게 그런 말 하면 법에 저촉될 수 있다는 거 모르시나요?"

내가 쏘아붙이자 운전수는 눈이 휘둥그래졌다.

"아니, 제 말은 그냥…….""

"운전이나 똑바로 해 주세요."

"알겠습니다."

다행히 양미란은 정신을 차리고 더이상 운전수를 상대하지 않았다. 운전수는 시종 아쉬운 얼굴로 백미러를 힐끗거렸다.

양미란과 함께 홍대 앞의 한 클럽에 들어갔는데, 들어서자마자 나는 절망적인 기분에 기운이 빠졌다. 나이트 클럽보다는 소규모였지만 이곳이 훨씬 더 자극적이고 흥분된 분위기였다. 자리에 앉아 있는 사람은 거의 보이지 않았고 거의 모두가 일어서서 몸을 흔들어 대고 있었고, 스테이지에서는 거의 주요 부분만 가린 남녀가 어우러져 섹시한 동작을 하고 있었다. 누군가에게 몸을 주기로 결심한 양미란이라면, 이곳에서 상대를 선택하는 건 그야말로 식은 죽 먹기보다 쉬운 일이 될 것이었다.

양미란이 앞장서서 자리를 잡고 앉았고 나 역시 어정쩡하게 자리에 앉았다. 양미란은 작심을 한 얼굴로 클럽 안을 둘러보고 있었다. 어째서인지 나의 눈에는 클럽 안의 남자가 모두 똑같은 모습인 것처럼 보였다. 마치 '내 인생이 가장 즐겁다'라고 자랑이라도 하는 듯이 모두가 웃고 떠들며 즐기고 있었다.

음악이 조용한 곡으로 바뀌었을 때 내가 양미란에게 말했다.

"언니, 신중하게 생각해봐. 만일 아무하고나 자고 나면 나중에 반드시 후회하게 될 거라고."

"넌 어려서 몰라. 인생은 어차피 마찬가지야. 즐기며 사나, 그 반대로 사나 결과는 마찬가지라고."

나는 그녀의 결연한 의지를 결코 꺾을 수 없다는 생각에 길게 한숨을 내쉬었다. 양미란으로 하여금 세상을 비관적으로 바라보게 만든 그녀의 남자친구에게 적의가 생겼다.

그런데 양미란이 갑자기 스테이지를 향해 활짝 웃음을 지어보였다. 그녀의 시선을 따라가보니 스테이지에서 몸을 흔들고 있는 몇 명의 남자들 가운데 파란 옷을 입은 남자 역시 양미란을 향해 웃고 있었다. 키가 멀대처럼 크고 파머머리를 했는데, 척보더라도 노는 것에 일가견이 있어보였다. 내가 보더라도 하룻밤 상대로는 안성맞춤의 상대였다.

파란 옷은 음악에 맞춰 몸을 흔들며 우리가 앉은 테이블쪽으로 다가왔다. 그는 양미란에게 함께 춤을 추자는 의미로 손을 내밀었다. 양미란은 망설임도 없이 그의 손을 잡고 함께 스테이지로 나갔다. 두 사람은 한데 어우러져서 춤을 추기 시작했는데, 파란 옷은 상당히 야한 동작으로 양미란의 몸을 만지면서 춤을 추고 있었다.

그 광경을 바라보고 있자니 속에서 열불이 나는 것 같았다. 저 정도라면 둘이 여관으로 가는 건 시간 문제나 다름없어 보였다. 할 수만 있다면 이 클럽에 불이라도 지르고 싶은 심정이었다. 하지만 그럴 수는 없었고, 다른 방법도 생각이 나질 않았다.

나는 양미란이 파란 옷과 하룻밤을 보내고 난 후의 일을 생각해 보았다. 그녀가 파란 옷과 계속 사귈지 안 사귈지는 나도 모른다. 중요한 건 내 심리다. 나는 그녀와 아무 관계도 없지만, 그녀가 엉뚱한 남자와 하룻밤을 보냈다는 걸 알고 있다는 사실만으로도 나는 우울증에 빠질 게 틀림없었다. 나는 양미란과 파란 옷이 점점 뜨거워지고 있는 광경을 바라보며, 어떻게 효과적으로 훼방을 놓을지를 궁리하기 시작했다.

음악이 바뀌자 양미란과 파란 옷은 스테이지를 내려왔는데, 파란 옷은 양미란의 손을 잡고 자신의 테이블로 데려갔다. 양미란은 아예 나의 존재를 까맣게 잊고 있는 듯, 파란 옷이 시키는 대로 하고 있었다. 단 둘이 테이블에 나란히 앉은 두 사람은 마치 오래된 연인이라도 되는 듯이 얼굴을 가까이하고 대화를 나누고 있었다.

그때 파란 옷이 자리에서 일어서더니 양미란에게 양해를 구하고 화장실 쪽으로 갔다. 그 순간 나의 머릿속으로 아이디어가 떠올랐다. 나는 지금 여자다. 그것도 괜찮은 여자다. 그러므로 파란옷을 유혹해서 신경을 내쪽으로 쏠리게 만들면 양미란을 지킬 수가 있다.

나는 화장실 근처로 가서 파란옷이 볼 일을 보고 나오기를 기다렸다. 남자인 내가 남자를 유혹해야 하는 상황에 처하고 보니 진짜 난감한 기분이 되었다. 스스로가 생각해도 어이가 없어서 웃음이 터져나오려고 했다. 하지만 지금은 긴급 상황이었다.

잠시 후 파란 옷이 화장실에서 나오고 있었다. 나는 그에게 다가가 말을 걸었다.

"안녕하세요?"

파란 옷은 내가 아까 양미란과 함께 있던 여자라는 걸 알고는 당황하여 대답했다.

"아, 네……."

"저랑 잠깐 얘기 좀 해요."

"지금요?"

"네."

그리고 나는 그의 손을 잡고 비상계단 쪽으로 갔다. 그곳에는 아무도 없었다. 나는 그곳에서 파란옷을 와락 포옹하며 말했다.

"오빠한테 반했어요."

"이러면 안 되는데……."

"안될게 뭐 있어요?"

"밖에 친구 분이 날 기다리고 있거든요."

나는 고개를 들고 조용히 말했다.

"오빠, 그 여자 내 친구지만, 솔직히 이상한 여자야."

"이상한 여자라니?"

"조울증인데, 남자랑 자면 물건을 부수고 소리를 막 지르는 병이 있어."

"헉!"

"오빠처럼 핸섬한 남자가 그년한테 걸려서 생고생할까봐 알려주는 거야."

그리고 나는 파란 옷의 몸을 더듬었다. 엉덩이를 더듬다가 손을 앞으로 해서 그넘의 페니스쪽을 만졌는데, 진짜 오바이트가 날 정도였지만, 억지로 참으며 자극을 했다. 그러자 파란 옷은 금방 흥분해버렸다. 남자인 나는 남자가 흥분하면 앞뒤 가리지 않는다는 걸 잘 알고 있었다. 나의 애무로 자극 받은 파란 옷은 내게 달려들어 키스를 하려고 했다. 나는 그를 밀어내며 말했다.

"오빠, 이런데서는 하기 싫어. 여관으로 가자."

"그러자."

나의 계획이 착착 맞아들어갔다. 나와 파란 옷은 클럽을 나와 여관으로 향했다. 여관 앞에 이르렀을 때 내가 말했다.

"오빠, 방 먼저 잡고 기다리고 있어. 내가 시원한 캔 맥주 좀 사갈게."

순진하게도 파란 옷은 내 말을 액면 그대로 믿고 여관으로 혼자 들어갔다. 일단 파란 옷으로부터 양미란을 차단하는 것에는 성공을 했다. 하지만 그 다음은 어찌해야 좋을지 생각이 안 났다. 파란옷이 다시 나타날 수도 있고, 아니면 다른 남자가 양미란에게 접근할 수도 있었다.

그때 진짜 엄청난 아이디어가 떠올랐다. 왜 그생각을 미처 못했을까. 나는 남자다. 그렇다면 남자로 돌아가 양미란에게 접근하면 된다. 이곳에는 수많은 남자들이 있지만 양미란의 속마음을 제대로 알고 있는 사람은 나뿐이다. 약간만 어필을 하면 양미란은 내게 넘어올 것이다. 택시 기사에게도 끌릴 정도로 이성을 잃은 그녀를 함락시키는 건 일도 아니다. 단지 양미란을 다른 남자로부터 구출하는 것뿐 아니라, 이성을 잃은 양미란을 차지할 수도 있다는 것이다.

홍대 근처에는 널린 게 옷가게였다. 나는 저렴한 남성 옷을 구입하고 으슥한 공원에 숨어 갈아입었다. 전철 화장실에서 들어가 화장까지 말끔하게 지우고 나니 여자의 흔적은 온데간데 없고, 28살의 괜찮은 청년으로 돌아가 있었다.

나는 이제 남자가 되어 클럽 안으로 들어갔다. 양미란은 파란옷의 테이블이 아닌 나와 함께 앉아 있던 원래의 자리로 돌아가 있었다. 아마 파란 옷이 갑자기 사라지자 이상하게 생각하고 자기 자리로 돌아간 것 같았다. 그녀는 여전히 하룻밤 상대를 물색하고 있는 듯, 스테이지쪽을 물끄러미 바라보고 있었다. 일단 다른 남자가 아직 접근하지 않은 것은 다행이었다.

나는 양미란에게 다가가 매너 있게 인사를 했다.

"안녕하세요? 혼자 오셨나요?"

양미란은 갑자기 나타난 나를 호기심 어린 눈으로 바라보며 대답했다.

"아니오. 회사 동료랑 왔는데, 어디갔는지 안 보이네요."

"좀 앉아도 될까요?"

"그러세요."

그녀가 거절하지 않은 것만으로도 일단 반 이상은 성공이라고 생각했다. 물론 양미란이 아무 때나 오케이를 하는 여자는 절대 아니다. 오늘 딱 하루만 이상해진 것이다.

"분위기가 이런 곳에 자주 오는 분 같지는 않네요?"

나의 질문에 양미란은 고개를 끄덕이며 대답했다.

"오늘 좀 기분이 꿀꿀해서……."

"그럴 때가 있어요. 자기 자신을 열고 싶을 때라고 할까……"

내가 생각해도 기가 막힌 대사라고 생각했다.

"여자 마음을 잘 아시는 분 같네요."

"여자나 남자나 기본적인 것 같지 않을까요?"

"그런가요?"

나는 마치 예술가라도 되는 듯이 시니컬한 표정으로 말했다.

"자기 자신을 그냥 버리고 싶을 때가 누구에게나 있죠. 세상의 속박을 모두 벗어던지고 본능대로 살고 싶어지는 거죠."

"맞아요. 그럴 때가 정말 있어요."

"인생을 즐기고 싶은 마음은 죄가 아니죠."

"그 말도 맞아요."

양미란은 자신의 속마음을 다 알고 있기라도 한 것 같은 나의 말에 압도된 것처럼 보였다. 이제 정상이 눈앞에 보이는 9부 능선에 이르렀다는 생각이 들었다. 톡 건드리기만 하면 양미란은 나의 차지가 된다. 그런 생각을 하자니 가슴이 심하게 두근거리기 시작했다.

바로 그때였다. 양미란의 뒤에서 누가 씩씩거리며 걸어오고 있었는데, 그가 코앞에 다가와서야 누구인지를 알게 되었다. 그는 나에게 골탕을 먹은 파란 옷이었다. 여관에서 죽치고 있다가 아무리 기다려도 내가 안오자 속았다는 걸 깨닫고 다시 양미란을 찾아온 것이다.

"아직 계셨군요. 다행입니다."

파란옷은 마치 양미란이 자신의 여자라도 되는 양 그녀의 옆자리를 차지했다. 양미란은 파란 옷에게 아직 관심이 있는 듯 했다.

"어디 갔다 오시는 거예요?"

파란옷은 여자에게 골탕먹었다는 대답을 할 수가 없어 거짓말을 늘어놓았다.

"아, 예. 화장실에 갔다가 갑자기 배가 아파서 약국에 좀 갔다왔습니다."

"아, 그러셨군요. 안 오시기에 가 버리신 줄 알았어요."

파란 옷은 나를 건너다보며 물었다.

"이분은 누구신지……?"

아무래도 양미란은 나보다는 파란 옷에게 더 끌리는 듯 보였다. 나를 소개하기가 멋쩍다는 듯 뭐라고 말하려다가 그만두었다. 그러나 순순히 물러날 내가 아니다.

"그쪽 분 아까 계단에서 만난 여자분과는 잘 안 되셨나봐요?"

나의 말에 파란 옷의 얼굴은 사색이 되었다.

"아까 지나가다보니까 비상계단에서 어떤 여자 분과 진하게 포옹을 하고 밖으로 나가시던데……잘 안됐나요?"

"어머!"

양미란은 나의 폭로에 깜짝 놀라 파란 옷으로부터 떨어져 앉았다.

"아니, 그 여자는 그냥……."

파란옷은 변명을 늘어놓으려다가 양미란의 차가운 얼굴을 보고는 입을 다물었다. 대신 나를 죽일 듯이 노려보았다. 아무리 양미란이 아무 남자와 하룻밤을 보내기로 결심을 했다고 하더라도 방금 다른 여자에게 차인 남자에게 성욕을 느낄 수는 없을 것이었다.

"저, 우리 일단 이곳을 나가죠."

양미란은 일어나서 내게 손을 내밀었다. 나는 그녀의 손을 잡고 당당히 클럽을 나갔다. 입구에서 돌아보니 파란 옷이 저주 받은 얼굴로 우리쪽을 바라보고 있었다.

밤의 거리는 쓸쓸해 보였다. 시간이 11시가 넘은 까닭에 활기는 가라앉고 대충 뒷정리를 하는 분위기였다. 게임장 앞이 유독 왁자지껄했는데, 잘 살펴보니 한 떼의 젊은이들이 펀치 머신 앞에서 주먹 자랑을 하고 있었다. 한 명이 펀치 머신을 주먹으로 치자, 나머지가 요란하게 환호했다.

나와 양미란은 그들 곁을 지나 천천히 걷고 있었다. 클럽을 나올 때 그녀가 내 손을 잡아, 나 역시 그녀의 손을 마주잡았는데, 아직 그대로 손을 잡은 채였다. 그녀와 함께 정독도서관에서 근무한지 6개월이 넘었지만 이런 싱숭생숭한 기분은 처음이었다. 물론 그 이유는 내가 그녀를 남자로 만나고 있기 때문이었다.

어느 정도 걷는데, 눈앞에 여관이 나타났다. 그녀가 남자와의 하룻밤을 바라고 있는 걸 알고 있는 나는, 여관 앞에서 걸음을 멈추고 함께 들어가자는 의미로 그녀를 잡아끌었다. 그러자 그녀는 얼굴을 붉히며 말했다.

"어디서 차라도 한 잔 마시고…….."

그녀의 말이 거절한다는 의미가 아니라, 급하게 서둘지 말라는 의미였기 때문에 나는 여전히 설레는 마음으로 그녀와 함께 커피 숍으로 들어갔다. 그곳에선 나는 당연하다는 듯이 그녀의 옆자리에 앉았고, 그녀 역시 거부하지 않았다. 마치 한 마리의 작은 새가 내 가슴속으로 뛰어든 것 같은 안온한 기분이 내 전신에 퍼지고 있었다.

양미란이 말했다.

"아까도 말했지만 나는 클럽 같은 곳에서 남자와 부팅하는 경험이 거의 처음이에요."

"그렇게 보이십니다."

"내가 이상한 여자로 보이지는 않나요?"

"아니오."

"그렇다면 다행이에요. 하여간 뭔가 안 좋은 일이 있어서 지금까지 살아온 것과는 다른 경험이 필요했어요."

"이해합니다."

"댁은 좋은 사람 같군요."

"나 역시 클럽에서 여자를 만나는 일은 거의 처음입니다."

"그래요?"

"네."

그리고 얼마간 대화를 나누다가 갑자기 양미란이 제안했다.

"이제…….아까 그곳으로 들어가죠."

"어디로?"

"아까 걸어오면서 봤던 여관으로……"

"아, 네."

양미란은 아마 내가 나쁜 남자가 아니라는 확신이 들어 하룻밤을 보내도 괜찮다고 생각한 것 같았다. 양미란과 나는 나란히 손을 잡고 여관을 향해 걸어갔다. 그러다가 그녀가 내게 물었다.

"우리 오늘 초면이죠?"

나는 가슴이 덜컥 내려앉았다.

"물론이죠. 왜요?"

"아니에요. 그냥 어딘가 친밀함이 느껴져서."

당연하다. 6개월 동안 나란히 근무를 했으니 아무리 성이 바뀌었더라도 느껴지는 게 있을 것이다. 그렇지만 내가 자신의 옆자리에 근무하는 동료 여직원이라고는 꿈에도 생각 못 할 것이었다. 그건 그렇고, 믿기지 않는 기적이 지금 내게 일어나려하고 있다. 양미란과 여관에서 함께 들어가 쾌락을 즐길 수 있으리라고는 전혀 기대를 하지 않았다. 다른 여자라면 몰라도 그녀에게는 애인이 있었기 때문이다. 그냥 함께 근무하는 것만으로도 황홀하게 생각했는데, 어쩌다보니 그녀와의 동침을 눈앞에 두고 있는 것이다. 이것이 꿈이 아닌 현실이란 말인가. 너무나 믿기지 않아, 혹시 이게 꿈이라서 갑자기 그녀가 사라지고 나는 침대에 누운 채로 꿈에서 깨어나는 게 아닌가 싶어졌다.

여관을 들어서서 종업원에게 여관비를 지불하고 그녀와 함께 방으로 들어갔다. 너무나 여관방 같이 생긴 특색없는 방이었다. 물론 그런 건 상관없었다. 설령 이곳이 마굿간이라고 하더라도 나는 행복했을 것이다.

나는 그녀와 나란히 침대 끝에 엉덩이를 걸치고 앉았다. 그녀도 떨고 있었고 나도 떨고 있었다. 나는 용기를 내어 그녀에게 키스를 했다. 그녀의 혀와 나의 혀가 감기며 달콤한 감각이 전신에 퍼졌다. 키스를 나누며 그녀의 옷을 벗기려는데, 그녀가 내 손을 제지하며 말했다.

"서둘지 말고……샤워부터……."

너무나 흥분한 나머지 샤워하는 걸 잊어버리고 있었던 것이다. 내가 먼저 샤워실로 들어가 샤워를 시작했다. 뜨거운 물로 샤워를 하는데, 너무나 즐거운 나머지 휘파람이 저절로 흘러나왔다. 자제해야 한다고 생각했음에도 조급해져서 씻는 것도 대충하고 수건질도 대충했다. 그리고 다급히 샤워실을 나왔는데……..그녀가 없었다.

그녀가 사라졌다는 것이다. 그녀뿐 아니라 그녀의 흔적이라고는 어디에도 없었다. 그녀는 가버린 것이다. 꿈은 아니었지만 꿈을 꾼 것과 흡사한 기분이었다. 내 품 안으로 날아들었던 작은 새가 흔적도 없이 어딘가로 날아가 버렸다. 그녀가 왜 갔는지는 중요하지 않았다. 이유가 어디 있건, 그녀는 없어졌고, 그래서 나는 그녀와 잘 수 없다는 것이 눈앞의 현실이었다.

가장 먼저 떠오른 생각은 '이럴 줄 알았다.'라는 것이었다. 어째서인지 나는 그녀와 여관으로 걸어오는 내내 이런 결과가 있을지도 모른다고 생각했던 것 같다. 그래서 그 상황이 실제로 일어났을 때,

좌절하기보다는 당연하다는 생각이 먼저 들었다.

　이런 마당에 밖으로 나가 미친 듯이 그녀를 찾아 헤매는 짓은 하고 싶지 않았다. 그냥 깨끗이 포기하는 게 그나마 체면을 덜 구기는 일이라는 걸 스물여덟 해를 살아오며 배웠다. 나는 옷을 챙겨 입고 여관을 나왔다.

나도
클라크 케이블처럼

다음날 나는 정독 도서관으로 출근을 하면서 양미란과 자지 않은 것의 장점을 생각해보려 애썼다. 어차피 그것이 현실이기 때문에 긍정적인 면을 생각해본 것이다. 가장 큰 장점은 그녀와 예전처럼 지낼 수 있다는 것이었다. 만일 어제 그녀와 잤다면 내 입장에서 그녀를 예전처럼 대하기는 어려웠을 것이다.

그리고 여느 때처럼 나의 근무지인 인문실로 들어섰는데, 들어서자마자 양미란이 쪼르르 달려오더니 내 손을 잡고 서고쪽으로 달리기 시작했다. 그녀는 서고로 나를 밀어넣다시피 한 후, 밖을 한 번 둘러보고는 문을 닫고 나와 마주앉았다. 그리고 어제 일을 이야기하기 시작했다.

"어제 네가 사라진 다음 엄청난 일들이 있었어. 내가 파란 옷을 입은 남자와 함께 있었던 건 알고 있지?"

"응."

"그런데 그가 갑자기 사라진 거야. 그래서 그냥 내가 마음에 안들어 가버렸나 생각하고 원래의 자리로 돌아왔지. 그런데 네가 안 오더라고."

"급한 일이 생겨서 집으로 갔어."

"아무튼 그래서 아무래도 나도 그만 집으로 가야겠다고 생각하고 그만 일어서려는데, 누가 또 말을 걸더라고."

"어떤 남자였는데?"

"그냥 순진하게 생긴 남자였어. 그다지 매력적이라고는 할 수 없었지만 하룻밤 상대로는 별 탈이 없을 것 같은 정도였지."

"그래서?"

"그래서 그 남자랑 클럽을 나갔어. 사실 남자친구 말고는 다른 남자와 교제를 해 본 일이 없어서 경계심도 좀 있기는 했어. 그런데 대화를 더 나누다보니 순진한 남자 같더라고. 혹시 태도가 돌변하면 얼른 도망가려고 생각했는데, 그럴 필요는 없을 것 같더라고. 그래서 함께 여관까지 들어갔지."

그리고 양미란은 목소리를 낮추며 다짐을 주었다.

"윤희야, 이런 이야기 진짜 다른 사람에게 하면 안 된다?"

"물론이지."

"그리고 여관에서 키스까지 하고 그 다음에 그 남자가 샤워를 하러 세면장으로 들어갔는데, 그때 내 휴대폰이 울리는 거야. 그래서 받아봤더니 나를 찼던 남자친구였어."

"헉!"

"나는 어떻게 해야 좋을지 몰라서 잠자코 그가 하는 말을 듣기만

했는데, 그는 후회한다면서 다시 잘 해 보자는 거 있지? 나를 매정하게 찼던 걸 생각하면 당연히 거절했어야 했는데, 여자 마음이라는 게 어디 그러니? 게다가 그는 참회를 하면서 펑펑 우는 거야. 그러자 내 마음이 갑자기 약해져버렸어."

"그 다음은?"

"그가 진실로 자신을 뉘우치고 있다고 생각하니 예전으로 돌아가고 싶어지더라고. 그래서 생각해보겠다고 대답을 했어. 그런 상황이 되고 보니 다른 남자와 잔다는 게 말이 안되더라고."

"그래서 도망쳤어?"

"어떻게 알았니?"

"뻔하잖아."

"맞아. 그 남자에게는 진짜 미안하지만 어쩔 수가 없었어."

나는 잠자코 있었다. 하지만 속마음은 부글부글 끓고 있었다. 나를 내버려두고 도망친 이유가 고작 헤어진 남자친구의 전화 때문이라니……아무리 여자의 심리가 갈대처럼 변화무쌍하다지만 이건 정말 말도 안된다는 생각이 들었다. 내가 볼 때 양미란의 남자친구는 그녀를 갖고 놀고 있는 것이다. 덩달아 나 자신도 바보가 되고 말았다.

하지만 그런 내색을 할 수 없는 나는 남자친구와 다시 사귀게 되어 잘되었다고 말을 해 주고 서고를 나왔다. 화가 나서 손이 부들부들 떨릴 정도였다.

그런 기분으로 서가 사이를 걸어오는데, 구석에 낯익은 남자가 있는 걸 발견했다. 그와 눈이 마주치고서야 그가 며칠 전 내게 난타

당한 변태남이라는 걸 알았다. 그런 꼴을 겪고도 다시 나타난 이놈도 대단하다는 생각이 들었다.

변태남은 구석에 쭈그리고 앉아 무슨 책을 보고 있다가 나와 눈이 마주치자 일순 겁먹은 얼굴로 변했다. 특별이 이상한 짓을 하는 게 아니라면 내가 그에게 간섭할 권리는 없었다. 하지만 나는 극도로 화가 나 있는 상태여서 누군가 화풀이 상대가 필요했다. 변태남은 나의 화풀이 상대로 너무나 적절했다. 나는 성큼성큼 그에게 걸어갔다.

"왜 그래? 난 아무 짓도 안했어."

변태남은 주춤주춤 물러섰다. 나는 그의 책을 뺏아서 표지를 살펴보았다. 불타는 밤이라는 성인 소설이었다. 나는 책으로 변태남의 머리를 후려쳤다.

"아직도 정신 못 차렸냐? 이딴거나 보고 있고!"

"왜 이래? 왜 이래?"

"시끄러워 이 변태 새끼야!"

나는 변태남의 머리를 연속으로 후려치고 엉덩이를 발로 차 버렸다. 변태남은 기어서 빠져나가려고 했다. 나는 그의 뒷덜미를 잡고 머리를 계속 후려쳤다. 그가 비명을 질러대자 도서관의 남자직원들이 달려왔다. 변태남은 결백을 호소했지만 남자직원들은 아무도 믿지 않았다. 또 음란행위를 하다가 발각된 걸로 생각하고 그를 끌고 나갔다. 좀 미안한 마음도 생겼지만, 어쨌거나 양미란에게 받은 스트레스가 어느 정도는 풀린 느낌이 들었다.

그리고 다시 근무를 하는데, 옆자리에 앉은 양미란이 뒤로 가서 휴대폰 통화를 길게 하고 있었다. 통화를 하면서 가끔은 웃음을 터트리기도 했다. 척 봐도 남자 친구와 대화하는 것임을 알 수 있었다. 나는 죽을 맛이었다.

하지만 그녀에게 나의 미칠 듯한 질투심을 드러낼 수가 없었으므로, 평상시와 다름없이 대하려다보니 속에서 열불이 나는 것 같았다. 진짜 힘들게 하루의 근무를 마쳤다. 그냥 집으로 돌아가고 싶지 않아 임미숙에게 전화를 걸었는데, 마침 그녀도 심심하다기에 그녀의 선배가 운영하는 카페에서 만나기로 했다.

전철을 타고 카페를 향해서 가는데, 나 자신의 현재에 대해 울화통이 터졌다. 양미란과 자지 못한 것뿐 아니라, 한승연과도 어정쩡하고, 임미숙과도 아무런 진전이 없다. 여자로 변신한 덕에 여자들과 허물없는 사이가 된 건 분명 즐거운 일이지만, 남자로 서는 그녀들과 아무런 진전이 없는 것이다. 이럴 바에야 여자체험을 그만두고 원래의 나로 돌아가서 생활하는 편이 나을지도 모른다는 생각도 들었다.

"너 바람과 함께 사라지다라는 영화 아니?"

먼저 와서 기다리고 있는 임미숙은 내가 자리에 앉자마자 물었다.

"모르는데? 개봉했어?"

"요즘 영화 아니고, 옛날 영화야."

"고전?"

"응."

"그 영화가 어쨌는데?"

"남자 주인공에게 반했어."

임미숙은 꿈꾸는 얼굴이었다. 이런 것도 여자들의 이해하기 어려운 면이다. 평소에는 지극히 현실적인 여자들이 영화나 드라마에 나오는 연기자들에게 정신 못 차릴 정도로 빠져드는 걸 어떻게 이해해야 할지 알 수가 없었다.

임미숙은 환상에 빠진 얼굴로 중얼거렸다.

"누가 보라기에 별 기대도 없이 봤는데, 그 영화에 나온 클라크 케이블이라는 배우가 너무 멋있어서 잠을 설쳤을 정도였다니까."

"그건 영화잖아."

"나는 어지간한 영화에 나오는 주인공에게는 관심이 안 생기는데, 이 영화 속의 남자 주인공은 정말 대단했어."

자신 옆에 진짜 대단한 남자를 두고 고작 영화속 주인공에게 빠져 있는 임미숙에게 은근히 부아가나서 나는 퉁명스레 물었다.

"어느 정도였기에?"

"클라크 케이블이 비비안 리에게 청혼을 하는 장면에서 졸도 할 뻔 했다니까."

"구체적으로?"

"다짜고짜 허리를 손으로 확 휘어잡고 키스를 하는 거야."

"현실에서 그러면 성추행범이잖아."

"그럴 용기가 있는 남자도 없어. 그냥 다들 속으로만 애를 태우다가 말지."

"그건 그래."

마치 그녀가 나를 두고 힐난하는 것 같아 나는 잔뜩 움츠러 들었다. 어쩌면 나는 남자로서 여자에게 당당해질 수 없기 때문에 여자로 변신한 것인지도 모른다. 그런 생각을 하자니 수치심이 고개를 들었다.

나는 임미숙과 여느 때처럼 이런저런 대화를 나누었지만 마음속에서는 다른 생각을 하고 있었다. 괜찮은 여자를 쟁취하려면 여자가 원하는 모습을 보여야 한다는 것이다. 그녀 말대로 속으로만 애를 태우는 따위의 사랑은 필요 없다. 나도 바람과 함께 사라지다의 클라크 케이블이 될 수 있다. 가장 중요한 건 그것을 그녀가 원하고 있다는 사실이다.

다음날 도서관 근무를 마치고 집으로 돌아온 나는 본래의 남자로 돌아갔다. 옷장에서 가장 아끼는 정장을 꺼내 입고 머리도 단정하게 빗어넘겼다. 거울을 보니 클라크 케이블 정도는 아니더라도 B급 남자배우 정도는 될 법한 모습이었다.

나는 집을 나와 피아노 학원을 향했다. 오늘 나는 지금까지와는 전혀 다른 모습을 보일 생각이었다. 영화 속의 주인공처럼 과감하게 그녀에게 다가갈 것이다. 허리를 안고 키스를 시도 할지도 모른다. 그런 생각을 하는 것만으로도 가슴이 심하게 뛰었다. 하지만 피할 수 없는 통과 의례라고 생각했다. 지금까지 나는 여자들에게 용기 있는 모습을 보여주지 못했다. 그래서 아직 애인이 없는 것이다. 용기 있는 자가 미인을 쟁취한다는 말은 허언이 아니다. 내가 전혀 다른 모습을 보여주면 임미숙은 감동을 할지도 모른다.

그런 생각을 하다 보니 어느 새 그녀의 피아노 학원 앞에 도착을 했다. 4층짜리 건물의 2층이 그녀의 학원이었다. 나는 길게 심호흡을 한 번 하고 건물 안으로 들어섰다. 그리고 계단을 올라가는데,

피아노 학원쪽에서 이상한 소리가 들렸다.

"악!"

이건 분명히 여자의 비명소리였다. 그리고 우당탕하고 뭔가가 넘어지는 소리가 이어졌다. 피아노 학원에서 무슨 일이 생긴 것 같다고 생각한 나는, 재빨리 계단을 뛰어올라서 학원 안으로 뛰어들어갔다.

피아노 학원 안으로 들어선 나의 눈에 가장 먼저 들어온 건 모자를 눌러쓴 남자였다. 그는 내가 들어서자 고개를 돌려서 나를 쳐다보았는데, 눈빛이 섬찟할 정도로 날카로웠다. 그리고 그 너머에 임미숙이 있었다. 그녀는 상의가 찢긴 채 몸을 웅크리고 있었다. 순간적으로 모든 상황이 이해되었다. 괴한이 들어와 임미숙을 겁탈하려하고 있는 것이다.

"도와주세요!"

나를 발견한 임미숙은 내쪽으로 뛰었다. 그러나 괴한이 번개같은 동작으로 임미숙의 손목을 낚아챘다. 나는 그녀를 구해야 한다는 생각에, 전 속력으로 달려가 어깨로 괴한의 등을 들이받았다. 괴한은 잠깐 주춤했지만 곧 정신을 차리고는 내 어깨를 움켜쥐었다. 그 순간 그와 눈이 마주쳤는데, 살기가 심하게 느껴져, 정상적인 사람이 아니라는 생각이 들었다.

나는 고개를 숙이고 그의 허리를 두 손으로 안고 밀어부쳤다. 그러자 그는 무릎으로 나의 얼굴을 가격했다. 얼굴 정면을 맞아 머리가 아찔해질 정도로 충격을 받았지만, 쓰러지면 죽을지 모른다는 생각에, 온 힘을 다해 밀어부쳤다. 그러자 그는 뒷걸음질을 치다가 테이블에 부딪치면서 넘어졌다. 이것이 기회라는 생각에 주먹으로 그의 얼굴을 내려치려는 찰라, 그가 먼저 주먹을 휘둘렀다.

오른쪽 관자놀이를 정통으로 맞은 나는 온몸에 힘이 빠지는 걸 느끼며 뒤로 넘어갔다. 시야가 아득해지면서 정신이 혼미해졌다. 임미숙이 무어라고 소리치는 걸 들으면서 나는 그대로 정신을 잃었다.

차가운
현실

정신을 차리면서 나는 지금이 아침이고, 내가 누운 곳은 나의 방이라고 생각했다. 그러나 나의 눈에 들어온 풍경은 생경한 것이었다. 거대한 공간에 여러 명의 사람들이 분주히 움직이고 있었다. 그들 가운데 한 명이 내게로 걸어와, 내 얼굴을 보고는 말했다.

"이제 정신이 좀 드세요?"

"여기가 어디죠?"

"병원 응급실이에요."

그렇다. 이곳은 병원이다. 그리고 내 앞의 여자는 간호사였다. 그녀는 나의 상태를 살펴보며 물었다.

"좀 어떠세요?"

나는 갑자기 궁금한 게 생각나서 그녀에게 물었다.

"나 지금 남자인가요? 여자인가요?"

"옛?"

간호사는 황당하다는 듯한 표정이었다. 나는 임미숙의 피아노 학원에서 괴한에게 주먹으로 얻어맞은 일은 대충 기억이 나는 듯 했으나, 그때 내가 본래의 남자였는지, 아니면 여자로 변신을 했었는지가 기억나지 않아서 그렇게 물었던 것이다.

"당연히 남자시죠. 충격이 크셨나 보네요."

그렇다면 다행이라는 생각이 들었다. 만일 여자로 변신한 상태에서 치료를 받게 되었다면 진짜 낭패스러운 일이 발생했을 것이다. 혼절 상태에서 깨어난 환자가 처음 물어본 것치고는 진짜 황당했겠지만, 간호사는 내가 괴한에게 얻어 맞은 충격으로 엉뚱한 말을 한 것으로 이해하는 듯 했다.

정신을 차리고 시간이 지나면서 제대로 기억이 떠오르기 시작했다. 나는 임미숙에게 멋진 모습을 보이려고 본래의 남자로 돌아가 그녀의 피아노 학원을 찾아갔다. 그런데 학원에서 다투는 소리가 들리기에 뛰어들어갔더니 괴한이 임미숙을 겁탈하려 하고 있었다. 나는 괴한에게 달려들었고, 그 과정에서 주먹으로 얼굴을 맞고 정신을 잃은 것이다.

나는 간호사에게 물었다.

"피아노 원장 선생님은 어떻게 되셨나요?"

"지금 경찰서에 계세요."

"그렇다면 무사하신가요?"

"저도 자세히는 모르지만, 별일은 없으신 걸로 알고 있어요."

"아, 다행이네요."

빈 말이 아니었다. 내가 정신을 잃은 후의 상황은 알 수 없어, 혹시 그녀가 변고를 당했을 수도 있다고 생각했는데, 무사한 것으로 알고 있다는 간호사의 말을 듣고 안심이 된 것이다.

잠시후 나는 여러가지 검사를 받고 일반인 병실로 옮겨졌다. 담당의는 타박상을 입은 것 말고는 크게 다치지 않았다고 말을 해 주었다. 확실히 정신을 차린 후 맞은 부위가 아프기는 하지만, 그것 말고는 불편한 곳이 없었다. 그래서 그냥 퇴원해도 괜찮을 것 같다고 했더니 담당의는 그래도 경과를 지켜봐야 하므로 하루는 입원을 해야 한다고 말했다.

저녁에 형사들이 찾아왔다. 나는 기억나는 대로 진술을 했고, 그들로부터 내가 정신을 잃은 후의 상황에 대해 들었다. 내가 정신을 잃자 괴한은 그대로 도주를 했고 임미숙이 경찰과 구급대에 신고를 했다는 것이다.

형사들이 돌아가고 얼마 뒤 임미숙이 찾아왔다. 다행히 그녀의 표정은 밝아보였다. 그녀는 두 손을 앞으로 모으고 내게 공손히 인사부터 했다.

"어떻게 감사를 드려야 좋을지 모르겠습니다. 선생님 덕분에 제가 큰 위험을 벗어날 수 있었습니다. 선생님이 아니었으면 어떤 일이 벌어졌을지, 생각만 해도 끔찍하네요."

나는 일어나 앉으며 화답했다.

"별 말씀을. 당연히 해야 할 일을 했을 뿐인 걸요."

말은 그렇게 했지만 은근히 딴 생각이 들기 시작했다. 진짜 이런 인연은 흔치 않은 법이다. 멋진 남자에 대한 판타지가 있는 임미숙에게 괴한으로부터 구해준 오늘의 나만큼 멋진 남자는 없을 것이다. 게다가 나는 임미숙에게 아직 애인이 없다는 걸 잘 알고 있다.

임미숙은 의자에 앉으며 내게 물었다.

"맞은 부위는 어떠세요?"

"아직 좀 통증이 있지만 견딜만 합니다."

"그런데 오늘 저희 학원에 오시던 길이었나요?"

나는 머리를 긁적이며 대답했다.

"아, 네. 피아노 좀 배우려고……."

"아, 그러셨군요. 언제건 오세요. 바로 등록 시켜 드릴테니까요."

"정말이요?"

"물론이죠."

나를 바라보는 그녀의 눈길이 확실히 예사롭지 않았다. 그전의 싸늘한 눈길과는 차원이 달랐고, 여자로 변신했을 때와도 달랐다. 좀 과장해서 표현하자면 사랑스러움이 가득 담긴 그윽한 눈빛이라고 말할 수 있을 것 같았다. 하여간 내게는 그렇게 보였다.

임미숙은 활짝 웃으며 말했다.

"나를 위험에서 구해준 분이니 특별히 신경 써서 레슨을 해 드릴게요."

그녀는 몇 번이나 고맙다는 인사를 되풀이하고 병실을 나갔다. 인생의 중요한 일들 대부분은 예기치 않은 우연으로 인해 발생한다는 말이 맞는 것인가. 임미숙은 나로 하여금 여자로 변신하게 만든 중요한 이유였을 만큼 매력적인 여성이었다. 한승연이나 양미란과는 혹시라도 인연이 될지 모른다는 기대가 있었지만 임미숙은 너무나 도도하게 보여 거의 포기를 하고 있었다. 그런데 느닷없는 사건

277

으로 인해 지금은 가장 가능성이 높은 상대가 되었다. 정말 꿈인지 생시인지 분간이 안 될 정도로 나는 기분이 유쾌해졌다.

다음날 아침 일찍 퇴원을 해서 집으로 돌아갔다. 도서관에는 조금 늦을 것 같다고 양해를 구하고 여느 때처럼 여자로 변신을 한 후 집을 나섰다. 발걸음이 가벼웠다. 물론 임미숙 때문이다. 그녀가 병실을 찾아와 상냥한 얼굴로 내게 감사 인사를 하던 모습이 계속 떠올랐다. 성질 급한 나는 자동적으로 그녀와 잘 되어 결혼까지 하는 상상을 해 보았다. 불가능한 것도 아니다. 나는 그녀가 현재 솔로이며, 괜찮은 남자를 찾고 있음을 잘 알고 있다. 괴한으로부터 그녀를 구출해준 나는 1순위를 차지하고 있을 것이다.

도서관으로 출근하는 길에 경찰서에서 형사가 전화를 걸어왔다. 범인이 잡혔다는 것이다. 성범죄 전과가 있는 상습범이라고 알려주었다. 전철역에서부터 임미숙을 미행했다고 한다. 그리고보면 여자들이 늘 남자들에게 경계심을 갖는 것도 이해가 되었다.

도서관에 출근해서 자리를 잡고 근무를 시작하려는데, 양미란이 편지 봉투 하나를 건네주었다. 내가 이게 뭐냐고 묻자 그녀가 대답했다.

"청첩장이야. 다음 주 일요일."

"누구랑?"

"누구긴. 남자친구하고지."

"아!"

그날 다시 화해를 한 게 계기가 되어 초스피드로 결혼식을 올리게 된 것이다. 당연히 나는 축하를 해 주었지만, 그건 여자 동료로서의 의례적인 것이고, 속으로는 배가 아팠다. 양미란은 특출나게 외모가 뛰어난 미인형이라기보다는 조신하고 내조 잘할 것 같은 수수한 스타일의 여성이었다. 그동안 함께 근무를 하며, 그녀의 매력에 흠뻑 빠져들어 있는 차였는데, 느닷없이 결혼을 하게 되었다고 하니 배가 안 아플 수가 없는 것이다.

임미숙의 호의로 인해 들떴던 가슴이 다시 주저앉았다. 임미숙이 호의적이라고는 하나, 그것만으로 뭐가 성사된 것도 아니고, 한승연은 여전히 애매한 태도를 취하고 있다. 현실적으로 아무 것도 얻지 못하는 상황에서 양미란마저 결혼을 한다고 하니 맥이 풀렸다. 그녀가 남자친구와 티격태격하는 걸 지켜보며, 은연중 내게도 기회가 있을지도 모른다고 생각했는데, 마치 도마뱀이 꼬리를 자르듯, 나의 희망사항이 산산조각 나버린 것이다.

그러나 현실은 현실이다. 이미 결혼식 날짜까지 잡은 양미란은 내 것이 될 가능성이 제로라는 현실을 냉험히 받아들이고, 다른 상대를 공략해야 한다. 가능성이 있는 상대는 한승연과 임미숙이었다. 임미숙의 경우, 내가 그녀를 위험에서 구출해준 인연이 있기 때문에 가능성이 있고, 한승연은 내게 관심이 있다는 걸 알고 있기 때문에 가능성이 있다. 만일 둘 가운데 하나를 선택하라고 한다면 상당히 곤란해질 것이다. 두 여자 모두 각기의 매력이 있었기 때문이다.

그런 면에서 나는 조선시대의 첩 제도를 이해할 수 있을 것 같았다. 물론 이것은 내가 남성이기 때문에 할 수 있는 발언이다. 여자들이 끔찍하게 싫어하는 남성형이 마초 스타일이라고 하는데, 아무래도 내 속에 그러한 기질이 숨어 있을지도 모르겠다는 생각이 들기도 했다. 아랍에서는 아직도 일부다처제가 남아 있어, 부자들은 많은 수의 아내를 거느려도 된다고 하는 이야기를 들었는데, 나는 그런 이야기를 들을 때마다 부러워서 미칠 지경이 되고는 했다.

나는 퇴근 후 집으로 돌아와 본래의 남자로 돌아간 후, 한승연을 만나러 그녀가 일하는 커피전문점을 찾아갔다. 내가 자리를 잡고 앉자 주문을 하러온 그녀는 반기는 것도 아니고, 냉대하는 것도 아닌 애매한 표정으로 인사를 해왔다. 나 역시 인사를 하고 주문을 했다. 잠시 후 그녀가 커피를 가지고 왔을 때 내가 말했다.

"이야기를 해야 할 것 같아서, 잠깐 앉으실 수 있나요?"

한승연은 알겠다고 대답하고 맞은편에 앉았다.

"지금처럼 애매한 관계는 싫습니다. 저는 승연 씨와 커플이 되고 싶습니다."

나는 일부러 힘을 주어 말했다.

"무슨 말인지는 알겠어요. 하지만 누군가를 사귄다는 게 쉬운 일이 아니잖아요. 지금 누군가를 사귀면 결혼으로 이어질텐데, 그건 인생이 걸린 문제 아니겠어요?"

"제가 마음에 안 드시나요?"

"그건 아니에요. 좋은 분이라고는 생각해요. 하지만 현실적인 걸 생각하지 않을 수가 없어요."

"현실적인 것이라면?"

나의 질문에 한승연은 잠시 생각해보다가 입을 열었다.

"직업이 프로그래머라고 하셨는데, 제가 알아보니 그 계통이 부침이 심하다고 하더라고요. 열 명 가운데 아홉 명은 실패한데요."

맞는 말이기는 했다. 내 본업이 프로그래머지만 결코 안정된 직업이라고는 할 수가 없었다. 젊을 때는 머리 회전이 빨라 일 할 곳이 많지만 나이 들면 대개는 도태된다. 그렇다고 도서관에서 일하고 있다는 걸 내세울 수도 없었다. 임식직이기도 하고 여자로 변신했기 때문에 가능한 일자리였다.

미안해졌는지 한승연은 살짝 웃으며 말했다.

"그렇다고 싫다는 건 아니니까 오해는 하지 마세요."

"일단 알겠습니다."

한승연에게 내 미래가 밝다고 강변하는 건 무의미 하다는 생각이 들었다. 그럴수록 내쪽만 비참해질 것이다. 오늘은 그녀의 생각이 어떤지를 알았다는 것으로 만족을 하고 커피전문점을 나왔다. 그러고 보니 한승연의 태도가 어쩌면 여자들의 일반적인 생각일 수도 있다는 생각이 들었다. 역시 여자들에게 중요한 건 현실이었다. 팍팍한 세상살이에서 먹고 사는 것보다 더 중요한 건 없는 것이다. 어쩌면 그녀는 미래가 불투명한 나보다는 현실적인 입지를 어느 정도 갖춘 사장에게 더 끌리고 있는 것인지도 몰랐다.

그렇다. 내게 애인이 안 생기는 진짜 이유는 내가 좋은 남자가 아니라서가 아니고, 현실적으로 별 볼 일이 없기 때문인 것이다. 나 역시 여자로 변신했을 때 순정만을 내세우는 최진욱보다는 현실적인 힘을 가지고 있는 윤남진이 더 낫다고 생각했다. 잠깐 여자로 변신했을 뿐임에도 그렇다면, 평생을 여자로 살아가야하는 진짜 여자들 입장은 더할 것이었다.

신부의
비명

일요일, 양미란의 결혼식이 있는 날이었다. 솔직히 여자로 변신해서 여자 동료의 결혼식에 참석해야 한다는 사실이 부담스러웠다. 아니, 사실은 내가 좋아했던 여자가 다른 남자와 결혼을 한다는 데, 축하해 줄 마음이 생긴다는 게 이상한 일이다.

그러나 그녀의 가장 친한 동료인 내가 그녀의 결혼식에 빠질 수는 없었고, 또 조승희, 한혜숙과 양미란의 결혼을 축하하는 이벤트도 함께 준비를 했기 때문에 꼭 참석을 해야 했다. 이벤트는 거창한 건 아니고, 세 명의 동료들이 함께 노래를 불러주는 간단한 것이었다. 이 행사를 위해 나와 다른 두 명은 근무시간에 짬을 내 노래 연습을 하기도 했었다.

양미란의 결혼식장으로 가는 길에는 전철을 이용했다. 나는 자리가 없어서 서서 갔는데, 내 앞에 앉은 남자와, 나의 오른쪽에 서 있는 남자 사이에 시비가 붙었다. 시비가 붙은 이유는 너무나 한심한 것이었다. 오른쪽의 젊은 남자와 자리에 앉은 나이든 남자의 시선이 서로 부딪쳤는데, 나이든 남자가 먼저 불쾌한 얼굴로 젊은 남자에게 시비를 걸었다.

"너 왜 날 뚫어지게 쳐다보냐?"

젊은 남자는 어이없다는 투로 대답했다.

"내가 왜 아저씨를 쳐다봐요?"

"뭐? 이 자식이!"

"씨발, 왜 그래?"

"대가리에 피도 안 마른 새끼가!"

나이든 남자는 체격이 당당해보였고 젊은 남자는 그 반대였다. 나이든 남자가 자리에서 일어서서 주먹을 들고 때리려 하자 젊은 남자는 뒤로 물러섰다. 그때 주변 사람들이 서로 오해를 한 것이라며 말려서 다행히 폭력 사태로 번지지는 않았다.

나도 남자지만, 남자라는 동물은 진짜 어이없을 때가 있다. 위의 두 사람은 그냥 우연히 시선이 마주쳤을 뿐이었다. 설령 한쪽이 오해를 했더라도 다른 쪽이 좋게 설명을 했으면 끝나는 문제인데, 남에게 지는 걸 죽기보다 싫어하는 한국 남자들이기에 한 마디도 지지 않고 대립하다가 폭력으로 이어질 뻔 한 것이다. 웃기는 일화지만 길거리에서 벌어지는 남자들 사이의 주먹다짐은 대부분 이런 식의 사소한 문제에서 시작된다.

예식장 앞은 하객들로 북적거렸다. 그들 사이를 걸으며 나는, 내가 오늘 결혼의 주인공이면 얼마나 좋을까하고 생각했다. 그만큼 양미란은 탐나는 여자였다.

조승희와 한혜숙이 예식장 입구에서 기다리고 있다가 내가 나타나자 환히 반기며 함께 신부 대기실로 가자고 했다. 그녀들과 함께 신부대기실로 들어서니 웨딩드레스 차림의 양미란이 박수를 치며 반갑게 우리를 맞았다. 그녀는 진짜 연예인처럼 아름다웠다. 우리가 돌아가며 축하 인사를 건네자, 양미란은 눈물을 글썽이며 말했다.

"잘 하는 짓인지 모르겠어. 무슨 대책도 계획도 없이 결혼식부터 치르고 보자는 생각에 내린 결정이었거든."

"걱정마. 살다보면 다 해결돼."

가장 연장자인 한혜숙이 양미란의 등을 다독이며 조언을 해 주었다. 여자가 아닌 나는 아무래도 이런 분위기에는 적응이 안 되어 슬그머니 밖으로 나왔다. 그때 사람들 사이에서 누가 쓰윽 앞으로 나오더니 내게 인사를 했다.

"안녕하십니까?"

아뿔싸! 최진욱이었다. 양미란과 아무 관계도 없는 그가 왜 여길 왔는지 알 수가 없었다.

"어머? 여긴 무슨 일로 오셨어요?"

"무슨 일은요. 옷깃만 스쳐도 인연이라는데, 저희 사촌누나의 회사 동료 결혼식이니 빠질 수 없는 것 아닙니까?"

그건 핑계일 테고, 아무래도 나에게 작업을 걸려고 찾아온 것 같았다.

"장윤희 씨, 오늘 멋지게 하고 나오셨네요."

"고맙습니다만, 제가 지금 바빠서."

나는 최진욱을 비켜서 사람들 속으로 숨어버렸다. 안 그래도 양미란을 결혼으로 떠나보내 속이 상해 있는 상태인데, 최진욱까지 상대하면 스트레스를 받을 것 같아 피한 것이다. 그런데 사람들을 지나쳐 예식장 입구까지 갔을 때였다. 중형차 한 대가 입구에 멎더니 누가 내렸는데, 그 사람은 내리자마자 나를 향해 손을 흔들었다. 그는 윤남진이었다. 이 사람은 왜 또 나타난거야? 도망치는 것도 이상해서 나는 어정쩡하게 서 있었다.

"일찍 오셨군요."

윤남진은 나를 예의 그윽한 눈으로 바라보며 말했다.

"네……."

"책을 좋아하는 나로서는 내가 좋아하는 도서관의 직원이 결혼을 한다는데, 참석을 안 할 수가 없었습니다."

이 작자 역시 나 때문에 온 것 같았다.

"윤희 씨, 아직 시간이 좀 있는데, 저와 차나 한 잔 하지 않겠습니까?"

"저도 그러고 싶지만, 지금 제가 준비해야 할 게 있어서……."

그리고 나는 그를 지나쳐 예식장 밖으로 나가버렸다. 아무래도 최진욱과 윤남진 때문에 스트레스를 심하게 받게 될 것 같았다. 그렇다고 가 버릴 수도 없었다. 양미란이 친한 동료이기 때문이기도 했고, 이벤트도 해야 했기 때문이다.

그래서 나는 3층으로 올라갔다. 3층 역시 결혼식장인데, 이곳에는 예식이 없어서인 듯 한산했다. 나는 여자 화장실로 들어가, 재빨리 준비한 남자 옷을 입고 본래의 나인 남자로 돌아갔다. 이렇게 하면 최진욱과 윤남진의 수작으로부터 해방될 수 있었다.

나는 여자 화장실을 나와 3층 로비에 있는 거울 앞에 서 보았다. 별 문제가 없다고 생각한 나는 계단을 내려갔다. 그런데 그때 맞은 편에서 양미란이 혼자 걸어오고 있었다. 웨딩드레스를 입은 그녀는 조심조심 계단을 걸어올라 오다가 마주 내려 가던 나와 정면으로 눈이 마주쳤다. 나는 별 생각 없이 지나치려고 했는데, 그녀가 갑자기 비명을 질러댔다.

"악!"

그리고 그녀는 돌아서더니 혼비백산해서 도망쳤다. 나는 영문을 알 수가 없어 다시 3층으로 올라가 거울을 보았다. 혹시 내가 변신을 잘못해서 그녀가 눈치를 챘을지도 모른다고 생각한 것이다. 그러나 아무리 생각해도 나의 변신은 잘못된 것이 없었다. 그때 전화가 걸려 왔다. 양미란으로부터 온 전화였다. 내가 받자 그녀는 숨을 몰아쉬며 말했다.

"그 남자가 찾아왔어!"

"그 남자라니?"

"내가 말했잖아. 홍대클럽에서 만난 남자하고 여관까지 갔다가 도망쳤다고."

그제서야 상황이 이해되었다. 양미란은 그날 여관까지 갔던 나의 얼굴을 기억하고 있었던 것이다. 확실히 여자의 감각은 대단하다.

"그 남자가 여길 왔다니까."

"잘못봤겠지……."

"아니야. 틀림없어. 그런데 왜 온 걸까?"

"우연 아닐까?"

"그렇다면 다행이지만 혹시 나한테 복수하려고 찾아온 것 아닐까? 그때 일에 대해 앙심을 품고 있다가 나의 결혼식을 망치려고 작정하고 찾아온 것 아니냐고."

그러고보니 양미란이 그렇게 생각하는 것도 무리는 아니었다. 잠깐 썸씽이 있었던 남자가 자신의 결혼식장을 찾아왔으니 그녀로서는 충분히 오해할 법한 것이다. 최진욱과 윤남진, 이 두 남자로부터 벗어나려 남자로 돌아갔는데, 더 큰 문제를 만든 셈이었다. 자신의 결혼식을 망치려고 찾아왔을지 모른다고 생각한 양미란이 무슨 대비책을 세울지 알 수 없는 일이었다. 어쩌면 경찰을 부를 수도 있었다.

그렇다면 한시라도 빨리 다시 여자로 변신을 해야 한다. 나는 재빨리 3층의 남자 화장실로 들어갔다. 그곳에서 나는 가방을 열고 다시 여자 옷으로 갈아입었다. 화장이 문제였는데, 손거울이 있어서 대충 처리했다. 여자로 오래 생활하다보니 거의 여자만큼 능숙히 화장을 할 수 있게 되었다. 이 정도면 됐다고 생각하고 나가려는데, 갑자기 밖이 소란스러워졌다. 그것은 남자들의 목소리였다.

아뿔싸! 3층의 예식이 시작되면서 하객들이 들어오기 시작한 것이다. 조금 전까지 3층은 개방이 안 되어 텅 비어 있었는데, 개방이 되면서 화장실 안은 남자들로 초만원이 되고 말았다. 문제는 내가 지금 여자로 변신했다는 것이다. 여자가 남자 화장실에서 나오면 남자들이 과연 어떻게 볼 것인가. 휴대폰으로 시계를 보니 곧 양미란의 결혼식이 시작될 시간이었다. 이벤트를 해야 하는 내가 빠질 수는 없었다.

나는 될 대로 되라는 심정으로 화장실 문을 밀고 밖으로 나갔다. 그 순간 화장실을 가득 채우고 있던 남자들의 시선이 모두 나에게로 쏠렸다. 소변기에 대고 오줌을 누던 남자들도 일제히 고개를 돌리고 나를 쳐다보았다. 이럴 때 당황하면 더 일이 꼬일지 모른다고 생각한 나는, 아무렇지도 않다는 듯이 남자들 사이를 걸어 화장실을 나갔다.

1층으로 내려가보니 그때 막 결혼식이 시작되려 하고 있었다. 나는 식장안의 빈자리에 앉았다. 그러자 어느새인가 최진욱이 나타나 내 옆자리에 앉았고, 또 어느새 나타난 윤남진이 나의 반대편 옆자리에 앉았다. 서로 안면이 있는 최진욱과 윤남진은 나를 사이에 두고 서로를 불쾌한 얼굴로 노려보고는 했다.

양미란의 새신랑을 보니 그녀가 그에게 매여 사는 이유를 알 것도 같았다. 적어도 외모만으로는 영화배우 뺨치게 잘 생긴 얼굴이었다. 흔히 여자들은 남자들의 외모에 별 관심이 없을 것 같다고 생각을 하는 경향이 있는데, 내가 막상 여자로 변신해서 그녀들과 속깊은 이야기를 나누어보니 여자들도 남자들의 외모를 중요하게 생각하는 건 남자들과 크게 다를 바가 없는 것 같았다.

마치 녹음기를 틀어놓은 듯한 판에 박힌 주례의 주례사와, 또 어느 결혼식장에서나 볼 수 있는 예식이 진행되어 드디어 내가 참여하는 이벤트 시간이 되었다. 나를 비롯한 세 명의 여자들은 사회자의 소개로 식장 앞으로 나가 축하송을 합창했다. 노래의 제목은 동물원이 부른 '널 사랑하겠어.'라는 곡이었다. 연습이 부족한 탓에 몇 번 실수를 했지만 반응은 뜨거웠다. 합창이 끝나자 하객들은 열렬히 박수를 쳐 주었다.

예식이 모두 끝나고 양미란과 그녀의 신랑은 깡통이 매달린 자동차를 타고 신혼 여행지로 출발했다. 그녀의 결혼식은 진짜 특색이 없는 너무나 평이한 결혼식이었다. 지금보다 더 젊었을 적의 나는 평범한 결혼식같은 건 하고 싶지 않다고 생각했었다. 진짜 멋진 곳에서, 진짜 멋진 결혼식을 꿈꾸었는데, 막상 양미란의 결혼식을 지켜보니 평범한 결혼식이 미치도록 부러웠다. 남이 볼 때는 그냥 흔한 결혼식이겠지만, 당사자들에게는 인생의 가장 중요한 행사이다. 결혼식을 올린다는 것 자체가 당사자들에게는 경이로운 체험이므로 굳이 이목을 끄는 결혼식을 할 필요가 없는 것이다.

이런 생각이 드는 걸 보니 나도 때가 되긴 된 모양이었다. 그런데 도대체 나와 함께 식장에 걸어들어갈 상대는 어디에서 뭘 하고 있는 것인가.

내
남자친구야

여자의 직감에 대해 떠오르는 에피소드가 하나 있다. 그때 나는 친구들과 당구치는 재미에 푹 빠져 있을 무렵이었는데, 우리가 '초능력자'라고 부른 여자가 한 명 있었다. 우리가 그녀를 그렇게 부른 이유가 있다.

어느 날 당구를 치고 친구들과 밤거리를 거니는데, 전방 30미터쯤 앞에 괜찮은 여자가 걸어가고 있었다. 뒷모습이라 얼굴은 알 수가 없었지만 몸매가 근사했다. 그런데 자세히 보니 걸음걸이가 좀 몸매와 안 맞았다. 우리가 볼 때는 오리걸음으로 보였던 것이다. 그런 사람도 얼마든지 있을 수 있는 것인데, 문제는 그녀의 몸매가 너무나 근사하다보니 그러한 걸음걸이가 아쉽게 느껴졌다는 것이다.

"걸음걸이만 고치면 미스코리아 감인데."

"전생에 오리였나봐."

"진짜 걸음걸이가 옥의 티네."

우리는 누구랄 것도 없이 그녀의 걸음걸이를 놓고 아쉬움을 토로했다. 그런데 그때 갑자기 그녀가 걸음을 멈추더니 우리를 향해 고개를 돌리고는, 그야말로 한맺힌 듯한 눈길로 우리를 쏘아보는 것이었다. 나와 친구들은 너무나 놀라 일제히 방향을 바꿔 골목으로 숨어버렸다.

그리고 그녀가 사라진 후, 아까 그 지점으로 가서, 우리가 농담을 했던 지점과 그녀가 멈춰서 있던 지점의 거리를 계산해 보았다. 적어도 30미터 이상이었다. 도대체 그 정도 거리에서 우리가 소곤대는 말을 어떻게 들을 수 있는지 이해불가였다. 그래서 우리는 그녀를 '초능력자'라고 불렀던 것이다.

나는 나중에 이 문제에 관해 생각을 해 보고 나름의 결론을 내렸다. 그녀는 평소에 자신의 걸음걸이에 대해 심각한 컴플렉스가 있었을 것이다. 그런 심리이다보니 우리끼리 소곤대는 작은 소리도 들릴 수 있지 않았을까 하는 것이다. 그런 면에서 여자들은 모두 초능력자일지도 모른다.

비가 내리는 날이었다. 양미란이 신혼여행을 떠나, 나는 그녀가 없는 상태에서의 첫 근무를 했다. 물론 다른 사서들도 있기는 했지만 별로 대화가 없는 편이기 때문에 양미란의 빈자리가 커 보였다. 아니, 사실은 그녀가 신혼여행지에서 신랑과 뜨거운 나날들을 보내고 있다고 생각하니 질투심이 솟구쳐, 아무하고도 대화를 안하고 일에만 전념할 수밖에 없었다.

양미란에 대한 생각에서 벗어난 것은 임미숙에 대한 생각 때문이었다. 내가 그녀를 괴한으로부터 구출해서 점수를 얻은 마당이므로, 이 기회를 그냥 날려보낼 수는 없었다. 물론 그녀의 생각을 나는 모른다. 그 날 병원에서 내게 호의적이었던 건, 자신을 구출해준 사람에 대한 의례적인 인사 치례였을 수도 있다. 하지만 중요한 건 아직 그녀에게는 애인이 없다는 사실이다. 이건 무척 중요하다. 나도 마찬가지지만, 남자건 여자건, 애인이 없는 사람의 관심사는 온통 이성에 대한 것뿐이다. 늘 괜찮은 사람을 찾고 있는 것이다. 그렇다면 용감하게 자신을 위험에서 구해준 나를 그녀는 예사롭지 않게 생각할 것이 확실하다.

그렇게 생각하자니 비가 오는 이런 날도 내게는 도움이 될 수 있다는 쪽으로 생각이 흘렀다. 비는 여자들을 센치하게 만든다지 않던가. 이런 날 내가 나타나면 다른 평범한 날보다 더욱 호감을 느낄 것이다.

그래서 나는 퇴근 후, 집으로 돌아와 부리나케 본래의 모습으로 돌아갔다. 그리고 임미숙을 만나러 피아노 학원으로 향했다. 그런데 아파트를 나설 즈음 유창수로부터 전화가 걸려 왔다. 그는 내게 반가운 소식을 전해주었다.

"됐어!"

"되다니? 뭐가?"

"이번 프로젝트의 투자자를 구했다고!"

"정말이야?"

"당연히 정말이지. 대기업인 S그룹의 인터넷 사업부에서 투자하기로 결정했대. 방금 전화 받았어."

"야호!"

나도 모르게 입에서 탄성이 터져나왔다. 여자로 변신해서 도서관 사서 일을 하고 있지만, 이것은 그야말로 임시직에 불과했다. 내가 해야 할 일은 프로그래머로서 제작에 참여하는 것이었다. 사람에게 는 이성문제만큼이나 중요한 게 있는데, 그것은 자신의 적성에 맞는 일에 전념할 수 있는 환경이었다. 그것이 해결되었다고 하니, 진짜 하늘을 나는 것처럼 기뻤다.

　그런데 통화 말미에 유창수는 뜬금없는 걸 물어보았다.

　"그건 그렇고, 그 아가씨하고는 잘 돼?"

　"누구?"

　"그때 우리 사무실에 들러서 잠깐 맥주 같이 마신 여자…."

　유창수는 약간 긴장한 목소리로 한승연의 소식을 묻고 있었다. 그날의 술자리에서도 그의 태도가 이상하다고 생각했는데, 오늘도 한승연에게 집착하고 있었다.

　"그냥 그렇지 뭐……."

　"여자한테 그런 식으로 하면 안 돼…….그런 건 내가 잘하는 데…….."

　유창수의 목소리에서도 아쉬움이 짙게 묻어나오고 있었다. 내가 한 번 더 그녀를 데리고 사무실을 방문해 주기를 학수고대 하고 있는 듯한 목소리였다. 어쩌면 상사병에 걸려 밤마다 한승연을 생각하며 마스터베이션을 하고 있을지도 모른다는 생각이 들었다.

　"그 여자 소식은 나도 잘 몰라."

　"잘 안됐구나? 나라면 그렇게 쉽게 놓치지 않을텐데……."

　유창수는 퍽이나 아쉬워하며 전화를 끊었다. 남자들 사이의 의리는 예쁜 여자가 없을 때나 가능하다고 누가 말을 했던 것 같다. 그 때는 그냥 재밌는 농담이라고 생각했는데, 살다보니 실제로 그런 것 같다는 생각도 든다. 아무리 사이가 좋은 친구라도 예쁜 여자가 있으면 경쟁심이 발동하게 되는 것이다.

어쨌거나 이번 프로젝트의 투자가 성공했다는 소식은 나를 들뜨게 만들었다. 내가 여자로의 변신이라는 파격적인 선택을 한 것도, 따지고 보면 달리 할 일이 없어서였다. 사는 게 너무나 따분하고 의욕이 없다 보니 여자로 변신해 새로운 삶을 살게 되었던 것이다. 그런데 이제 나에게 딱 맞는 사회적 역할이 생겼다면 여자로의 생활을 이제는 청산해야 하지 않나 싶은 생각이 들었다.

그런 생각을 하며 임미숙의 피아노 학원에 들어섰다. 그녀는 혼자 그랜드 피아노를 치다가 나를 발견하고는 활짝 웃으며 걸어왔다. 나는 우산을 접어 한쪽에 놓으며 그녀와 인사를 교환했다.

"안녕하세요?"

"바로 오실 줄 알았는데, 좀 늦게 오셨네요."

"아, 그동안 바쁜 일이 좀 있어서."

"어서 들어오세요."

그녀는 나를 학원 안의 응접실로 안내했다. 빈티지한 작은 테이블과 의자가 놓여 있는 곳이었다. 나는 여자로 변신했을 때 여러 번 이 테이블을 두고 그녀와 마주앉았었다. 하지만 남자로서는 오늘이 처음이었다.

"그동안 내게 서운하셨죠?"

임미숙은 싱긋 웃으며 내게 물었다. 내가 피아노를 배우고 싶다고 했을 때 번번이 거절했던 일을 말하는 것이었다.

"아닙니다. 지난 일은 지난 일이죠."

"아무래도 성인 남성은 좀 꺼려지는 면이 있어서 그랬어요."

"이해합니다."

"그런데 피아노는 처음이신가요?"

나는 올 초까지는 피아노를 전혀 못 쳤지만 여자로 변신해서 임미숙에게 레슨을 받으며 기초는 치는 정도까지 되었다.

"아주 초보는 아닙니다. 어렸을 적에 피아노를 배워서 약간은 칠 수 있습니다."

"그럼 한 번 테스트를 해 볼까요?"

임미숙은 나를 피아노 앞으로 데려갔다. 나는 '별'이라는 동요를 연주했다. 그녀가 이곡을 좋아한다는 걸 알고 있기 때문이었다. 내가 연주를 하면서 노래도 부르자, 그녀가 허밍으로 따라부르기 시작했다. 그녀와 내가 자연스럽게 노래를 합창하게 되자, 정서적으로 통하는 느낌이 들었다.

"잘 치시네요."

연주가 끝나자 임미숙은 박수를 쳤다. 나와 그녀는 다시 테이블로 돌아와 앉았다. 그런데 이번에 마주앉았을 때는 조금전과 전혀 다른 분위기였다. 그녀는 입가에 지그시 미소를 짓고 있었고, 나 역시 상기된 표정이 다 드러났다.

"그날 정말 고마웠어요."

"별 말씀을……."

"오늘 실력을 알았으니 레슨은 다음주 금요일 저녁 7시부터 받으시면 돼요."

"알겠습니다."

이제 그만 일어서야 하나보다 생각하고 있는데, 그녀가 느닷없는 제안을 했다.

"바쁘지 않으시면 캔맥주 한 잔 어떠세요?"

그 순간 나는 내 귀를 의심했다. 나는 지금 여자가 아닌 남자다. 남자인 내게 임미숙이 캔 맥주를 마시자고 제안하는 것은 상상조차 해 본 일이 없는 상황이었다.

"좋습니다."

임미숙은 캔 맥주 두개를 가져와서 테이블에 올려놓았다. 그리고 음악을 틀었다. My Soul이라는 애절한 곡이었다. 여자로 변신했을 때 익히 들은 곡이었지만 남자로 임미숙과 함께 이곡을 듣는다고 생각하니 꿈만 같았다.

역시 괴한으로부터 임미숙을 구출한 효과는 탁월했다. 비록 얻어맞아 졸도해 버리기는 했지만 자신을 위해 몸을 아끼지 않은 나의 모습에 그녀는 감동했던 것이다. 역시 여자에게는 백 마디의 말도 필요없고, 기술도 필요없다. 진실로 대하면 반드시 통하게 되어 있는 것이다.

나는 캔 맥주를 한 모금 마시고 그녀에게 조용히 말했다.

"요즘 세상이 하도 흉흉해서 여자들이 안정되게 살기가 힘들다고 하더라고요."

"그건 그래요."

"누가 좀 도와주어야 할텐데….."

나의 말에 임미숙은 고개를 들고 지그시 나를 쳐다보았다. 그 눈빛 속에 많은 의미가 담긴 것 같다는 생각이 들었다.

그러다가 임미숙은 카세트 쪽으로 가서 음악을 바꾸었다. 이번에도 애잔한 피아노 연주곡이었다. 곡명이 '바다 위의 피아노'라는 걸 나는 알고 있었다. 나는 음악에 문외한이지만 여자로 변신했을 때 임미숙과 함께 이 곡을 몇 번 들어 알고 있었다. 그때 나는 임미숙과 이곡을 들으며 춤을 추었더랬다. 그때 그녀는 나를 여자로 알고 편안히 몸을 기댔고, 나는 그녀의 향취에 도취되어 설레었었던 것이다. 나는 갑자기 그때처럼 하고 싶어졌다. 그런 생각이 들자니 참을 수 없어 나는 용감한 제안을 그녀에게 했다.

"음악이 좋은데, 우리 춤출래요?"

나의 말에 임미숙은 캔 맥주를 내려놓고 나를 빤히 쳐다보았다. 그녀의 무표정한 모습에 겁이 덜컥 나서, 혹시 화를 낼지도 모른다고 생각했다. 하지만 그 다음에 그녀는 먼저 일어서더니 나를 향해 손을 내밀었다. 나는 그녀의 손을 맞잡고 일어섰다.

"기억나세요? 괴한에게 맞아서 기절했을 때 본인이 무슨 말을 했는지."

"아니오. 제가 무슨 말을 했던가요?"

내가 어리둥절하게 되묻자 그녀가 웃으며 대답했다.

"기절한 상태에서 중얼거리시더군요. '이 여자는 나와 결혼할 여자야……'라고."

나는 얼굴이 화끈 달아올랐다.

"제가 그런 말을 했단 말인가요?"

"네, 그랬어요."

다행히 임미숙은 싫은 눈치가 아니었다. 그녀는 여전히 입가에 미소를 머금고 있었다.

"부끄럽습니다."

"아니에요."

음악이 흐르는 가운데 그녀와 나는 블루스를 추고 있었다. 나의 손은 그녀의 허리를 잡았고 그녀 역시 나의 허리를 잡았다. 그녀가 속삭이듯 내게 말했다.

"실은…….나…….기뻤어요. 나를 구해준 남자가 나와 결혼을 원한다는 말을 듣고……"

"정말입니까?"

"네……."

나는 너무나 감동한 나머지 혹시 이게 꿈일지 모른다고 생각했다. 실제로 여자와 잘 되다가 그게 꿈이었다는 걸 알고 실망한 경우가 몇 번이나 있었기 때문이다. 하지만 이건 꿈이 아니다. 나의 손으로 전해지는 그녀의 체온과, 맞닿을 듯 가까이서 들리는 그녀의 숨결은 분명히 생생한 현실로 존재하는 것이다.

"이제 그만……"

임미숙은 조용히 말하며 나로부터 떨어지려 했다. 그런데 그때 나 자신도 생각하지 못한 용기가 나 자신 속에서 솟구쳤다. 나는 그녀의 허리를 과감하게 팔로 휘감고, 그녀를 내 쪽으로 당겼다. 언뜻 그녀가 보았다는 '바람과 함께 사라지다'라는 영화의 한 장면이 그려졌다. 나는 그 영화를 본 적이 없지만 지금의 나와 비슷할지 모른다고 생각했다.

임미숙은 나에게 안긴 채 나를 올려다보고 있었다. 그녀의 눈빛이 미세하게 흔들렸는데, 그것만으로도 많은 말을 하고 있는 것 같다고 생각했다.

"사랑해요."

나는 그렇게 말하며 그녀의 입술에 내 입술을 포갰다. 창 밖에서는 비가 내리고 오디오에서는 '바다 위의 피아노'가 계속 연주되고 있었다. 입맞춤을 한 그녀와 나는 점점 뜨거워졌다. 이 보다 더 좋을 수는 없다는 생각이 언뜻 들었다.

그런데 나와 임미숙이 키스를 하면서 서로를 탐닉하려 할 때, 피아노 학원 입구에서 인기척이 들리더니 누가 들어왔다.

"엄마야!"

나와 임미숙은 화들짝 놀라 소리가 나는 쪽을 동시에 쳐다보았다. 그곳에는 학원의 여강사가 서 있었다. 여강사는 낮에 초등학생들을 연습시키기 때문에 거의 볼 일이 없었는데, 오늘은 이상하게 늦은 시간에 들어온 것이다. 여강사는 얼굴을 붉히며 말했다.

"죄송해요. 휴대폰을 두고 퇴근을 해서……."

그녀는 눈을 어디에 두어야 좋을지 모르겠다는 얼굴로 캐비넷을 향해 걸어갔다. 그러자 임미숙이 나의 팔짱을 끼며 말했다.

"처음이지? 내 남자친구야. 서로 인사해."

여강사와 나는 머쓱한 기분으로 인사를 나누었다. 그런데 나의 뇌리 속으로 조금 전에 임미숙이 했던 말이 맴돌았다. 그녀는 나를 남자친구라고 소개했다. 그 이야기를 듣는 순간 그녀가 견딜 수 없이 사랑스러워졌다. 그렇다, 나는 이제 누군가의 남자친구가 되었다.

내 친구는
질투의 화신

여강사가 나타나는 바람에 임미숙과 나 사이의 진전은 그 단계에서 멎었다. 일사천리로 그녀를 함락시킬 수 있었으면 더 좋았겠지만, 어차피 그녀가 나를 남자친구라고 생각하고 있다는 걸 알았기 때문에 그녀를 온전히 내 것으로 만드는 것은 시간문제라고 생각했다.

다음날 오후에 임미숙과 나는 첫 데이트를 했다. 종각 근처에서 만나기로 했는데, 그녀를 만나러 가는 발걸음이 구름 위를 걷는 것처럼 가볍고 설레었다. 옛날 영화 가운데, 주인공이 비가 오는 거리에서 탭댄스를 추며 흥겨워하는 장면이 있었는데, 아마 보는 사람이 없었다면 나 역시 그렇게 했을 것이다. 횡단보도 앞에서 신호가 바뀌기를 기다리는데, 내 옆에서 하반신이 마비된 걸인이 찬송가를 틀어놓고 구걸을 하고 있었다. 나는 갑자기 마음이 넓어져, 주머니에서 만 원짜리 1장을 꺼내 적선을 했다. 걸인에게 적선을 하는 건 태어나서 처음이었다. 아마 내가 왕이었다면 이 나라의 죄수들을 모두 사면했을 것이다.

커피전문점에 들어서보니 창가 자리에서 임미숙이 손을 들어보였다. 나 역시 반갑게 손을 흔들며 그녀의 맞은 편에 앉았다. 어제 썸씽이 있었다고 하지만 하루가 지나 어색해지면 어쩌나라는 걱정이 있었는데, 기우였다. 임미숙은 내게 친근하게 말을 붙여왔다.

"이쪽에 오랜만에 와 봐요."

"이쪽도 많이 바뀌었어요."

"그쪽…….여자들에게 인기 많지 않아요?"

나는 손사레를 치며 솔직히 대답했다.

"전혀요. 이 나이 되도록 연애 한 번 제대로 못해봤습니다. 그래서 어제 그런 일이 있고나서 잠을 제대로 못 이뤘습니다. 나에게도 이런 멋진 일이 생긴다는 게 믿어지지 않아서."

임미숙은 조용히 웃으며 말했다.

"나와 비슷하네요. 나도 여태까지 제대로 남자를 사귄 적이 없는 걸요."

이건 완전 내숭이었다. 나는 여자로 변신해서 그녀에 대해 알만큼 알고 있었다. 중학교 때 첫 순정을 잃은 것도 알고 있고 얼마 전 애인과 헤어진 것도 알고 있었다. 하지만 내게는 그녀의 내숭조차도 사랑스러웠다. 자신의 과거를 당당하게 털어놓는 게 솔직한 태도일 수는 있으나, 그런 여자를 좋아할 남자는 드문 것도 현실이었다.

임미숙이 웃으며 말했다.

"내가 몇 살 많은 것 같은데……."

"나는 늘 연상의 여인에게 끌렸습니다."

"나도 연하남이 좋아요."

"그래서 우리가 인연이 되었나보네요."

대화가 척척 맞아들어갔다. 진짜 아귀가 딱 맞는 느낌이 들었다. 예전에 인터넷에 올라온 글에는 남녀관계에서 남자가 여자를 꼬시는 게 아니라, 사실은 여자가 꼬시는 것이라는 내용이 있었다. 그 당시는 이해하기 어려웠는데, 막상 임미숙과 만나고보니 그 말이 어떤 의미인지를 이해할 것 같았다. 그녀의 능숙한 대처로 인해 첫 데이트의 긴장이 눈녹듯 사라지고 있었다.

그때 주문한 커피가 나왔음을 알리는 차임벨이 울렸다. 나는 카운터로 가서 커피 두 잔을 받아서 자리로 걸어갔다. 그런데 불현듯 용기가 생겨, 나는 그녀의 옆자리에 앉았다. 임미숙은 수줍게 얼굴을 붉혔지만 싫은 내색은 없었다.

그런데 그때 나의 휴대폰 벨이 울렸다. 받아보니 유창수였다. 그는 말까지 더듬으며 다급히 말했다.

"큰일 났어. 내일 투자자에게 프로그램 시연해야 하는데, 문제가 좀 생겼어."

"어떤 문제?"

"프로그램에 오류가 생겨서 작동을 안해. 이거 어떻게 해야 하냐?"

"손볼 사람 없어?"

"다들 이유를 모르겠네. 아무래도 네가 좀 와줘야겠다."

"지금?"

"생사가 걸린 문제라고."

낭패였다. 왜 하필 임미숙과의 첫 데이트에 이런 문제가 생겼는지, 화가났다. 임미숙이 지금 내게는 가장 중요한 존재이기는 하지만 프로그램 문제도 중요했다. 내가 고민하는 얼굴이 되자 임미숙이 물었다.

"왜 그래요?"

"제가 하고 있는 일이 컴퓨터 프로그래머인데, 최근 준비중인 프로젝트에 문제가 생겼다네요."

"그럼 어서 가보셔야죠."

"아니에요. 제게는 임미숙 씨가 더 소중합니다."

"내가 어디 도망가는 것도 아니잖아요."

"하지만……"

내가 망설이자 임미숙이 제안했다.

"그럼 저랑 함께 갈까요? 내가 가도 괜찮은 곳이라면."

그것도 좋은 방법이라고 생각하다가 느닷없이 유창수가 떠올랐다. 지난 번 한승연을 데리고 갔을 때 그가 수작을 부려서 스트레스를 받은 일이 생각난 것이다. 예쁜 여자라면 물불 안 가리는 유창수가 임미숙에게 어떤 반응을 보일지 걱정이 되었다. 하지만 임미숙과 함께 가는 것은 역시 두 가지 문제를 한꺼번에 해결하는 좋은 방안임이 분명하기 때문에 나는 그녀와 함께 유창수의 사무실로 출발했다.

유창수의 사무실 안에는 유창수와 후배 두 명이 있었다. 그들은 프로그램 오류 문제로 고민하다가 내가 나타나자 무척 반가워했다.

그런데 나의 뒤를 이어 임미숙도 들어오자 유창수의 눈이 휘둥그레졌다.

"누구신지……?"

"내 여자친구야. 서로 인사해."

유창수는 임미숙과 인사를 나누며 망치로 한 대 얻어맞은 듯한 표정을 지었다. 그도 그럴 것이 내가 연속으로 두 번씩이나 상당히 괜찮은 여자를 데리고 오자 여러 가지로 혼란스러웠을 것이다. 사실 예전의 나는 여자와는 담쌓고 사는 외골수 성격이라서 여자를 누군가에게 소개한다는 건 생각지도 못할 일이었다. 오히려 그때는 유창수가 여자들과 더 친밀하게 지내는 경향이 있었다.

유창수는 내게 프로그램 오류에 대해 설명을 했다. 대충 살펴보니 대략 1시간 남짓 시간이 걸릴 것 같았다. 나는 자리를 잡고 앉아 작업을 시작했고 임미숙은 컴퓨터 책상 옆의 소파에 앉아서 기다렸다.

그런데 그때 우려했던 상황이 벌어졌다. 유창수가 임미숙에게 상당히 지대한 관심을 드러내기 시작한 것이다. 어쩌면 그것은 본인도 어쩔 수 없는 본능적인 것일지도 모르겠다. 내가 프로그램 오류 수정 작업을 하는 사이, 유창수는 슬그머니 임미숙 쪽으로 가더니 슬슬 말을 걸기 시작했다.

"사무실이 궁색하죠?"

"아니에요. 사람 사는 곳이 다 이렇죠."

"지금은 이래도 이번에 잘되면 큰 곳으로 옮길 겁니다."

"꼭 그렇게 되시기 바래요."

"동규가 지금은 별 볼 일 없어도 재능이 많은 친구입니다. 내가 잘 리드하면 반드시 성공할거예요."

"네."

"나는 만일 잘되면 어려운 사람들을 도우며 살 생각입니다. 우리 사회에는 아직 가난에 신음하는 사람들이 많이 있지 않습니까? 나는 사회의 어두운 곳에 있는 사람들을 찾아나서서 그들에게 희망을 주는 일을 하고 싶습니다."

힐끗 곁눈질로 그쪽을 쳐다보니 유창수는 마치 유명 인사라도 되는 듯이 감상에 젖어 사회봉사의 꿈을 길게 늘어놓고 있었다. 사회봉사에 대한 그의 꿈은 난생 처음 듣는 것이었다. 평소에는 짠돌이로 소문난 그의 내면에 그런 거창한 포부가 있었다니, 놀랄 일이었다. 나는 프로그램 작업을 하는 내내 신경이 쓰였고, 초조해졌다. 물론 그가 그런다고 임미숙이 갑자기 그에게 반할 가능성은 제로였지만, 신경이 쓰이는 것 자체는 또 엄연한 사실이었다. 나는 자리를 비우면 무슨 일이 벌어질지 모른다는 생각에, 화장실 가는 것도 참으며 프로그램 작업을 했다.

내가 오류 수정 작업을 완료 할 때까지 유창수는 임미숙의 맞은편에 앉아서 자신의 사회 봉사의 포부를 계속 늘어놓고 있었다. 사실 애초의 계획은 임미숙에게 내가 참여하고 있는 프로그램을 설명하고 사무실 사람들과 대화도 좀 하려는 것이었는데, 그렇게 하면 유창수가 엄청 좋아할 것 같아, 그만 가겠다고 했다.

내가 임미숙과 사무실을 나가려고 하자 유창수가 허둥지둥 쫓아오며 말했다.

"잠깐 기다려. 오늘 수고 했으니까 내가 한 잔 살게."

나는 사양했다.

"아니야. 아직 투자도 받지 못했는데, 넌 돈을 좀 아껴야지."

"괜찮아. 간단히 한 잔 정도는 살 수 있어."

"아니라니까."

유창수를 손으로 밀어내고 재빨리 나가려고 했는데, 그가 끈질기게 따라붙기에 나와 약간 트러블이 있는 것 같은 자세가 되었다. 나는 임미숙을 먼저 내보내고 유창수의 얼굴을 손바닥으로 밀면서 밖으로 나가 문을 닫았다. 그랬음에도 그가 계속 문을 밀고나오려고 하기에 어깨로 밀어부쳐서 문이 안 열리게 하고 임미숙으로 하여금 엘리베이터 버튼을 누르라고 말했다. 다행히 엘레베이터가 금방 멎어서 나는 임미숙과 함께 잽싸게 올라탔다. 엘리베이터 문이 닫히는 순간 유창수가 뛰어나왔지만 다행히 그전에 엘리베이터가 먼저 닫혔다. 나는 안도의 한숨을 내쉬었다.

거리를 걷는데, 임미숙이 자연스럽게 팔짱을 꼈다. 어제 블루스를 추며 키스를 나눈 후, 두 번째의 스킨십이었다. 나의 온 신경은 그녀와 맞닿은 팔에 집중되었다.

"늦지 않으셨다면 간단히 맥주라도 한 잔 할까요?"

나의 제안에 그녀가 순순히 응해서 우리 둘은 호프집으로 들어가 자리를 잡았다. 나는 주문을 하고 나서 계속 궁금했던 걸 그녀에게 물어보았다.

"내가 어떤 사람 같은가요?"

말은 좀 돌려서 했지만 내가 진짜 궁금한 건 나를 정말로 좋아하는지, 그리고 좋아한다면 그 이유가 무엇인지 그것을 알고 싶었던 것이다. 그것을 알아야만 내가 어떻게 행동해야 좋을지 알 수 있을 것 같았다.

임미숙이 말했다.

"용감한 분 같았어요. 요즘은 누구나가 자기만 생각하는 이기주의자들이 많은데, 그쪽처럼 어려운 사람을 돕기 위해 희생을 마다하지 않는 분이라면 사귀어도 좋을 것 같다는 생각이 들었어요."

"역시 그 날 내가 괴한으로부터 임미숙 씨를 구해준 일이 결정적이었군요?"

나의 말에 임미숙은 꿈꾸는 표정으로 중얼거렸다.

"그때는 정말……백마탄 남자가 나타나서 나를 구해준 것 같은 느낌이었죠."

대충 알것 같았다. 내가 그녀의 환상을 충족시켜준 것이다. 그 날의 인상이 너무나 강렬했기 때문에 그것에 압도된 임미숙은 나를 완전히 믿고 있는 것이다. 그렇다면 그녀에 대한 대처법은 간단하다. 계속 카리스마가 있는 모습을 보여야 한다는 것이다. 여자의 마음이란 갈대와 같은 것이라서 지금은 내게 푹 빠져 있지만 만일 내가 유약한 모습을 보이기라도 한다면 단번에 마음이 바뀔지도 모른다.

뭔가 카리스마 있는 모습을 하나쯤 더 보여주어야 한다고 생각하고 있는 찰라, 내가 앉은 곳 옆자리에서 와자지껄하게 떠드는 소리가 들렸다. 고개를 돌려보니 남자들 여럿이 맥주잔을 부딪치며 고래고래 소리를 지르고 있었다. 아마 무슨 자축 파티라도 하는 것 같았다. 나는 좋은 기회라고 생각하고 자리에서 벌떡 일어나 그쪽을 향해 외쳤다.

"여기 전세 냈습니까? 좀 조용히 합시다!"

나는 임미숙의 시선을 시종 의식하며 가급적이면 당당한 모습을 보이려고 노력하고 있었다. 나의 느닷없는 외침에 와글와글 떠들던 분위기가 가라앉기는 했다. 그러나 다음 순간 싸늘한 공기가 호프집 전체를 뒤덮는가 싶더니, 등을 돌리고 있던 무리 가운데 한 명이 거의 슬로우 모션 같은 동작으로 천천히 나를 향해 고개를 돌렸다.

그와 시선이 마주치는 순간 조금 전의 만용이 후회되기 시작했다. 그는 박박머리에서 약간 자란 머리스타일이었고 이마에는 칼자국으로 보이는 흉터가 있었으며, 굵은 팔뚝에는 해골 문신이 있었다. 그와 시선이 마주친 짧은 순간, 여러 가지 생각들이 머릿속을 스쳐지나갔다. 저 괴물에게 맞으면 최소한 반신불수가 될 것이고 심하면 즉사할 수도 있을 것 같았다. 아마 나의 묘비에는 '여자에게 잘 보이려다가 맞아죽은 남자, 이곳에 잠들다.'라고 기록될 것이다.

그때 구세주가 되어준 것은 임미숙이었다. 그녀는 나를 만류하며 말했다.

"그냥 우리가 자리를 옮기죠."

박박머리는 여전히 나를 뚫어지게 쳐다보고 있었다. 나의 태도에 따라 다음 행동을 결정하겠다는 듯한 표정이었다.

"아, 우리가 자리를 옮기면 되겠군요. 왜 그걸 미처 생각 못했는지……"

나는 태연하게 보이려 콧노래를 부르며 자리를 정리하고 임미숙과 함께 호프집을 나갔다. 등줄기에서 식은땀이 흐르는 듯 했다. 나와 임미숙은 호프집을 나와 커피숍으로 들어가 잠깐 대화를 더 나누고 집으로 향하는 전철을 탔다. 내가 집 앞에까지 데려다주겠다고 했지만 그녀가 사양해서 전철역 근처에서 작별 인사를 했다. 임미숙은 뒤돌아 걷다가 무슨 생각에서인지 다시 내게로 걸어오더니 나의 이마에 입맞춤을 하며 말했다.

"자기 오늘 즐거웠어."

그녀가 사라지는 모습을 보며 나는 한동안 넋놓고 서 있었다. 그녀의 입술이 내 이마에 닿는 순간의 감촉과, 나를 자기라고 부르던 그녀의 애교 넘치는 목소리에 나는 완전히 도취되었다. 밤하늘의 수많은 별들이 모두 나를 즐겁게 해 주기위한 장식처럼 보였고 거리의 수많은 사람들은 나를 돋보이게 하기 위한 엑스트라처럼 보였다. 아직 그녀와 자지 못했지만 그런 건 중요하지 않다고 생각했다. 그렇다, 나는 사랑에 빠진 것이다.

낯선 여인의
제안

    여자로 변신한 중요한 이유가 애인을 사귀려는 것이었는데, 임미숙과 사귀게 되었으니 이제 여자로의 생활은 그만두어도 될 것 같았다. 현실적으로도 프로그래머로 일을 하게 되면 정독도서관 근무는 그만두어야 한다. 하지만 아직 투자가 확정된 상황이 아니었고, 무엇보다 나 자신이 여자로 생활하는 것 자체의 즐거움에 빠져 있어 당장 그만두게 되지는 않았다.

    그리고 더 중요한 게 있었다. 임미숙의 마음을 알고 싶다는 것이다. 물론 그녀가 나를 사랑하고 있다는 건 알고 있다. 하지만 여자의 마음은 갈대와 같은 것이라서 언제 돌변할지 알 수 없었다. 서로 죽도록 사랑하던 남녀가 어느 날 갑자기 원수 같은 관계가 되는 일은 너무나 흔했다. 나와 임미숙은 지금 분명히 서로를 사랑하고 있지만, 그것이 지속되려면 노력이 필요한 것이다. 그래서 나는 여자로 변신해 그녀의 속마음을 알아야겠다고 생각했다.

도서관 근무를 마치고 그녀를 찾아갔다. 물론 여자로 변신한 상태였다. 여자로는 오랜만이라 그녀는 나를 무척 반겼다.

"그동안 어떻게 지냈어?"

"그냥 좀 바빴어."

"애인이라도 생겼니?"

"설마. 언니 얼굴이 밝은 걸 보니 언니가 애인 생긴 것 같은 데?"

나는 임미숙이 어떻게 나오나 얼굴을 살펴보았다. 그녀는 긍정도 아니고 부정도 아니라는 애매한 표정으로 샐쭉 웃었다. 내가 다그쳐 물었다.

"그치? 언니 애인 생긴 거지?"

"애인이라기보다는…….."

"애인 아니면 좋아하는 사람?"

"서둘지 마. 다 이야기 해줄게. 나 너한테는 숨기는 것 없잖아."

"호호호, 알았어."

임미숙은 커피를 두 잔 타 와서 테이블에 올려놓았다. 남자가 아닌 여자로 그녀와 이곳에 마주하고 보니 좀 헷갈렸다. 자꾸 남자였을 때 같은 설레임이 느껴지는 것이다. 나는 이러면 안 된다고 생각하며 예전에 허물없는 언니 동생 사이로 돌아가려 노력했다.

"지난 주말에 괴한이 이곳에 침입했어."

"헉! 정말?"

뻔히 알고 있는 일임에도 처음 듣는 것처럼 놀라는 연기를 해야 하는 일이 힘들었다.

"하마터면 큰일을 당할 뻔했는데, 그때 날 구해준 남자가 있었

311

어.”

“그런 일이 있었구나. 그래서 결론적으로 그 남자랑 사귀게 된 거
야?”

“그렇다고 할 수 있지.”

“그 남자 어떤 사람인데?”

나는 진짜 궁금했던 걸 물어보고 나서 초조히 임미숙의 대답을
기다렸다.

“아무래도 나를 위기에서 구해준 사람이다 보니 좋은 쪽으로만
생각이 되는 거 있지?”

“그럼 결혼도 할 거야? 그 사람하고?”

이번에도 나는 초조히 임미숙의 대답을 기다렸다.

“그랬으면 좋겠지만……..”

말꼬리를 흐리는 임미숙의 표정이 그다지 밝지 않아, 나는 재촉
했다.

“좋은 사람 생겼으면 결혼도 하는 게 당연하잖아.”

“실은…….오늘 아침에 이모에게 전화가 왔는데…….”

난데없는 이모의 등장이 아무래도 불길하게 생각되었다.

“이모가 날 더러 선을 보라는 거야.”

“헉!”

“진짜 놓치기 아까운 사람이 나타났다고 하더라고. 그 사람은 42
살인데, 사업을 해서 크게 성공했대.”

순간 가슴이 철렁하고 내려앉았다. 나는 그녀가 무슨 생각을 하
는지 눈치채고 다급히 말했다.

"언니, 결혼은 조건보다 사람이 더 중요한 거잖아!"

"물론 그렇지. 하지만……."

임미숙은 침울한 얼굴로 자신의 입장을 설명했다.

"사실은 내가 지금 형편이 너무 좋지를 않아. 피아노 학원도 경쟁이 심해서 이 근처에만 3군데가 새로 생겼어. 그러다보니 5년째 학원비를 올려받지 못하고 있어. 너도 보다시피 이곳은 시설이 영세한 편이라서 새로 생긴 학원들과 경쟁하려면 학원비를 올릴 수가없거든. 그러다보니 월세도 밀리는 지경이 되고 말았어. 마음 같아서는 좀 번듯한 건물에 입주를 해서 새롭게 시작하고 싶은데, 돈이있어야지."

"그래서 성공한 사업가와 결혼하려는 거야?"

임미숙은 한숨을 내쉬었다.

"꼭 그러겠다는 건 아니지만, 나도 사람인 이상 도움받을 수 있는남자에게 관심이 생기는 건 어쩔 수 없더라고."

나는 마음에서 우러나오는 간절한 호소를 했다.

"언니, 현실이 어려울수록 진실 된 사람을 택해야 해. 서로 머리를맞대고 보면 좋은 방법이 있을 수도 있는 거잖아."

"너무 심각하게 받아들이지는 마. 당장 사업가와 결혼을 하겠다고 결심한 건 아니야. 다만 이모가 간청을 하기도 해서 만나는 보겠다는 정도지."

눈앞이 캄캄했다. 현실적인 조건으로 나는 성공한 사업가와 비교대상이 아니다. 물론 프로그래머로 서 성공하겠다는 의지는 있지만그건 먼 미래의 일이다. 여러 가지 어려움이 있는 임미숙이 성공한 사업가를 만나면 넘어갈 공산이 크다는 생각이 들었다. 어쩐지 일이 너무 순탄하게 풀리는 게 이상하다고 생각했는데, 결국 감당못할 암초가 기다리고 있었던 것이다.

더 설득을 계속하면 아무래도 임미숙이 이상하게 생각할 것 같아서 그 이야기는 그만두고 다른 잡담을 나누다가 피아노 학원을 나왔다. 집으로 돌아와 남자로 임미숙과 통화를 해 보았는데, 확실히 목소리가 어제와는 달랐다.

"동규 씨, 내가 지금 좀 바빠서……. 시간 나면 연락줄게요."

우선 자기라는 호칭이 동규 씨로 바뀌었다. 그리고 목소리의 분위기에서 살가움 대신 건조함이 묻어나왔다. 나는 문제의 원인을 잘 알고 있다. 그녀는 나를 좋아하지만 경제적으로 어렵다보니 재력 있는 남자에게 끌리고 있는 것이다. 그러나 아직 승부는 갈린 게 아니고, 이 정도 어려움이 생겼다고 포기할 내가 아니었다.

만일 내가 임미숙의 어려움을 해결해준다면 문제가 풀린다. 그녀는 새로운 장소에서의 피아노 학원 개업을 원하고 있다. 이렇게 저렇게 계산을 해보니 대략 1억 정도면 해결이 가능할 것 같았다. 만일 내가 그녀의 문제를 해결해준다면 성공한 사업가 따위는 적수가 될 수 없을 것이었다. 하지만 그게 쉬운 일은 아니었다. 당장 내 수중에는 돈이 없다. 유창수와 준비하고 있는 프로젝트가 투자를 눈앞에 두고 있다지만 시간이 필요한 것이고, 투자가 결정된다고 하더라도 내 손에 그만한 돈이 쥐어지기는 힘들 것이었다.

그러다보니 슬그머니 떠오르는 인물이 윤남진이었다. 주먹계 출신답게 단순무식한 그라면 사적인 감정에 혹해서 선뜻 돈을 내 놓을 수도 있었다. 돈이 궁할 때마다 윤남진을 떠올리고 보니 내심 그에게 미안한 마음이 생기기도 했다. 하지만 나는 임미숙을 놓치고 싶지 않았다.

다음날 출근을 해보니 양미란이 실로 오랜만에 출근을 했다. 신혼여행에서 돌아온 것이다. 그녀는 신혼 여행지였던 괌의 아름다운 풍경을 입이 닳도록 늘어놓았다. 하지만 나의 머릿속으로는 그녀와 남편이 신혼여행지에서 마음껏 뒹구는 상상으로 가득했다. 둘이 얼마나 즐거웠을지를 생각하니 속이 뒤집히는 것 같았다. 나도 빨리 임미숙과 진도를 나가야 한다는 생각에 초조해졌다.

점심 시간이 끝나고 나는 도서관의 빈 터로 가서 명함을 한 장 꺼냈다. 윤남진의 명함이었다. 휴대폰 번호가 적혀 있었는데, 한 번도 전화를 해 본 적이 없을뿐더러, 전화를 하게 되리라는 생각조차 안 해봤다. 그런데 임미숙을 구해주려면 재력 있고 씀씀이가 큰 윤남진을 꼬시는 방법 밖에는 없었다. 그 방법만이 내가 임미숙과 잘 되는 유일한 길이라고 생각하니, 마치 진짜 좋아하는 이성에게 연락을 할 때처럼 긴장이 되었다.

윤남진 특유의 굵은 목소리가 건너왔다.

"윤남진입니다."

나는 한껏 여성스러운 말투로 인사를 건넸다.

"안녕하세요? 정독 도서관의 장윤희 입니다."

그런데 나의 예상과는 달리, 윤남진은 그다지 반기는 기색이 아니었다.

"아, 네…….."

"요즘 바쁘시죠?"

"네……좀…….."

그의 목소리는 나를 기피한다기보다는 누군가를 의식하는 듯 느껴졌다. 아무래도 옆에 누가 있는 것 같았다. 아니나 다를까. 약간 실갱이가 있는 듯 하더니 느닷없이 여자의 째진 목소리가 날아왔다.

"야! 너 누구야?"

아뿔사, 목소리만으로도 그녀가 윤남진의 내연녀임을 알 수 있었다.

"너 정독 도서관의 그년이지? 왜 자꾸 남진 씨에게 연락하는 거야? 한 번 더 혼나고 싶어? 너 계속 이러면 나 가만 안 있을 거라고!"

나는 황급히 휴대폰을 껐다. 전신에 한기가 돌았다. 자기 남자라고 생각하는 사람에게 여자가 전화를 걸었으니 화가 나는 건 당연하지만, 그녀의 반응은 보통의 여자와는 비교가 안 되게 독했다. 무던하고 단순한 성격의 윤남진이 왜 그런 여자에게 휘둘리는 건지 알 수가 없는 일이었다.

그건 그렇고, 윤남진을 꼬셔서 돈을 옭아내려는 계획은 아무래도 포기해야 할 것 같았다. 그의 내연녀가 두 눈 시퍼렇게 뜨고 버티는 한, 1억이라는 거금을 옭아내기란 불가능할 것이었다. 그렇게 생각하자니 거의 내 손에 들어온 루비반지를 놓친 일이 뼈아프게 생각되었다.

'자기 오늘 즐거웠어.'

며칠 전 임미숙이 나의 이마에 입맞춤을 하며 건넨 한 마디가 머릿속을 계속 떠돌았다. 그 달콤한 기분을 계속 이어가려면 그녀의 어려움을 해결해 주어야 한다. 그러지 않으면 성공한 사업가라는 복병에게 그녀를 빼앗기고 만다. 그렇게 생각하자니 속이 터질 것 같았지만 마땅한 방법이 생각나지 않았다.

그런데 그 날 오후의 일이었다. 중년의 나이로 보이는 여인이 전화를 걸어와서 나를 찾았다.

"방송보고 할 말이 있어서 연락드렸어요. 혹시 오늘 시간 되세요?"

나는 독서 홍보 프로그램 도우미로 활동을 계속 하고 있었기 때문에 비슷한 방송의 섭외를 요청하는 연락이 간간히 있었다. 나는 이번에도 그 때문으로 생각하고 완곡히 거절을 했다.

"죄송해요. 방송 때문이라면 저희 도서관 규칙 때문에 다른 프로그램에는 출연을 할 수가 없습니다."

"그런 문제가 아니에요."

"그럼요?"

"전화로 설명할 문제는 아니에요. 만나서 이야기 들어보면 알 거예요. 아마 장윤희 씨에게 도움이 될 걸요."

중년 여인임은 분명했지만 목소리 톤이 쟁반에 옥구슬이 굴러가는 듯이 부드러웠다. 그 때문이라기보다는 내게 도움이 된다는 말에 혹해서 나는 일단 근무 끝나고 도서관 근처에서 만나자고 약속을 정했다. 성인들 사이에 도움을 주고받는다는 건 돈 문제 말고는 없다고 생각한 것이다.

정독 도서관 앞의 커피숍에 가보니 내게 전화를 걸었던 중년 여

인이 미리 기다리고 있다가 손을 흔들었다. 나는 그녀에게 인사를
하고 맞은편에 앉았다.

"방송에 나온 대로 예쁘시네요."

"별 말씀을……."

"내 명함이에요."

그녀가 내민 명함을 대충 살펴보니 무슨 기획사의 실장이라는 직
함이었다. 그렇다면 나를 스카웃하려는 것인가. 그러나 그것은 내
가 바라는 일이 아니었다. 임미숙과 잘되면 여자로의 생활을 청산
하려고 마음 먹고 있었기 때문이다.

"실은…….누가 장윤희 씨를 아주 마음에 들어하더라고요. 그래
서 내가 중간에 다리를 좀 놓으려는 거예요."

"나를 마음에 들어하다니요? 누가요?"

"대아물산이라고…….큰 기업인데…….그곳 회장님이…….."

"네?"

"내가 다리를 놓아서 잘된 연예인들이 꽤 많아요. 손해진도 그렇
고 강태희도 다 내가 도와줬어요."

"무슨 말씀인지 자세히 좀…….."

"대아물산 회장님이 장윤희 씨와 잠깐 연애를 원하는 거죠."

그제서야 무슨 말인지 이해할 것 같았다. 내 앞에 앉은 이 여자
는 연예인과 기업가를 연결시키는 마담뚜였던 것이다. 대아물산이
라는 곳의 회장이 내가 나온 방송을 보고 매춘을 원하자, 이 여자가
일을 성사시키기 위해 나선 것이다. 그러나 나는 여자가 아니라 남
자다. 억만금을 주더라도 실현될 수 없는 거래인 것이다.

하지만 뭔가 방법이 있을지도 모른다는 생각에 조심스럽게 물었다.

"돈은 얼마나……?"

"장윤희 씨의 경우 유명인이 아니기 때문에 감안해야 해요. 한 2천 정도 예상하시면 돼요."

2천만원! 내가 도서관을 몇 년 다녀야 모을 수 있는 큰돈이었다. 이런 식의 거래만 몇 번 하면 1억을 모으는 건 그다지 어려울 것 같지 않았다. 그 돈이면 임미숙의 마음이 흔들리지 않게 할 수 있다. 그러나…….나는 여자가 아니라 남자다. 다른 거라면 몰라도 남자인 내가 남자를 상대로 어떻게 매춘을 할 수 있단 말인가.

"거래는 어떻게 하죠? 돈을 먼저 받나요?"

일단 돈을 받고 나서 입을 씻는 방법을 염두에 두고 물어본 것이다.

"이 계통은 무조건 후불이에요. 그러니 고객을 만족시키는 게 중요하죠."

"나중에 돈을 안 주기라도 하면…….."

"내가 이런 거래 한 두 번 하는 게 아니기 때문에 믿어도 돼요."

그건 그렇다는 생각이 들었다. 대아물산이라면 나도 들은 바가 있는 대기업인데, 그런 곳의 회장이 2천만원을 사기치지는 않으리라는 생각이 들었다. 나는 일단 좀 더 생각해 보고 연락을 주겠다고 말하고 헤어졌다. 아무리 생각해도 남자인 내가 매춘을 한다는 건 불가능했지만 몫돈이 생길 수 있는 기회를 그냥 날려버리는 것도 아쉬웠다.

그때 퍼득 떠오르는 여자가 있었다. 예전에 키스방을 몇 번 간 일이 있는 데, 그때 단골이되자 여자가 내게 연락처를 알려준 적이 있었던 것이다. 따로 만나자는 의미였는데, 어쩌다보니 실제로 만난 적은 없었다. 매춘이 직업인 그녀를 나 대신 객실에 들여보낸다면 의외로 쉽게 해결이 될 수도 있다는 생각이 들었다. 아직 구체적인 계획을 세운 건 아니었지만 방법이 있을지 모른다는 생각에 나는 흥분이 되었다.

퇴근을 하고 집으로 돌아갈 때, 일부러 임미숙의 피아노 학원 쪽으로 갔다. 그녀의 학원 쪽에서 피아노 소리가 들렸다. 쇼팽의 '즉흥 환상곡'이었다. 마치 꿈꾸는 것처럼 피아노 선율이 허공에 울려퍼지고 있었다. 이 정도 실력이라면 임미숙이 직접 치고 있는 것이다. 피아노 선율 속에서 그녀의 마음이 짚혀지는 듯 했다. 현실과 사랑 사이에서 갈등하는……..나는 당장이라도 뛰어들어가 그녀를 안아주고 싶었지만, 이럴 때일수록 자제심을 발휘해야 한다는 생각에 참았다.

대신 나는 그녀에게 문자를 보냈다.

'미숙 씨의 학원 앞을 지나가다가 피아노 소리를 듣고 감동했습니다. 만나고 싶었지만 참고 집으로 갑니다. 어려움이 있다면 함께 이겨나갔으면 좋겠습니다.'

마지막에 어려움을 함께 이겨나가자는 말은 그녀의 갈등을 말하는 것이었는데, 자세히 말하면 이상하게 생각할 수 있어서 간접적으로 언급한 것이다. 내가 집에 도착했을 때 그녀로부터 답장이 도착했다.

'동규 씨가 좋은 분이라는 생각에는 변함이 없어요. 조만간 제가 여유가 생기면 만나기로 해요^^'

그녀의 답장을 읽자니 눈물이 흐를 것 같았다. 아울러 무슨 수를
써서라도 그녀를 도와야 한다는 전의가 불타올랐다.

끔찍한
밤

    몇 년 전 게임회사에서 프로그래머로 근무할 때였다. 그때 밤늦은 시간까지 야근을 하다보면 진짜 뼈에 사무치도록 외로웠다. 그때의 경험 때문에 내가 프로그래머라는 직업을 몇 년간 피해왔던 것인지도 모른다.

    그때 나는 야근을 끝내고 허전한 마음을 달래려고 회사 근처의 키스방에 자주 갔다. 여자를 사서 키스를 하며 뒹구는 시간은 고작 20분도 되지 않았다. 그래도 그렇게 하고 나면 외로움이 좀 가시는 느낌이 들기에, 일주일에 한 두 번은 키스방을 찾았다.

    그렇게 자주 가다보니 좀 편하게 생각되는 아가씨가 생겼다. 나는 일부러 그녀의 근무 시간에 맞춰서 찾아가고는 했다. 그녀의 말로는 낮에는 직장을 다니고 밤에만 아르바이트로 그 일을 한다고 했는데, 사실인지는 알 수 없었다.

    그녀와 이런저런 이야기를 자주 나누다보니 친하게 되어 연락처도 교환했는데, 어쩌다보니 연락을 하게 되지는 않았다. 그런데 내가 재벌이라는 사람으로부터 매춘 제의를 받고 보니 퍼뜩 그녀가 떠올랐다. 키스방에는 보통 키스만 하는줄 아는데, 돈을 더 주면 매춘도 가능한 곳이었다. 그렇기 때문에 그녀에게 도움을 요청하면 문제가 해결될 것 같다고 생각한 것이다.

몇 년 전의 일이라 전화번호가 바뀌었을지 모른다고 생각했는데, 다행히 예전 번호 그대로였고, 또 그녀는 나를 기억하고 있었다. 내가 옛날 기억을 상기시키자 그녀는 반색을 했다.

"어머! 오빠! 기억나요. 잘 지내죠?"

"시간 좀 내줄 수 있어?"

"왜요? 연애하자고요?"

"그런 건 아니고 잠깐 할 말이 있어서."

"무슨 일인데요?"

나는 대략 어느 돈 많은 사람이 여자를 구한다는 정도로 설명을 하고 페이가 두둑하니 해볼만한 일이라고 설명을 해 주었다. 역시 그 계통은 돈과 떼려야 뗄 수 없는 관계이고, 또 내가 거짓말을 하는 사람은 아니라는 걸 잘 알고 있는 그녀는 흔쾌히 만나겠다고 했다.

시내의 커피숍에서 그녀를 만나 이야기를 들어보니, 그녀 역시 돈 문제로 스트레스를 받고 있는 듯 했다. 몇 년간 계속 키스방 일을 했으면 돈도 좀 모았을 것 같았는데, 아무래도 쉽게 돈을 벌다보니 씀씀이가 헤프고, 또 남자를 잘못 만나 큰 돈을 떼이기도 했다고 한다. 아무튼 경제적으로 어렵다보니 그녀는 나의 제안을 반갑게 생각했다. 총 수익금 2천만원 가운데 10퍼센트는 그녀에게 지불하기로 한 것이다. 물론 나는 자세한 내용은 전혀 말을 하지 않고, 호텔 객실에서 기다리다가 내가 시키는 대로 남 자와 매춘을 한다는 식으로 설명을 했다. 돈이 아쉬운 그녀였으므로 고분고분 따를 수밖에 없을 것이었다. 그녀는 내가 물주와 본인 사이에서 중계 역할을 하고 수수료 정도를 챙기는 것으로 이해하고 있었다.

나는 나와 매춘을 원하는 재벌남을 만나 대화를 나누다가 나와 똑같이 분장을 한 키스방녀에게 매춘을 맡길 계획을 세웠다. 여자로 변신해서 별 문제없이 생활할 정도로 나의 분장 실력은 탁월하기에 그 정도는 충분히 가능하다고 생각했다. 4만원이면 해결되는 키스방녀와 2천만원을 들여 섹스를 하게 될 재벌남을 생각하자니 미안해졌다.

모든 것이 계획대로 진행된다고 생각한 나는 마담뚜에게 전화를 걸어 재벌회장과의 매춘을 하겠으며, 날짜와 시간을 알려달라고 했다. 나와 통화를 마친 그녀는 1시간 후 전화를 걸어와 이번 주 토요일 오후 7시에 무교동에 있는 H호텔 커피숍에서 약속을 정했다고 알려주었다.

주사위는 던져졌다. 혹시 일이 잘못되어 파국이 올 수도 있었지만 지금 상황에서는 되돌릴 수가 없었다. 그런데 곰곰 생각해보니 내가 너무 나간 것 아닌가라는 생각도 들었다. 그동안 여자로 변신해서 생활한 것은 호기심에 의한 변신이어서 용서를 받을 수도 있겠지만 이번에는 누군가를 속여서 금품을 갈취하는 일이므로 엄연히 범법 행위였다. 만일 전모가 드러난다면 매스컴에서 대대적으로 보도를 할만한 일이었다. 그렇게 생각해보자니 겁이 덜컥 났다.

하지만 다음 순간, 이 모든 것이 임미숙에 대한 간절한 사랑 때문이라는 생각이 들면서 마음이 차분해졌다. 사랑보다 중요한 건 없다지 않은가. 사랑은 국경도 초월하고 인종도 초월한다. 사랑 때문에 돈많은 사람으로부터 얼마 정도 뜯어내는 건 신도 용서해 줄 것이라고 자위했다.

그 날 밤 그런 생각을 하며 잠자리에 들려는데, 느닷없이 문자가 왔다.

'오빠, 지금 뭐해?'

번호를 확인해보니 키스방녀로부터 온 문자였다. 내가 왜 그러느냐고 답장을 보내자 그녀의 답장이 바로 날아왔다.

'그냥 심심해서. 나 있는 곳으로 올 수 있나해서.'

그 짧은 한 마디를 접했을 뿐임에도 은근히 흥분이 되기 시작했다. 이 야심한 시각에 키스방녀가 만나자고 한다면 그것은 필시 즐기자는 의미일 것이다. 임미숙과의 사랑을 지키려는 이 중요한 순간에 사심을 가지면 안 된다라고 나 자신에게 다짐을 주었지만, 그것과는 별개로 키스방녀의 얼굴이 아른거렸다. 낮에 만난 그녀는 가슴이 거의 다 드러나는 티에 짧은 치마 차림이었다. 진짜 건드리기만 하면 톡하고 터질 것 같은 분위기였다고 할 수 있다. 그녀와 만나 잠깐 즐기는 것은 그다지 죄가 아니고, 또 임미숙에 대한 사랑과도 별개의 감정이다라는 생각이 슬며시 들었다.

하지만 다음 순간, 이렇게 사심에 치우치면 중요한 일이 헝클어질 수도 있다는 우려가 퍼뜩 들었다. 만일 키스방녀와 즐겼다가 꼬투리라도 잡히면 진짜 파국을 초래할 수도 있었다. 나는 눈을 지그시 감고 독립운동가인 윤봉길 의사를 떠올렸다. 그분은 나라의 독립을 위해 목숨을 걸고 침략자의 우두머리에게 도시락 폭탄을 던진 위대한 인물이다. 만일 그분이 거사를 실행하기 전에 키스방 여자가 유혹을 했다면 어떻게 행동했겠는가. 잠깐 즐기는 것은 독립운동과 상관없다고 생각하고 만났을까? 아닐 것이다.

나는 키스방녀에게 지금은 피곤해서 어렵다는 답장을 보내고 잠자리에 들었다. 그러자니 마음이 차분해지기는 개뿔, 혹시 그녀가 또 문자를 보내지 않았는지 계속 확인하며 새벽 2시까지 잠 못 들었다.

그리고 며칠이 흘러 토요일이 되었다. 나는 낮에 키스방녀와 만나, 내가 여자로 변신한 모습과 똑같은 모습으로 변신을 시켰다. 물론 완벽하게 나처럼 보이게 만드는 것은 불가능한 일이었다. 하지만 대충은 비슷하게 보였다. 객실의 조명을 어둡게 만들면 속아넘어갈 것 같았다. 하지만 그건 내 생각이고, 재벌남이 의외로 눈썰미가 뛰어난 사람이라면 발각될 수도 있었다. 그러나 비밀 매춘을 하는 사람이라면 사실을 알게 되더라도 당당히 고발할 수는 없을 것이라고 생각했다.

나는 키스방녀를 H호텔의 객실에 입실 시켰다. 그녀는 룸에 들어가지마자 냉장고를 열고 닥치는대로 먹기 시작했다. 모두 고가의 음료들이었지만 비용은 재벌남이 대는 것이므로 나와는 상관없었다. 그녀가 가슴이 움푹 파인 티셔츠에 중요 부분만 살짝 가린 것처럼 보이는 짧은 반바지를 입고 있어서 슬그머니 딴 생각이 들었지만 윤봉길 의사를 생각하며 참았다.

그리고 마지막으로 나는 호텔의 공용 화장실에서 여자로 변신하고, 정각 7시에 호텔 커피숍에서 재벌남을 기다리며 앉아 있었다. 과연 나의 계획대로 일이 잘 진행될지 염려하며 기다리고 있을 때, 드디어 재벌남이 들어왔다. 나는 그를 한 눈에 알아보았다. 70대 초반의 그는 확실히 보통의 노인들과는 다른 분위기를 가지고 있었다. 그냥 외모에서 부에 둘러싸여 사는 듯한 이미지가 풍겼던 것이다.

　나를 알아본 그는 느릿느릿 걸어, 내 앞의 의자에 앉았다.

　"반갑습니다."

　그가 악수를 청하기에 나도 인사를 하며 그의 손을 맞잡았다.

　"나는 어지간한 미인에게는 안 끌리는데, 미스 장의 모습을 우연히 보고는 반했지 뭐요."

　"감사합니다."

　나는 한껏 여성스러운 말과 몸가짐으로 대답했다.

　"나이를 먹으면 관상이라는 게 믿을 만하다는 생각을 한다오. 사람 얼굴에서 성격이 다 드러나는 것이거든. 그런 면에서 미스 장은 아주 순수한 여자라고 생각을 했소."

　"제가 아직 세상물정을 모르기는 해요."

　"모르는 게 좋은 거라오."

　"아무튼 잘 봐주셔서 몸둘바를 모르겠습니다."

　재벌남은 나의 몸을 아래위로 훑어보기 시작했다. 그 눈에서 욕정이 이글거리는 게 느껴졌다. 기업가인데다가 나이가 연로한 사람이라 혹시 내가 남자라는 걸 눈치챌 수도 있다고 염려했으나 그런 기색은 전혀 느낄 수가 없었다.

나는 조급한 마음에 한시라도 빨리 객실로 가자고 말하기를 학수고대했으나, 그는 엉뚱하게도 자신이 살아온 날들을 길게 회고하기 시작했다. 내가 진짜 여자라도 짜증이 날 것 같았다. 하지만 그런 내색을 할 수가 없었으므로 흥미롭다는 듯이 귀를 기울이는 척 했고, 가끔은 맞장구도 쳐주었다. 그러면서 속으로는 앞으로의 계획을 점검했다. 재벌남을 데리고 키스방녀가 있는 객실로 가다가 중간에 나는 빠지고 키스방녀에게 그를 맡기는 것이 계획이었다.

그런데 20분쯤 일방적으로 이야기를 하던 재벌남이 뜬금없는 제안을 했다.

"이제 나와 청평에 있는 별장으로 갑시다."

"네?"

나는 눈이 휘둥그레져서 되물었다. 당연히 이 호텔에서 일을 벌일 줄 알았는데, 청평에 있는 별장이라니……..그랬다가는 모든 게 엉망진창이 되어버릴 것이었다.

"그냥 이 호텔에서 관계를 갖는 게 좋을 것 같은데요."

나는 다급히 말했지만 재벌남은 고집을 꺾지 않았다.

"오늘을 대비해서 청평에 여러 가지 준비를 해 놓았다오. 그리고 나는 본래가 호텔이라는 곳을 그다지 좋지 않게 생각한다오."

그리고 그는 당연하다는 듯이 일어서더니 나더러 따라오라고 손짓을 했다. 말도 안되는 상황이었지만 어떻게 달리 해 볼 수가 없어서 일단 나는 그를 따라갔다. 지하 주차장으로 내려가니 중형차 한 대가 대기중이었다. 재벌남은 주저하는 나를 밀어 넣고, 자신도 올라탔다. 그러자 차는 곧바로 호텔을 빠져나가 서울의 외곽으로 달려 나가기 시작했다.

방귀 뀌려는 데 똥 나온다, 라는 우스갯소리가 있다. 왜 갑자기 똥 이야기를 꺼내느냐하면 재벌남과의 하룻밤을 위해 청평으로 달리는 내 기분이 그 상황을 떠올리게 했기 때문이다. 물론 상황은 전혀 다르지만 일이 생각지도 못한 방향으로 틀어지고 있는 지금 나의 기분은 그야말로 방귀 뀌려는 데 똥이 나오는 것처럼 얼토당토않은 것이었다.

재벌남은 기사에게 지시를 해서 달콤한 클래식 음악을 틀도록 했다. 그리고 그는 창밖을 내다보며 경치가 근사하다는 식의 말을 하고 있었다. 그는 모든 게 만족스럽다는 표정이었다. 물론 나는 그 반대였다. 갑자기 이 차가 다른 차를 들이받는 변고라도 생기기를 기도했다. 아니, 그냥 도로 밖으로 곤두박질쳐서 물속에 빠지기라도 했으면 좋겠다고 생각했다. 하지만 그런 일은 일어날 기미조차 없이 차는 조용히 미끄러져 달리고 있었다.

그때 나의 휴대폰이 울렸다. 받자마자 키스방녀의 다급한 외침이 터졌다.

"오빠! 나 계속 기다리는데, 왜 아직 안 오는 거야? 더 기다려야 해?"

나는 잘못 걸려온 전화라도 되는 듯이 끊은 다음, 문자로 오늘은 일이 틀어졌으니 그만 집으로 돌아가라고 했다. 그러자 키스방녀는 호텔비가 없는데 어떻게 체크아웃을 하느냐고 되물었다. 그러고 보니 맞는 말이었다. 나는 일단 기다리라고 답장을 보냈다.

차가 어느새 목적지에 도착했다. 아담한 크기의 2층 짜리 별장이었다. 마당에는 푸르게 잔디가 덮혀 있었고, 건너편에는 호수가 있었다. 진짜 멋진 풍경이었지만 나는 경치를 즐길 입장이 전혀 아니었다. 무슨 핑계를 대서라도 이곳을 빠져나가야 하는데, 마땅한 계책이 생각나지를 않았다. 그래서 나는 재벌남을 따라서 별장으로 들어서고 말았다. 거실에는 만찬이 준비되어 있었다. 입이 딱 벌어지게 차려진 호화로운 저녁 식사였는데, 나는 이 와중에도 군침이 돌았다. 재벌남과 식탁에 마주앉은 나는, 그가 이야기를 건네는 동안은 여성스러운 몸가짐으로 식사를 했지만, 그가 화장실 가느라 자리를 비웠을 때는 평소에 먹지 못한 진귀한 음식들을 닥치는 대로 입 안에 쑤셔넣었다.

저녁 식사를 마치자 테이블이 치워지고 대신 이번에는 술상이 차려졌다. 맥주 몇 병과 안주가 나왔다. 술을 마시며 로맨틱한 분위기를 조성하려는 것이 목적인 듯 했는데, 내가 볼 때는 빵점이었다. 재벌남은 진짜 쉬지 않고 자신의 인생을 회고했다. 술이 들어가자 더 심해져서 6.25전쟁 때 죽을 고생을 한 이야기며, 혈혈단신으로 월남해서 기업을 일으키기까지의 과정을 신파 드라마라도 되는 듯이 길에 늘어놓았다.

그러다가 재벌남의 얼굴에 취기가 도는 모습을 보고 내 머릿속에 번쩍 아이디어 하나가 떠올랐다. 그다지 술이 세지는 않은 것으로 보이는 재벌남을 술로 잠재우면 해결이 된다는 것이다. 그렇게만 된다면 이곳에서 몰래 도망치는 모험을 하지 않아도 될 것이었다. 나는 화장실 간다는 핑계를 대고 일어나서 주방으로 가 보았다.

그곳에서는 일하는 아줌마 한 명이 대기중이었다. 나는 그녀에게 위스키를 찾았다. 물론 재벌남이 가져오라고 한다는 거짓말을 했다. 나는 그녀가 내 놓은 위스키를 맥주와 섞었다. 소위 폭탄주라는 것이었다. 재벌남의 주량이 어느 정도인지는 모르겠지만 위스키를 맥주처럼 마시면 누구라도 취하지 않을 수가 없을 것이다.

나는 해결 방도를 찾았다는 안도감을 느끼며 위스키를 섞은 맥주를 가져와 테이블위에 올려놓았다.

"술을 또 마시나? 이제 슬슬 방으로 들어갈 때가 된 것도 같은데……."

재벌남은 슬슬 발동이 걸린다는 듯한 얼굴이었다. 그의 얼굴에서는 빨리 침대로 들어가 뒹굴고 싶어하는 기색이 역력했다.

나는 일부러 애교를 부리며 말했다.

"회장님 이야기가 너무 재밌어서요. 딱 한 잔만 더 하고 가요."

"내 이야기 재밌나? 지루하지 않아?"

"천만에요. 진짜 역사의 산증인이신 걸요."

나의 칭찬에 기분이 좋아진 듯한 재벌남은 내가 따르는 술을 연거푸 들이켰다. 나의 예상은 적중을 해서 그는 잠시 후 횡성수설 하기 시작했고, 더 시간이 지나자 완전히 취해서 테이블 위로 거꾸러졌다.

나는 그를 부축해서 2층의 침실로 올라갔다. 침실에 들어가보니 입이 딱 벌어졌다. 마치 왕의 침실처럼 호사스러운 분위기였다. 커튼이 내려져 있는 침대에 그를 눕히고 나는 잠시 침대 맡에 앉아서 쉬었다. 일단 위기를 넘겼다는 생각에 안도가 되었다. 그러나 지금

부터가 더 중요했다. 술에 취해 기절한 재벌남으로 하여금 나와 무사히 첫날밤을 치렀다는 인식을 심어줄 필요가 있었다. 그래야만 2천만원을 받을 수가 있는 것이다.

일단 나는 재벌남의 옷을 벗겨서 가운으로 갈아입혔다. 그러자니 내가 마치 치밀한 범죄라도 저지르고 있는 것 같이 생각되었다. 특히 그가 나와의 하룻밤을 위해 이처럼 많은 준비를 한 것을 생각하면 진짜 미안했다. 하지만 나로서도 할 말이 있었다. 내가 여자라면 그가 원하는 걸 얼마든지 해 줄 용의가 있지만 나는 여자가 아닌 남자라는 것이다.

이제 진짜 중요한 일이 남아 있었다. 재벌남이 나와 관계를 가진 것처럼 위장해야 한다는 것이다. 그렇게 하기 위해 나는 침실 안을 뒤져 콘돔을 하나 찾아냈다. 마스터베이션으로 콘돔 안에 정액을 사정하고 침대에 놓아두면 모든 게 끝난다. 그렇게 하면 나의 계략은 완전무결하게 마무리되는 것이다. 정액이 가득 찬 콘돔을 본다면 재벌남도 자신이 별 문제없이 나와 뒹굴었다고 생각할 것이었다.

그런데 여기서 문제가 생겼다. 갑자기 발기가 되지 않은 것이다. 여자로 변신한 걸 들키지 않으려 노심초사하다보니 심리적으로 위축이 되어 안 되는 듯 했다. 빨리 처리해야한다는 생각에 페니스를 이렇게 저렇게 구슬러보았지만 소용없었다. 나는 침대에 누워 지금까지 경험했던 것 가운데 가장 야한 장면을 머릿속에 떠올려보려고 노력했다. 나는 얼마전 본 일본 야동을 떠올렸다. 야동의 내용은 AV여배우가 노숙자와 섹스 하는 것을 다큐멘터리로 촬영한 것이었다. 수많은 야한 장면중에 왜 하필 그 영상이 떠올랐는지는 나도 잘 모르겠다. 노숙자는 컵라면을 먹다가 미끈하게 잘 빠진 여배우가 다가와 공짜로 몸을 주겠다고 하니 이게 왠 횡재냐 하는 기분으로 올라타서 섹스를 했었다. 하여간 그 장면을 떠올리자 발기가 되었다.

나는 콘돔에 정액을 가득 채운 후, 그것을 세상모르고 널부러져 있는 재벌남 옆에 놓아두었다. 그 다음에는 메모지에 짧은 메모를 남겼다.

'회장님, 덕분에 즐거운 밤 보냈어요. 집에 일이 생겨서 먼저 갈게요.'

나중에 재벌남이 깨어나서 이 상황을 어떻게 받아들일지를 생각하니 감이 안 잡혔다. 모든 정황이 섹스를 한 것 같기는 한데, 아무리 생각해도 그런 기억이 없으니 묘한 기분일 것이다. 그 생각을 하자니 너무 웃겨서 나는 실없이 웃음을 터트렸다. 그때 휴대폰에서 문자가 왔음을 알리는 알람이 울렸다.

'나 어떻게 해?'

아뿔싸, 키스방녀로부터 온 문자였다. 그녀는 호텔비 때문에 객실에 갇혀서 내가 나타나기만을 눈빠지게 기다리고 있는 것이다. 일단 나는 남자로 돌아가 택시를 잡아타고 그녀가 있는 H호텔로 향했다. 하지만 무슨 대책이 있는 게 아니었다. 2천만원이 들어올지 안 들어올지도 모르는 상황에서 호텔비를 어떻게 해결해야할지 감이 안 잡혔다.

호텔에 도착해 객실 문을 열고 들어간 나는 동태처럼 얼어붙었다. 객실 안에는 키스방녀뿐 아니라, 그녀의 친구인듯 한 여자가 세 명 더 있었다. 그들은 음악을 틀어놓고 열심히 뛰어놀다가 내가 들어가자 환호성을 질렀다. 그건 놀랄 일도 아니다. 진짜 문제는 냉장고 문이 활짝 열린 채 텅 비어있었다는 것이고, 테이블 위에는 주문한 음식과 술병이 어지럽게 널려 있었다는 것이다.

"나 혼자 독수공방하고 있을 수는 없잖아."

일리 있는 말은 아니었지만 충분히 예상을 했어야 하는 상황임은 분명했다. 키스방녀가 혼자 얌전히 기다리고 있을 것이라고 순진하게 생각한 내 잘못이었다. 키스방녀는 나의 팔짱을 껴며 친구들에게 말했다.

"우리 어울리지?"

그러자 친구들은 박수를 치며 환호했다. 그녀가 친구들과 무슨 난리를 피우건 그건 자유였지만 문제는 내가 뒷감당을 해야 한다는 것이다. 그녀가 친구들과 먹고 마신 이 비용은 내가 지불하지 않으면 안 되었다. 그러나 이 문제로 그녀와 싸워 봐야 더 복잡해지기만 할 것이고, 무엇보다 빨리 집으로 돌아가 쉬고 싶었다. 나는 함께 더 놀다가자는 그녀들을 만류한 후, 함께 객실을 나와 프런트로 가서 엄청난 호텔 비용을 카드로 계산해야했다.

.

달콤한
약속

그리고 며칠 동안 나는 초조했다. 과연 재벌남이 나의 속임수에 넘어갈지, 아니면 자신이 속았다는 걸 알게 될지 걱정을 안 할 수가 없었다. 돈을 받고 안 받고는 두 번째 문제였다. 이 문제로 너무나 스트레스를 받고 보니 더이상 아무 문제도 안 생기고 조용히 넘어가기만을 바라게 되었다. 아울러 이제는 여자로 변신한 생활을 청산하고 싶어졌다. 여전히 여자로 살아가는 건 재밌었지만 언젠가는 탄로가 날지 모른다는 불안이 생긴 것이다.

그런 가운데 나를 재벌남과 연결시켜준 마담뚜 아줌마로부터 휴대폰이 걸려 왔다.

"장윤희 씨, 입금 했어요. 수고했습니다."

딱 한 마디였다. 재벌남의 반응이 어땠는지에 대해서는 전혀 언급이 없었다. 나는 믿기지 않아 폰뱅킹으로 확인을 해 보았다. 2천만원이 고스란히 입금이 되어 있었다. 과정이야 어쨌거나, 뜻하지 않게 몫돈이 생겨, 나는 하늘을 날 듯이 기뻤다.

하지만 이런 짓은 더이상 하지 않을 생각이었고, 앞에서도 밝힌 대로 이러다가는 반드시 발각되리라는 불안감이 가시지 않았다. 그래서 나는 도서관 관장을 찾아가, 일신상의 이유로 도서관 홍보 도우미는 그만두겠다고 밝혔다. 내가 그동안 홍보 도우미로 적잖은 공을 세우기도 했고, 기간상으로도 꽤 되기 때문에 관장은 순순히 받아들였다. 다음날 도서관 홍보 도우미로 문학실의 조승희가 나 대신 선정되었다. 조승희는 무척 기뻐하는 것 같았다. 어쩌면 레즈 성향의 그녀는 새로운 파트너를 만날 수 있는 기회로 여길지도 모른다고 생각했다.

그건 그렇고, 어쨌거나 2천만원의 몫돈이 들어왔으니 이제는 이 돈으로 임미숙을 도울 차례였다. 그런데 그녀의 어려운 사정을 처음 알았을 때만 하더라도, 만일 내게 몫돈이 생기면 아무 사심없이 사랑하는 그녀를 돕는데 쓰겠다고 생각했는데, 막상 수중에 돈이 생기고 보니 슬그머니 계산적인 생각이 들었다. 과연 내가 그녀를 경제적으로 도와준다고 그녀가 그만큼 나를 더 사랑하겠느냐는 것이다. 어쩌면 나만 바보가 될 수도 있었다. 물론 그녀는 좋은 사람이라고 생각하지만 세태가 하도 각박하다보니 경각심이 생긴 것이다.

게다가 그녀는 성공한 사업가의 러브콜을 받고 있었다. 고작 2천만원으로는 성공한 사업가를 이길 수는 없었다. 그렇다고 생각이 바뀌었다는 게 아니라 좀 더 신중해지자는 것이었다. 아니, 사실은 막상 돈이 내게 들어오니 그걸 남을 위해 쓰기가 아까워진 것같다.

대신 성의는 표하는 게 좋을 것 같았다. 내가 성공한 사업가 못지 않게 전도유망하며, 쪼존하지 않은 모습을 보이면 굳이 현찰로 돕지 않더라도 나를 신뢰할 것이었다. 그렇게 생각하자니 기분이 좋아졌다. 임미숙을 돕자는 생각이 계기가 되어 2천만을 벌었고, 그 돈을 안 쓰고도 그녀와 계속 사귈 수 있다면 일거양득인 것이다. 그렇게 정리를 하고 기뻤지만 다른 한 편으로는 나 자신이 너무 치사한 인간처럼 느껴지기도 했다.

임미숙과의 관계에서는 결정적인 장점이 하나 있다. 내가 그녀의 수강생이기 때문에 일주일에 한 번은 자연스럽게 만날 수 있다는 사실이다. 그녀가 다소 신중해진 이후 내쪽에서 먼저 연락을 하기가 쉽지 않았는데, 일주일에 한 번은 정례적인 데이트가 있으므로 걱정할 필요가 없었다.

오늘이 그 날이었다. 나는 내가 그녀에게 어떤 모습으로 어필을 해야 하는지 잘 알고 있었다. 성공한 사업가에 결코 뒤지지 않는 남자이어야 한다. 여자들의 심리란 어쩌면 단순한 것인지도 모른다. 그냥 더 좋은 남자를 선택할 뿐이다. 그건 전혀 잘못된 게 아니다. 남자도 끊임없이 괜찮은 여자를 찾고 있는 건 마찬가지 아닌가.

나는 옷장에서 중요한 날에만 입고 나가는 정장을 입고 지갑에도 현찰을 두둑히 챙긴 후 외출을 했다. 레슨이 끝나면 데이트를 하자고 제안할 생각이었다. 고급 레스토랑에서 저녁을 함께 먹으며 프로포즈를 하는 상상을 하며 나는 설레는 마음으로 임미숙의 피아노 학원에 도착했다. 그런데 학원 안에 들어서니 임미숙은 보이지 않고 낯선 남자 한 명이 서 있었다. 그 순간 나는 얼마 전 괴한이 침입한 일을 떠올리며 그에게 물었다.

"누구시죠?"

낯선 남자는 아무 대답도 없이 나를 멀뚱히 쳐다보았다. 그때 임미숙이 안쪽에서 나왔다. 그녀는 나를 보고 새삼 생각났다는 듯 말했다.

"어머! 오늘 동규 씨 레슨받는 날이죠? 죄송해요. 깜박 잊었어요."

나의 레슨을 잊어버렸다는 것도 기분 상하는 일이었지만, 그보다는 말쑥한 차림으로 그녀의 학원에 서 있는 이 남자의 정체가 더 궁금했다.

임미숙은 당황한 얼굴로 나와 낯선 남자를 서로에게 소개했다.

"이쪽은 저희 학원 수강생이고, 이쪽 분은 제 친구예요."

친구? 40은 족히 되어 보이는 이 남자가 친구라고? 나는 뭔가 이상한 기분을 느꼈지만 그런 감정을 안으로 감추며 낯선 남자와 악수를 교환했다. 둘의 분위기로 봐서는 내가 레슨을 미루겠다고 하기를 간절히 바라는 것 같았는데, 나는 절대로 그럴 수 없다는 다짐을 하며 묵묵히 서 있었다. 임미숙이 어떻게 해야 좋을지 몰라하는 듯 하자 낯선 남자가 말했다.

"미숙 씨, 저는 신경 쓰지 마십시오. 저쪽 테이블에 앉아서 기다리겠습니다."

"그럼……."

임미숙은 나와 함께 피아노 쪽으로 이동했고, 낯선 남자는 테이블에 팔짱을 낀 자세로 앉았다. 나는 피아노 앞에 앉아 작은 소리로 임미숙에게 물었다.

"누구예요?"

"그냥……."

그녀가 얼버무리는 걸 보고 퍼뜩 떠오르는 게 있었다. 그렇다. 저 남자는 분명 그녀의 이모가 소개시켜 준다고 했던 성공한 사업가가 틀림없었다. 41살이라고 했으니 나이 대도 들어맞는다. 그건 그렇고, 그가 그녀의 피아노 학원까지 방문했다면 둘 사이에 어느 정도 진전이 있었다는 이야기가 된다. 그렇게 생각하자니 속에서 뭔가가 부글부글 끓어올랐다.

나는 피아노 앞에 앉아 임미숙으로 부터 레슨을 받았다. 나의 실력은 초보를 갓 넘은 단계여서 어느 정도는 연주를 하는 게 가능했다. 내가 악보를 보고 연주를 하면 임미숙이 옆에서 지도를 해 주는 방식으로 레슨이 진행되고 있었다.

그렇게 어느 정도 시간이 지나자, 기다리는 게 지루해졌는지 낯선 남자가 일어서더니 나와 임미숙의 주변을 왔다갔다 하다가 불쑥 끼어들었다.

"저도 예전에 피아노를 배워서 좀 칠 줄은 아는데………"

그리고 그는 다른 피아노 앞에 앉더니 임미숙의 허락도 받지 않고 연주를 하기 시작했다. 베토벤의 '엘리제를 위하여'라는 곡이었다. 나는 그가 틀림없이 자신의 피아노 실력을 임미숙에게 자랑하고 싶어하는 것이라고 생각했다. 그런데 그의 시도는 어느 정도 효과가 있어서 점잖게 보이는 40대의 남자가 감미로운 피아노 곡을 연주하니 분위기가 감상적이 되었다. 그리고 무엇보다 임미숙의 관심을 끄는 것에 성공한 것 같았다. 그녀는 낯선 남자가 연주를 마치자 활짝 웃으며 말했다.

"피아노까지 치시는 줄은 몰랐어요."

"저의 유일한 취미입니다."

임미숙이 호감을 드러내는 걸 옆에서 지켜보자니 미칠듯한 질투심이 솟구쳤다. 나는 낯선 남자에게 밀리면 안 된다는 생각에 임미숙에게 말했다.

"나도 연주하고 싶은 곡이 있는 데 한 번 해 보겠습니다."

그리고 나는 엘비스 프레슬리의 '러브 미 텐더'를 연주하기 시작했다. 이곡은 무엇보다 연주가 쉬워서 나같은 초보가 실력을 과시하기 적당한 곡이었다. 나의 연주가 끝나자 이번에는 낯선 남자가 미국의 전래곡인 '스와니강'을 연주했고, 나 역시 질 수 없어서 통기타 가요인 '이루어질 수 없는 사랑'을 연주했다. 그러다보니 어느새 나와 낯선 남자가 피아노로 경쟁을 하고 있는 모양이 되었다.

"죄송합니다. 수업 계속 하십시오.제가 괜히 끼어들어서…….."

그리고 낯선 남자는 일어서더니 학원의 한쪽 면을 차지하고 있는 책장을 정리하기 시작했다. 그곳에는 악보가 가득 꽂혀 있었는데, 여러 수강생들이 사용하다보니 좀 어질러져 있었던 것이다. 낯선 남자는 책장 정리를 하는 방법으로 임미숙의 환심을 사려 하고 있다는 것을 나는 눈치 챘다. 다시 레슨이 시작되었지만 나의 온 신경은 낯선 남자 쪽으로 쏠렸다.

그래서 나는 레슨이 끝나자마자 신발장 쪽으로 가서 신발장을 정리하고 대걸레로 물청소를 하기 시작했다. 그러자 낯선 남자는 자신도 질 수 없는 생각이 들었는지 마른 걸레로 유리창을 닦기 시작했다. 나 역시 물러서면 안 된다는 생각에 계단을 청소했고, 그 역시 포기하지 않고 화장실 청소를 했다.

내가 물러서지 않자, 낯선 남자는 더 이상은 무리라고 생각했는지 항복을 선언했다.

"오늘은 시간도 늦고 해서 이만 가봐야겠군요. 그럼 연락드리도록 하겠습니다."

그는 임미숙에게는 활짝 웃는 얼굴로 인사를 하고, 내게는 경쟁심이 가득한 시선을 한 번 주고는 학원을 나갔다. 그가 사라지자 학원 안에는 피터지는 경쟁 분위기가 사라지고 대신 임미숙과 나 사이의 로맨틱한 공기로 가득해졌다. 임미숙과 나는 테이블에 마주앉았다. 그녀와 단 둘이 마주앉고보니 만감이 교차했다. 아, 이 순간을 얼마나 그렸던가.

임미숙이 조용히 말했다.

"실은 이모가 선을 보라고 해서 오늘 만난 분이에요. 사양했음에도 내가 운영하는 피아노 학원을 꼭 한 번 보고 싶다기에 함께 왔어요."

"그랬군요."

"내가 선을 봤다니까 화나죠?"

나는 잠자코 있었다.

"어쩔 수 없었어요. 실은 제가 여러 모로 어려운 때라 누군가, 날 도와줄 수 있는 사람이 있었으면 좋겠다고 생각했거든요. 내가 동규 씨에게 했던 말은 모두 진심이었어요. 하지만 현실은 현실이잖아요."

"알고 있습니다."

나는 사실 속으로 벅찬 감동을 느꼈다. 임미숙이 내게 자신의 속마음을 솔직히 털어놓았기 때문이다. 나는 여자로 변신해 지금 그녀의 입장을 다 알고 있었지만, 그것을 남자로서 듣는 건 또다른 문제였다. 임미숙은 나를 믿고 있기에 사실을 털어놓을 수 있었던 것이고, 그렇다면 그녀의 나에 대한 감정 역시 사실 그대로라는 것이었다.

"하지만 이렇게 동규 씨와 단 둘이 마주앉고보니 내가 잠깐 잘 못 생각했다는 생각이 드네요."

"저는 미숙 씨가 어떤 선택을 하건 존중합니다. 저는 미숙 씨가 잘 되기만을 바랄 뿐입니다."

물론 멋있게 보이려고 한 말이다. 만일 진짜로 임미숙이 나를 버리고 성공한 사업가를 선택한다면 나는 데이트 현장으로 찾아가 난동을 부릴지도 모른다.

"염려마세요. 저는 지조 있는 사람이니까."

"나도 마찬가지입니다."

그 순간 그녀와 나 사이에 강한 전류가 흐르는 듯 느껴졌다. 나는 무엇엔가 이끌린 사람처럼 그녀의 옆자리로 가서 그녀를 안았다. 그녀는 말없이 나의 어깨에 머리를 기댔다. 가슴이 심하게 고동쳤다. 그녀의 나에 대한 사랑을 확인했고, 또 2천만원을 안 써도 될 것 같았다.

나는 두 손으로 그녀의 얼굴로 천천히 내 쪽으로 돌리고 입을 맞췄다. 그녀의 나즈막한 숨소리가 들렸다. 나는 오른손으로 그녀의 가슴을 어루만지다가 천천히 아래로 내리려 했다. 그러자 그녀가 나의 손목을 잡았다.

"그건 안 돼."

하지만 나 자신이 멈출 수 없는 상태였고, 또 여자들의 저항은 으레적인 성격이 강하다는 이야기를 귀따갑게 들었기 때문에 나는 그녀의 손을 뿌리치고 치마 속으로 손을 넣으려 했다.

"자기, 오늘은 참아."

"사랑해."

"나도 사랑해. 하지만 오늘은 안 돼."

"서로 사랑한다면 상관없잖아."

"그건 그렇지만 이렇게 아무 준비 없이 하기는 싫어."

"그럼?"

"다음 주 수요일이 내 생일이야. 그때 해."

"진짜?"

내가 어린아이처럼 다짐을 주자, 그녀는 고개를 끄덕였다. 다음 주 수요일이면 5일이 남았다. 그 정도면 충분히 기다릴 수 있을 것 같았다. 생일 파티를 하고 그 기념으로 하나가 된다면 근사할 것 같았다. 그녀와 나는 마지막으로 길게 키스를 하고 헤어졌다.

D데이를
하루 앞두고

다음 주 수요일까지는 5일이 남았다. 5일 뒤면 임미숙과 잔다. 그 생각을 하자니 잠이 오지 않았다. 세상이 5일 동안 지금 이대로 정지되었으면 좋겠다고 생각했다. 무엇 보다 임미숙의 생각이 갑자기 바뀔까봐 걱정되었다. 그리고 5일 안에 전쟁이나 엄청난 지진 같은 게 일어나서 그녀와의 약속이 깨질까봐 걱정을 했다.

다음 날 도서관에 출근했는데, 주변의 여자들에게 전혀 관심이 안 생겨, 그냥 묵묵히 내 일만 했다. 세상의 절반은 여자라지만, 내 게는 임미숙 한 명밖에 안 보였다. 나는 서고의 가장 깊숙한 곳에 숨어 그녀에게 문자를 보냈다.

'어제 우리의 약속 기억하죠?'

그리고 그녀의 답장이 오기를 초조히 기다리는데, 마침내 그녀로 부터 답장이 왔다.

'∧∧..'

짧은 이모티콘이었지만 수많은 의미를 내포하고 있다고 생각했다. 아니, 사실은 그녀가 보낸 이모티콘만으로도 흥분이 되었다. 대한민국에 이모콘티를 보고 성적인 흥분을 느끼는 남자는 나밖에 없을 것 같았다. 여자로 변신해 그녀를 찾아가면 그녀의 마음을 더 잘 알 수 있다고 생각했지만, 이 상황에서 괜히 딴짓을 하면 산통이 깨질지 모른다는 생각에 자제했다.

D-2. 그녀와 하나가 되기로 약속한 이틀 전이다. 현재까지는 순조로웠다. 전쟁도, 지진도 일어나지 않았고, 외계인이 지구를 침공하지도 않았다. 무엇보다 그녀의 마음이 아직 그대로라는 게 고무적이었다. 초조한 마음에 그녀와 잠깐 통화를 했는데, 며칠전의 기분 그대로, 살가운 분위기에서 대화를 했으며, 이틀 후의 약속을 재확인했다.

그런데 그 날 저녁이었다. 어머니가 차려준 저녁을 먹는데, 느닷없이 어머니가 내 목을 뚫어지게 쳐다보며 말했다.

"목이 왜 그러니?"

"목이 왜?"

"이상한 게 생겼어."

나는 무슨 일인가 하고 세면장으로 들어가서 거울을 보았다. 그랬더니 목에 원형 모양의 이빨자국이 나 있었다. 손으로 만져보니 오돌도돌하게 돌출이 되어 있었다. 그게 하나가 아니라 3개 씩이나 목을 에워싸고 있었다.

"내일 당장 병원에 가 봐."

"알았어."

대답은 그렇게 했지만 나는 대수롭지 않게 생각했다. 임미숙과의 대사건을 눈앞에 두었기 때문에 이 정도 몸의 이상은 신경 쓸 일이 아니라고 생각한 것이다. 그리고 다음날 출근을 했는데, 어머니가 몇 번씩이나 전화를 걸어와서는 심상치 않으니 병원에 꼭 가라고 신신당부를 했다. 그래서 나도 혹시 모른다는 생각에 집 근처의 피부과에 들렀다.

그런데 나를 진찰하던 의사의 얼굴이 점점 심각해지는 것이었다. 그는 확대경으로 내 목의 자국을 자세히 살피고는 말했다.

"이런 반점은 에이즈에서 나타나는 증상입니다."

에이즈???? 나는 그 순간 놀라서 넘어질 뻔 했다. 텔레비전이나 인터넷에서 에이즈 환자를 본적이 있었다. 말라비틀어진 모습에 온통 검은 반점으로 뒤덮힌 모습에 불쌍하다고는 생각했지만 나와 관련이 있으리라고는 1퍼센트도 생각하지 않았다. 그런데 내가 에이즈라니?

"아니, 목에 이빨자국이 몇 개 생겼다고 에이즈라는 말입니까?"

"초기에는 다 이렇게 시작합니다."

"아니, 저는 동성연애자도 아닌데 어떻게 에이즈에 감염될 수가 있습니까?"

"동성연애자에게 주로 발병하지만 드물게 예외도 있습니다."

그 희박한 예외의 경우에 내가 해당된다는 것이다. 나는 도저히 받아들일 수도, 믿을 수도 없었다. 더군다나 내게는 일생일대의 기회가 눈앞에 있지 않은가. 임미숙과 하나가 되기로 약속한 날을 앞두고 이게 무슨 날벼락이란 말인가. 울화통이 치밀어 올라 벽에 머리를 박고 싶은 기분이었다.

그런 나를 내버려두고 의사는 진찰실을 나가더니 어딘가로 전화를 걸었다. 그러자 5분 뒤에 마스크를 쓰고 면장갑을 낀 세 명의 남자들이 들어와서 나를 에워쌌다. 그옆에 서 있는 의사가 설명했다.

"에이즈 환자는 무조건 당국에 보고 하도록 되어 있습니다. 이 분들은 보사부 공무원들 입니다. 이제 이분들이 초지를 취해 줄 것입니다."

보사부 직원들은 멍하게 서 있는 나를 밖으로 데려나갔다. 그리고는 대기하고 있던 구급차에 태우고 어딘가로 출발했다. 구급차 한쪽에 앉아 창밖을 내다보니 처량한 기분이 되었다. 마치 사형 집행을 앞둔 사형수 같은 기분이었다.

구급차가 도착한 곳은 국립종합병원이었다. 나는 그곳에서 여러 가지 검사를 받았다. 나를 검사하는 의사와 보사부 직원들은 간간히 밀담을 나누기도 했다. 거의 2시간 가량 검사를 받고 나자, 의사가 나를 진찰실로 데려가더니 설명을 했다.

"검사 결과는 1주일 뒤에 나옵니다. 에이즈로 확진이 되기 전까지는 정부의 조치를 받지 않아도 되기 때문에 일단 집에 돌아가셔서 결과를 기다려 주십시오."

"제가 진짜 에이즈라는 말입니까?"

"아직 확실한 건 아니지만, 반점의 형태로 볼 때는 에이즈일 가능성이 농후합니다."

"만일 에이즈로 판명나면 어찌되나요?"

"당국에 의해 격리 수용됩니다."

내 머릿속으로는 머리가 박박 깎여서 지하실 같은데 갇혀 있는 모습이 떠올랐다. 의사는 심각한 얼굴로 말했다.

"결과가 나오기 전까지 안정을 취하셔야 합니다. 그런데 결혼은 하셨나요?"

"아니오."

"그렇다면 다행이군요. 에이즈일 가능성이 높기 때문에 성관계를 가지면 안 된다는 것 정도는 알고 계시겠죠?"

망치로 머리를 한 대 맞은 기분이었다. 바로 내일이 임미숙과 하나가 되기로 약속한 날인데……왜 내 인생이 이다지도 꼬이는 건지…….처량하게 진찰실을 나서는 내게 의사는 확인 사살을 했다.

"만일 성관계를 가지면 에이즈 균을 의도적으로 퍼트린 행위가 되어 법의 처벌을 받을 수밖에 없습니다."

에이즈에 걸렸을 가능성이 높은 이 와중에도, 나는 임미숙과 잘 수 없다는 사실에 절망했다. 그렇다고 에이즈에 걸렸건 말건 그런 건 신경 쓰지 않는다는 것이 아니라, 내게 가장 중요한 건 에이즈가 아니라 사랑하는 여자와 하나가 되는 일이었다는 것이다.

무언가 안 좋은 일이 생기면 흔히 신같은 건 없다고 생각해버리는데, 나는 반대로 신이 정말 있는 지도 모른다고 생각했다. 다만 그 신은 질투심이 대단해서 내가 임미숙과 자는 행운을 극적인 방법으로 훼방놓고 있는 것이다. 그렇지 않고서야 사랑하는 여자와 자기 하루 전에 어찌 이런 일이 생길 수 있다는 말인가.

하지만 현실은 현실이다. 이 상황에서의 최선을 생각해야 한다. 일단 솔직히 모든 걸 털어놓는 방법을 떠올렸다. 임미숙을 만나서

'나 에이즈야. 하지만 사랑으로 극복하자.'라고 말한다면 그녀는 어떻게 나올 것인가. 그녀의 반응을 상상하는 것만으로도 오싹했다.

그렇다고 약속을 취소하고 싶지는 않았다. 내일 나는 태연히 임미숙을 만날 것이다. 하지만 그녀와 잘 수는 없다. 만일 에라 모르겠다는 심정으로 그녀와 자게 되면, 그녀도 감염되어 그녀와 나, 두 사람이 나란히 수용시설에 갇히는 일이 생길 수도 있다. 예전에 본 영화중에는 수용소에 갇힌 두 남녀가 사랑을 하게 되어, 허름한 옷차림에 머리에 들꽃 같은 걸 꽂고 결혼식을 올리는 장면이 있었다. 그건 영화라서 아름다웠지만, 임미숙에게 우리도 나머지 생을 그렇게 살자고 하면 결코 좋아하지 않을 것이었다.

그렇다면 방법은 하나다. 일단 내일 그녀를 만나서 자지 않는 방법으로 유도를 하는 것이다. 어찌되었건 내일을 잘 넘기는 게 당면 과제다. 아직 에이즈가 확실한 것도 아니고, 설령 에이즈라도 증세가 미약하면 완치될 수도 있지 않은가.

그리고 마침내 D데이가 되었다. 오전에 임미숙으로부터 먼저 전화가 걸려와, 나와 그녀는 시내의 커피숍에서 6시에 약속을 정했다. 그녀의 목소리는 여느 때와 전혀 달랐는데, 내 기분 때문인지는 몰라도 무언가를 잔뜩 기대하고 있는 듯하게 들렸다.

나는 도서관 근무를 마치고 무거운 마음으로 그녀를 만나러 나갔다. 그녀는 나보다 먼저 도착해서 기다리고 있었는데, 가슴이 훤히 드러나는 드레스 차림이었다. 그녀가 오늘을 위해 얼마나 많은 준비를 했을까를 생각하니 어딘가로 도망쳐버리고 싶은 심정이 되었다. 그녀와 나는 커피숍을 나와 저녁을 먹으러 거리를 걸었다. 그녀

는 나의 팔에 매달려, 여느 때는 볼 수 없는 애교스러운 목소리로
쉴 새 없이 재잘거렸다.

레스토랑에서 저녁을 먹고 디저트로 나온 커피를 마실 때, 임미
숙이 내 쪽으로 상체를 기울이며 물었다.

"동규 씨, 무슨 생각을 그렇게 골똘히 하세요?"

평소와는 다르게 고민에 빠져 있는 내가 그녀에게는 이상하게 보
였을 것이다.

"아니요…….그냥 좀…….."

"난 알아요. 자기가 무슨 생각하는 줄."

"네?"

"그 생각으로 머리가 꽉 차 있죠? 나랑 자는 생각 말이에요."

그녀는 당연히 내가 자신과 자는 것에 대한 기대감으로 충만해
있을 것이라고 생각하고 있는 것이다.

"걱정하지 마세요. 약속은 지킬테니까."

그리고 그녀는 창밖의 모텔을 가리키며 말했다.

"저 곳 어때요?"

"아 네……."

나는 애매하게 대답했고, 그럴 수밖에 없었다. 나는 임미숙이 마
음이 변해, 오늘의 약속을 취소하면 좋겠다고 은연중 생각했었다.
여자의 마음은 갈대처럼 항상 변하기 때문에 그럴 가능성도 있다고
생각한 것이다. 하지만 오늘의 그녀는 정직한 주민센터 공무원처럼
철두철미하게 약속을 이행할 준비가 되어 있었다.

그녀는 그것을 철저히 확인시켜 주기라도 하겠다는 듯이, 내 옆

자리로 건너와 앉더니, 내 가슴을 손으로 만지며 조용히 말했다.

"실은······.나도······.자기하고 하는 거 생각하면서 설레었어······."

그 순간 나는 더이상 애매하게 대처하면 더욱 어려워지리라는 생각이 들었다. 결단을 내리지 않으면 안 된다. 나는 그녀의 손을 원위치 시키고, 남은 커피를 입 안에 털어 넣은 후, 비장하게 말했다.

"미숙 씨, 우리 이러면 안 됩니다."

"네?"

"세상이 아무리 타락했어도 우리만은 순수한 사랑을 지켜내야 합니다. 쾌락으로 순수한 사랑의 감정을 오염시키지 말자는 겁니다. 그리고 무엇보다 나는 미숙 씨를 지켜주고 싶습니다."

그 말을 하는 나 자신의 모습이 군대에 갓 입소한 신병이 입소 신고를 하는 것과 흡사하다고 생각했다. 나는 부동자세로 정면을 노려보며 계속 외쳤다.

"지금 대한민국에는 순수한 사랑이 없습니다. 왜 이렇게 됐습니까? 물질과 쾌락, 이것은 허무한 겁니다. 우리는 지고지순한 사랑을 추구해야 합니다. 나도 미숙 씨와 자고 싶습니다. 하지만······.그보다는 순수한 사랑을 지키는 게 더욱 중요합니다."

이 대목에서 갑자기 눈물이 흘렀다. 부릅뜬 나의 눈에서 눈물이 쏟아져, 목을 타고 가슴 쪽으로 흘렀다. 나는 도저히 임미숙의 얼굴을 볼 용기가 없어, 정면을 응시하고 있었다. 남이 보면 독립선언문을 낭독하는 33인중 한 명처럼 보일법했다.

임미숙은 조용히 자신의 자리로 돌아갔다. 그 후의 시간은 어떻게 흘렀는지 나도 잘 모르겠다. 무슨 대화를 간간히 나눈 것 같기는 한데, 감정은 없이 입만 움직인 것 같다. 그리고 그녀와 헤어지고 집으로 돌아오다가 이대로 한강 다리로 가서 빠져 죽을까 생각해 보았다.

며칠 후 나를 검사한 종합병원 의사로부터 전화가 걸려왔다.

"축하합니다. 천만다행으로 에이즈가 아닌 것으로 판명이 났습니다. 단순한 피부염에 불과하니 걱정 안 하셔도 됩니다."

전화를 끊고 나는 대한민국 의료계에 폭탄 테러를 하는 상상을 했다.

달은 넘어가고
별만 서로 반짝인다

그녀로부터 연락도 없었고, 나 역시 그녀에게 연락을 할 용기가 없었다. 도저히 그녀를 볼 용기가 안 생겨 레슨도 걸렀다. 그러나 그녀의 마음을 알 수 있는 좋은 방법이 내게는 있었다. 여자인 장윤희로 그녀를 만나면 되는 것이다.

나는 여자 목소리로 그녀에게 전화를 걸어 자연스럽게 통화를 했다.

"언니, 바빠?"

"그다지."

"그냥 심심해서 차나 한 잔 하면 어떨까 해서."

"그럴까?"

그렇게 해서 그녀와 늘상 만나는 카페에서 조우했다. 그녀의 외모는 별로 변한 게 없었다. 군기가 바싹 든 신병의 모습으로 순결을 지켜야 한다고 외친 나 때문에 충격을 받았을지도 모른다고 생각했

353

는데, 일단 그렇지는 않은 것 같아 다행스러웠다.

나는 일단 그녀의 피아노 학원 문제부터 이야기를 했다.

"학원이 잘 안 된다더니, 요즘 어때?"

"계속 그 타령이야."

"성공한 사업가를 만나서 도움받을 생각도 있다더니 그건 어떻게 됐어?"

"그 생각도 해 봤는데, 남의 도움을 받으면 반드시 그 대가도 치러야 하는 게 세상사잖니. 그래서 어떻게든 혼자 힘으로 극복해 나가려고 해."

그녀의 말을 들으니 마음이 찡했다. 여자 혼자 세상 산다는 게 진짜 쉬운 일은 아닐 것이다. 흔히 여자들이 이기적이고 현실적이라고 하는데, 그럴 수 밖에 없는 입장도 있으리라는 생각이 들었다. 남자들이야 어려우면 손 내밀 곳이 그래도 적지 않은 편인데, 아무래도 남성 위주의 사회에서 여자들은 핸디캡이 있을 것이다.

나는 슬슬 화제를 바꾸었다.

"괜찮은 남자 만났다더니, 잘 되가?"

나의 질문에 임미숙은 길게 한숨을 내쉬었다.

"왜? 잘 안 돼?"

"그 사람, 아무래도 날 사랑하지 않는 것 같아."

"왜?"

"실은…….지난주 수요일 날이 내 생일이었어. 그래서…….그날……저녁을 먹고 사고를 치려고 작정을 했지."

"헉! 정말?"

"그런데 그 사람은 그런 쪽으로 별 관심이 없는 것 같았어. 내가 적극적으로 대시 하니까 순수한 사랑을 지켜야 한다나 뭐라나. 그게 말이 되니? 진짜 사랑한다면 그럴 수가 없잖아."

나는 여자로 변신했음에도 쥐구멍에라도 숨고 싶은 심정으로 말했다.

"그건 언니 말이 맞아. 그런데 혹시 그 남자에게 어쩔 수 없는 사정이 있었던 건 아닐까?"

"무슨 사정?"

"이를테면 몸이 안 좋았다거나…….."

"그럴 수도 있지만……..내가 곰곰히 생각해보니 아무래도 날 사랑하지 않는 것 같아."

"그럼……..안 만날 꺼야?"

"글쎄………만일 다시 만난다면 전처럼은 안 돼."

"그럼?"

"날 진심으로 사랑한다는 걸 확인해야겠어."

"어떻게?"

"좀 괴롭혀야지. 이를테면…….다음에 데이트를 할 때는 왕창 늦게 나가서 기다리는 고통을 맛보게 해야겠어."

"그 남자 안 됐다."

나는 일단 안도했다. 그녀가 나와의 다음 데이트를 생각하고 있다는 건 아직 마음의 정리를 한 건 아니라는 것이었다. 왕창 기다리는 것 정도는 얼마든지 받아들일 수 있었다. 더구나 나는 지금 그녀로부터 그녀의 작전을 다 듣고 있지 않은가. 그러고 보니 여자로 변신한 것이 여러 모로 도움이 되는 듯 했다. 만일 그렇지 않았으면 소심한 나는 그녀의 태도 변화를 감당하기 어려웠을 것이다.

소기의 성과를 거둔 나는 내일 출근 준비 핑계를 대고 그만 일어서자고 했다. 카페를 나서는 데, 그녀가 문득 내게 물었다.

"윤희야, 그런데 혹시 그 사람 성불구자는 아닐까?"

나는 다급히 외쳤다.

"전혀 아니야!"

임미숙은 의아한 얼굴로 물었다.

"그걸 네가 어떻게 아니?"

나는 잽싸게 스토리를 지어냈다.

"인터넷에서 성불구자에 관한 내용을 읽은 기억이 있어서 좀 알아. 언니 말을 종합해서 판단할 때 그건 아닌 것 같다는 거지."

"알았어."

그녀와 헤어지고 돌아오는 길에 나는 적잖이 안심이 되어 마음을 쓸어내렸다. 그녀가 나를 성불구자일지 모른다고 의심하는 건 참담한 일이었지만, 나에 대한 감정이 나쁘게 변한 건 아니라는 사실은 천만다행한 일이었다.

그 날 저녁 집으로 돌아오자마자 그녀에게 전화를 걸었다.

"안녕하세요?"

"네."

그녀의 짧은 대답에서 찬바람이 횡하니 지나가는 듯 했다. 그녀의 마음을 모른다면 당황해서 전화를 끊었을지도 모른다.

"그날 제가 좀 이상했죠? 그럴 만한 사정이 있었습니다."

"이상하지 않았어요. 맞는 이야기 하셨는걸요."

"일단 만나죠."

"제가 좀 바빠서……..."

"만나야 합니다. 이렇게 끝낼 수는 없습니다. 부탁입니다."

그녀는 대답이 없다가 한참만에 대답했다.

"잠깐 시간을 낼 수는 있을 것 같네요."

"감사합니다!"

나는 그녀와 내일 오후에 시내에서 만나기로 약속을 정했다. 나는 그녀가 어떻게 나올지 잘 알고 있다. 나의 사랑을 확인하고 싶은 것이다. 나는 무슨 일이 있어도 참기로 했다. 설령 그녀가 나를 전기 고문을 하더라도 참아야 한다고 생각했다.

다음 날 나는 오후 7시 정각에 약속 장소인 종로의 카페로 갔다. 이 카페는 10년 전통의 클래식한 카페였다. 유럽풍의 인테리어가 인상적이었고, 정면에는 그랜드 피아노가 구비되어 있었다. 다만 현대식의 커피전문점과 카페들이 우후죽순으로 생겨나다보니 경쟁에서 밀려 손님은 규모에 비해 적은 편이었다.

7시 10분이 지났음에도 그녀는 나타나지 않았다. 휴대폰으로 전화를 걸었지만 받지 않았다. 나는 그녀의 작전을 잘 알고 있다. 나를 왕창 기다리게 할 것이다. 하지만 왕창이라는 단어는 애매한 것이라서, 과연 얼마나 기다리게 할지 감이 안 잡혔다. 1시간이 될 수도 있고, 2시간 혹은 3시간이 될 수도 있었다.

처음 1시간 동안은 룰루랄라 했다. 어차피 늦게 오는 걸 다 알고 있기 때문에 전혀 긴장이 안 되어 스마트 폰으로 게임을 하며 시간을 보냈다. 그러나 2시간으로 접어들자 은근히 초조해졌다. 그녀가 아예 안 나타날 수도 있다는 생각이 든 것이다. 그렇게 생각하자니 그녀가 보고 싶어 견딜 수 없는 지경이 되었다. 그렇다, 이것은 그리움이며, 그녀에 대한 사랑의 감정이다.

3시간이 거의 가까워졌을 무렵에야 그녀가 나타났다. 카페가 꽤 넓은 곳이라 그녀는 오른쪽부터 천천히 한 바퀴를 돌며 나를 찾고 있었다. 그때 나는 머릿속으로 그녀를 감동시킬 아이디어가 하나 떠올라, 잽싸게 자리에서 일어서 그랜드피아노 쪽으로 갔다. 나는 종업원에게 양해를 구하고 피아노 앞에 앉아 가곡인 '별'을 연주하기 시작했다. 그녀가 이곡을 얼마나 좋아하는지 나는 잘 알고 있었다.

바람이 서늘도 하여
뜰 앞에 나섰더니
서산머리에 하늘은 구름을 벗어나고
산뜻한 초사흘 달이 별 함께 나오더라
달은 넘어가고 별만 서로 반짝인다

임미숙은 무심코 걷다가 자신이 좋아하는 곡이 흐르자, 반사적으로 고개를 돌려 피아노를 치고 있는 내 쪽을 쳐다보았다. 나는 연기가 아닌, 진심으로 그녀에 대한 그리움의 감정으로 그녀를 바라보았다. 그녀와 시선이 마주치자, 벅찬 감동이 밀려들어 울음이 쏟아질 것 같았다.

나는 연주를 마치고 일어서서 그녀에게로 가서 손을 내밀었다.

그녀는 말없이 내 손을 잡았다. 그녀와 나는 나란히 손을 잡고 자리로 가서 앉았다.

그녀가 내게 말했다.

"미안해요. 일이 좀 생겨서……."

"괜찮습니다."

"피아노 실력 많이 늘었네요?"

"미숙 씨 덕분이죠."

임미숙의 입가에 천천히 미소가 떠올랐다. 나는 일어서서 그녀의 옆에 앉았다. 그녀가 잠자코 있는 모습을 보자니, 오늘 잘 수도 있을 것 같다는 생각이 들었다. 하지만 그런 건 그다지 중요하지 않았다. 나는 이제 누군가의 남자가 된 것을 확실히 깨달을 수 있었다. 더 이상 여자체험을 할 필요가 없었다. 나는 남자다.

내 결혼식날
올 수 있지?

그래서 그날 그녀와 잤는지 안 잤는지는 밝히지 않겠다. 다만 그 후 모든 게 순탄하게 풀려, 그녀와 나는 결혼을 하기로 합의하고, 결혼식 날짜까지 잡았다. 마침 유창수와 준비중인 프로젝트도 투자에 성공해, 나는 직업적으로도 안정된 상태가 되었다. 유창수 사무실에서 축하연이 있었는데, 그 자리에서 나는 나의 결혼소식을 밝혔다. 그러자 갑자기 유창수는 어두운 얼굴로 화장실을 간다며 일어서더니 벽과 정면충돌하고, 그 다음에는 소파에 걸려 넘어졌다. 화장실에 들어가서 장시간 안 나왔는데, 변기를 붙잡고 울고 있을지 모른다는 생각이 자꾸 들었다.

이 마당에 가장 먼저 해야 할 일이 정독도서관을 그만두는 일이었다. 막상 6개월간 여자로 행세하며 근무한 이곳을 그만둔다고 생각하니 만감이 교차했지만 더는 미룰 수가 없었다. 나는 아침에 출근해서 팀장인 최진란에게 사직서를 제출했다. 어차피 계약직이었기 때문에 최진란은 그러려니 하고 받아들였다.

"그동안 윤희 씨 정말 열심히 해줬는데, 윤희 씨는 어딜 가서나 잘 할 거야."

"감사합니다."

그리고 그녀는 약간 머뭇거리다가 물었다.

"그런데……내 사촌 동생 진욱이 말이야…정말 마음에 안 들어? 그 애는 윤희 씨 말고 다른 여자는 눈에 안 들어오는 것 같던데."

"마음에 안드는 게 아니라, 제가 결혼 생각이 없어요."

"독신주의야?"

"꼭 그런 건 아니고…….그냥 남자들이 다 별로더라고요."

"호호호, 벌써 그러면 어떡해?"

최진란의 사무실을 나와 근무처인 인문실로 향했다. 그런데 계단을 내려가는데, 맞은편에서 낯익은 남자 한 명이 올라오고 있었다. 그는 콧노래를 흥얼거리며 올라오다가 나와 눈이 마주치자 동태처럼 얼어버렸다. 나는 그가 내게 두 번씩이나 두들겨 맞은 변태남이라는 걸 알아차렸다. 변태남은 슬금슬금 뒷걸음질을 치더니 전 속력으로 도망쳤다. 저 인간도 다시 못 본다고 생각하니 측은지심이 생겼다.

인문실로 들어서서 사직 사실을 알리려고 양미란에게 걸어가는데, 그녀가 먼저 내게 걸어오더니 손을 잡고 서고로 데려갔다. 그녀의 배는 눈에 띄게 볼록해져 있었다. 아이를 가진 것이다. 서고에 들어선 그녀는 의자에 앉아 맞은 편 의자에 다리를 올려놓고 내게 부탁했다.

"미안. 애를 가졌더니 다리가 자꾸 붓는 거 있지? 네가 좀 만져주면 나을 것 같아서. 대신 나중에 점심 사줄게."

나는 흔쾌히 응하고 그녀의 다리를 주물러주었다. 그녀의 하얗고 부드러운 다리를 만지는 이 즐거움도 오늘이 마지막이라고 생각하니 미치도록 아쉬웠다.

나는 그녀의 다리를 매만지며 말했다.

"언니, 나 오늘이 마지막이야."

양미란은 화들짝 놀라서 상체를 일으켰다.

"정말?"

"사직서 내고 오는 길이야."

"왜? 좋은 자리 생겼니?"

"그런 셈이지."

"어머, 잘됐구나."

양미란은 내 손을 잡고 말했다.

"서운해. 그동안 정이 많이 들었는데."

"나도 그래."

그날 저녁 근무를 마치고 마지막 인사를 하는데, 양미란과 한혜숙, 조승희가 다가오더니 이대로 헤어질 수는 없다면서 저녁을 함께 먹자고 했다. 우리 사총사는 고기 안주에 소주를 먹으며 왁자지껄한 수다를 떨었다.

식당을 나와 집으로 가려는 택시를 세우려는데, 세 명이 잠깐 기다리라더니 빨간색 지갑 하나를 내게 선물했다. 내가 그만둔다는 소식을 듣고 작별 선물을 마련했다는 것이다. 지갑을 보니 진짜 여자라면 환장할 만큼 탐스러운 디자인이었다.

택시를 타고 집으로 가는 나의 머릿속으로는 그녀들과 즐겁게 어울렸던 일들이 벌써 추억으로 아련히 흘러가고 있었다. 아, 다시는 돌아오지 않을 인생의 한 페이지가 이렇게 넘어가고 있구나….

여자로서 해야 할 일이 하나 남아 있었다. 임미숙에게 작별을 고해야 하는 것이다. 물론 나는 그녀와 결혼을 앞두고 있지만 여자로서 다시 볼 일이 없기 때문에 마지막 인사를 하고 싶었다. 다행스럽게도 늦은 시간까지 그녀의 피아노 학원에는 불이 켜져 있었다. 내가 들어서자 그녀는 청첩장부터 건네주었다. 물론 그 청첩장 속의 신랑은 나다.

"와! 정말 잘됐네요!"

나는 호들갑스럽게 축하 인사를 건넸다.

"너도 빨리 시집가야지."

"그랬으면 좋으련만."

나는 잠시 뜸을 들이다가 말했다.

"실은…….언니 나 며칠 뒤에 외국으로 떠나."

"헉! 정말?"

"그렇게 됐어. 그래서 마지막으로 작별 인사 하려고 온 거야."

임미숙은 갑자기 눈가의 눈물을 훔쳤다.

"너 떠나면 나 외로워서 어떻게 하니?"

"대신 남편 생기잖아."

"너 아직 모르는구나? 남자는 절대 이해할 수 없는 여자들만의 세계가 있다고."

"그런가……."

"아무튼 어디서건 잘 지내."

그녀는 나를 다정히 포옹했다. 확실히 남자가 아닌 여자로 그녀와 포옹하는 건 전혀 다른 기분이 들게 했다. 그녀와 나 사이에는 여자로서의 동지애가 관통하고 있었다.

나는 임미숙의 배웅을 받으며 피아노 학원을 나왔다. 건물을 나와서 거리를 걷는데, 피아노 학원 쪽에서 임미숙이 나를 불렀다.

"윤희야!"

내가 돌아보자 그녀가 외쳤다.

"내 결혼식 날 올 수 있지?"

나는 잠시 생각해보다가 큰 소리로 대답했다.

"물론이지! 꼭 갈 거야! 언니 옆에 꼭 붙어 있을 거고, 신혼여행까지 따라 갈 거야!"

농담으로 생각한 임미숙은 입을 가리며 웃었다.

"호호호."

밤거리에 울려 퍼지는 그녀의 맑은 웃음소리를 들으며, 나는 기운차게 거리를 걸었다.

작가의 말

　이런 형태의 소설이 나올 수 있었던 건 '조아라'라는 인터넷 연재 싸이트의 덕분이라고 할 수 있을 것 같다. 이전에 출간이 된 소설은 문장도 진지하고 소재도 묵직한 것이었는데, 몇 년 전 조아라를 발견하고 그곳에서 조회수를 놓고 다른 작가들과 경쟁을 하다 보니 가볍고 재밌게 쓰지 않을 수가 없었다. 결과는 나쁘지 않아서 그곳에 연재한 소설 가운데 한 편은 전자책으로 출간되어 꽤 많이 팔렸다.

　그러나 책으로 선보여야 하는 작품의 경우는 인터넷에 연재하는 소설과는 달라야하기 때문에, 어느 정도는 작가적인 마인드를 가지고 집필을 한 것도 사실이다. 그러니 이 소설은 인터넷 독자만을 상대로 할 때의 자유분방함과, 서점에서 책을 사서 읽는 독자들을 위한 '작품성'을 동시에 지니고 있다고 보면 맞을 것 같다.

그리고 이 소설을 쓰면서 나 자신의 집필 스타일이 변했다는 것도 알았다. 그전에는 카페 같은 곳에서 몇 시간씩 몰입해서 썼는데, 이 작품은 달랐다. 한 마디로 말하면 띄엄띄엄이었다. 때로 대사 한 줄만 적어놓고 '시마이'를 하기도 했다. 그것이 내 인생의 과정에서 어떤 의미가 있는지는 잘 모르겠지만, 예전보다 편안해진 듯한 기분이 드는 것은 사실이다.

띄엄뛰엄이라도 제대로 방향을 잡은 것이라면 나쁘지 않다고, 읍조리며 썼다.

2015. 여름. 김광호